Het leven uit e

CW01664349

A. F. Th. van der Heijden

Het leven uit een dag

Amsterdam
Em. Querido's Uitgeverij BV
2005

Eerste, tweede, derde en vierde druk, 1988; vijfde druk, 1998;
zesde druk, 2005

Copyright © 1988 A. F. Th. van der Heijden
Voor overname kunt u zich wenden tot Em. Querido's
Uitgeverij BV, Singel 262, 1016 AC Amsterdam.

Omslag Anneke Germers
Omslagfoto Harald Edens
Foto auteur Chris van Houts

ISBN 90 214 6748 8 / NUR 301
www.querido.nl
www.boekboek.nl
www.afth.nl

Voor Minchen, voor Totó

L'enfer c'est la répétition

Opgetekend uit een televisie-interview
met Eugène Ionesco

Inhoud

Het Wonderwiel

De oude man droeg een donkere bril, maar hij was niet blind.

'Ik zie, weet u, een grote liefde voor uw zoon in het verschiet,' zei hij tegen de jonge vrouw die haar kind de borst gaf. Hij had de iets te luide stem van een hardhorige. 'Nee, echt, zonder gekheid. Een liefde even onvermijdelijk als... als het treffen van donder en bliksem tijdens een onweer. Hij hier, die schrokop, natuurlijk als de donder gedacht. Dan kan zijn geliefde als het licht optreden.'

Die bril had hij zonder enige noodzaak opgezet, voor de grap: buiten was het nauwelijks minder donker dan het aldoor geweest was, en hier binnen gaven twee schemerlampen een allesbehalve fel licht. De oude man moest zich ver voorover buigen om door de glazen de baby te kunnen zien, als hij tenminste niet voornamelijk naar de borst keek.

'Ja, u lacht nu wel zo fijntjes. En u denkt: laat hem maar bazelen, die ouwe. Maar ik praat geen onzin, kom nou. Het is niet zomaar een beeld. Want kijk, al *zijn* ze al van elkaar, die twee, nu en in alle eeuwigheid, eerst lijken ze nog van verschillende horizonten te komen. Hoe zal ik het zeggen? Ze zijn twee verschijningsvormen van hetzelfde mysterie, maar ze zoeken elkaar nog. Voor de vorm, zal ik maar zeggen. Bij wijze van paringsdans.'

De vrouw in de leunstoel keek neer op het drinkende kind, dat allerlei keelgeluidjes maakte. Haar wijs- en middelvingers lagen in een strakke V rond de tepel. Soms was aan bollingen op de glanzende huid te zien dat ze wat harder drukte. De baby, met de ogen nog altijd stijf dicht, zoog al minder heftig dan in het begin.

'Hij wil er nog niets van weten,' zei de oude, 'maar op een onbewaakt moment zal zijn grote liefde aan de horizon staan. Zo doorschijnend, denk u eens in, dat alleen de aderen waarin haar gouden bloed stroomt – voor minder doen we 't niet – zichtbaar zijn, en dan nog heel kort. Zolang het niet rijmt, is er niets aan de hand. Samenvattend, zij lokt hem met puur licht. En hij... hij roept haar. Wat zeg ik? Hij brult van bronst, laag bij de grond. – Hee, Willy... Willy! Heb je dat verdomde ding nou nog niet gevonden?'

Deze laatste woorden werden op plotseling blaffende toon gericht tot een hoek van het vertrek, waar een kelderdeur open stond.

'We komen te laat, man. De zon wacht met opkomen echt niet op jou, grote treuzelaar.'

'Rustig, rustig,' klonk een versleten stem uit de diepte van de kelder. 'Hij *moet* hier ergens liggen. Ik zweer het.' Laden gingen rammelend open en dicht. 'En verveel mijn dochter en kleinzoon niet zo met je driestuiverspraatjes. Ik heb je wel gehoord, ouwehoer, met je geschmier.'

'Die man kan, geloof ik, alleen maar onverstaanbaar mompelen. Zoals ik al zei: de jongen antwoordt zijn geliefde. Brullend, zodat de aarde ervan trilt. Telkens wanneer zij zich vertoond heeft, heeft hij zijn woordje weer wat sneller klaar. Hij holt als het ware achter haar aan, en het kan niet lang meer duren of hij haalt haar in. En zij maakt het hem gemakkelijk door vaker te verschijnen. Nu hier, dan daar. In al haar grilligheid. Een beetje springerig. Ze komen alsmaar dichter bij elkaar. Maar, en nu komt het...'

De ander, Willy, kwam uit de kelderruimte te voorschijn met in zijn hand een zonnebril van ouderwets model. Het had een schildpadden montuur. 'Luister toch niet, schat' – hij blies het stof van de glazen, en hoestte – 'naar wat die ouwe dwaas allemaal te liegen heeft. Ik heb hem dat verhaal de afgelopen nacht al zo vaak horen afdraaien. Tegen wie het maar horen wilde. Altijd hetzelfde deuntje.'

De moeder glimlachte.

'Nee, nee, luister nou, dit is het bijzondere. Omdat ze niet willen geloven dat ze elkaar al hebben... dat ze twee kanten van hetzelfde verschijnsel zijn... de liefde... maken ze zichzelf en elkaar wijs dat ze pas één kunnen worden door *letterlijk* samen te vallen. Bij voorbeeld door zich gelijktijdig vast te grijpen aan een of ander hoog punt in het landschap. Een kerktoren. Een hooiberg. Maakt niet uit. Om volledig in elkaar op te gaan zullen ze, zo is de gedachte, iets anders op hun weg moeten vernietigen. Zo vinden ze elkaar, hij en zij, in een boom.'

'Het is me toch wat,' zei de oude Willy, en veegde met zijn mouw over de glazen van de zonnebril.

'Kijk nou 's wat er gebeurt. Met haar als zijn zwaard boort hij zich, brullend als een leeuw, in die gezonde boom, die tot aan zijn wortels open splijt. Kreunend, kermend zoals alleen levend, saprijk hout kan kreunen en kermen... Dat doet de liefde.'

'Denk liever om je hart, antiek stuk orakel.'

Inderdaad leek de tirade hem nogal te hebben aangegrepen, want hij zag plotseling grauw, en zijn wangen stonden naar binnen. Met minder bravoure vervolgde hij: 'In die knellende vork... helemaal daar beneden tussen het geschroeide hout... nee, dieper nog: tussen de wortels... diep in de grond waar het slachtoffer zich nog vergeefs vast klauwt... ja, daar, in aarde gesmoord, zullen ze elkaar vinden, donder en bliksem.'

'Een mooie afloop,' zei Willy. 'Ik heb nooit een onweer meegemaakt.'

'En terwijl de twee helften van de boom, vers sap bloedend, ritselend met ieder hun eigen deel van de kruin opzij zakken, zullen de mensen zeggen: "Hoorde je dat? Een inslag..." '

Op dat moment liet de baby zijn moeders tepel uit de mond glijden, hikte, en spalkte wijd de ogen open in de richting van de oude man die gesproken had. Het was al niet meer de blik van een zuigeling.

Het 'antiek stuk orakel' wilde nog wat zeggen, maar zijn vriend snoerde hem de mond. 'Ja, zo is het wel genoeg geweest, boze fee. Lelijke ouwe heks, met je fraaie weersvoorspellingen. Het kan nog generaties duren voordat er onweer komt. Zwartkijker. En dan, wie houdt de boel hier nu op? We hadden al aan het strand kunnen zijn.'

Willy vouwde zijn bril open en hield hem tegen het licht van een schemerlamp. In het linkerglas zat een web van barsten.

'Wou je daarmee de zon zien opkomen?' vroeg de ander misprijzend. 'Ik denk dat je 'm dan gepeld ziet. In partjes.'

'Nou, voortgemaakt nu maar, ouwe zeur.'

Toch bleven de twee nog een poos met oudemannenvertedering naar het kind staan kijken, misschien omdat ze wisten dat het bij hun terugkeer, *als* ze terugkeerden, al nauwelijks meer een kind zou zijn.

'Hij kijkt me aan als een wijzer mens,' zei de grootvader, eerder spijtig dan trots.

Nu pas begon de moeder te praten, op ietwat klaaglijke toon. 'Is het al voorbij, denkt u? Mijn borsten zijn nog zo zwaar...'

Maar ze waren leeg.

'Hij is flink gegroeid ook,' zei Willy's vriend. 'Tegen dat we terug zijn, gaat hij al naar school. Hoe heet hij eigenlijk?'

'Ben,' zei de grootvader.

'Benny,' corrigeerde de moeder.

'Dit is een generatie die geen duisternis zal kennen,' zei Willy. 'Tenzij op hoge leeftijd.'

'Een generatie van de zon,' beaamde de ander. 'Kom, wij gaan ook ons deel opeisen.'

'Ja, want meer dan een deel zal er wel niet voor ons weggelegd zijn.'

'Als het te lang gaat duren,' zei de vrouw tegen haar vader, 'kom dan terug. Zon of geen zon. Ik wil je nog zien.'

Zij bedekte de borst, die even bleek zag als de rest van haar huid. Zij was immers in het holst van de nacht geboren...

Willy kuste zijn dochter. 'En kom ik niet levend terug, jij hebt de sleutel van de kluis. Dag, mijn kleine Ben. Wat ben je groot geworden.'

Het jongetje liet een boertje (maar harder dan zuigelingen doen), en keek de twee mannen beurtelings verbaasd aan. Toen begon het zacht te huilen. De moeder drukte met haar duim de bovenlip van haar zoontje omhoog. Hier en daar brak iets vormeloos wittigs door het tandvlees. 'Groeien is ook een vorm van vernielen,' zei ze somber.

'Er is geen houden aan. Sterkte, kind.'

De twee ouden daalden via de korte buitentrap af naar de straat.

'Zie je dat? Sinds ik je open deed, is de hemel alweer wat lichter geworden.'

'Welnee, dat denk je maar. Zo snel gaat dat niet. Je merkt geen verschil.'

'Jij niet, met die idiote bril op. Ik toevallig wel.'

De ander zette zijn zonnebril af. 'Ja, nu ik die donkere glazen niet meer voor heb, moet het wel dat... relatief gesproken...'

Terwijl ze zo liepen te stechelen, elkaar regelmatig bij de elleboog grijpend zoals oude mannen doen, begon verderop in een boom heel schel een vogel te fluiten. Vrijwel onmiddellijk antwoordde een tweede, in de kruin vlak boven hun hoofd, nog scheller. Daarmee leek het sein gegeven voor alle vogels in de buurt om van zich te doen spreken. De straat, met zijn bomen en gietijzeren trappen, was veranderd in een orgel van de allerschrilste pijpen.

De beide mannen, stilstaand, zagen elkaars ogen nat worden. Dit hadden ze sinds hun vroege jeugd niet meer gehoord, en destijds klonk het bovendien heel anders – omfloerster, berustender – want het was toen zomeravond geweest. Om zo min mogelijk van de wereld te missen waren zij laat gaan slapen, en vroeg opgestaan.

Veel mensen stonden in de deuropening van hun huizen, vaak met blinkende ogen, hoofdschuddend omhoog kijkend naar die dichte kruinen zo vol leven, zonder dat er een vogel te zien was. Boven en achter de bomen hing nog zwaar, zwaarder nu, de stilte van de nacht. De twee zetten hun tocht voort, zwijgend.

Het waren vrijwel uitsluitend oude mannen die zich, alsof ze het zo afgesproken hadden, de brug over repten naar het andere stadsdeel, dat een strand had op het zuidoosten. In hun opwinding stoorden zij zich niet aan de auto's, die omspoeld als ze zich zagen door zoveel voetgangers noodgedwongen stapvoets gingen rijden. Sommige zeer ouden lieten zich door stramme generatiegenoten in rolstoelen naar de overkant duwen. Een enkeling zakte al op de brug in elkaar, en werd mee terug het stadscentrum in genomen door een goedhartige automobilist, of stierf hoog boven de rivier zonder het wonder te hebben mogen meemaken.

Op het strand bij de kermis, daar dromden ze samen. Rolstoelen liepen vast in het zand, dat grijswit en geblutst oplichtte in het ochtendduister. Hier en daar lagen al donkere gestalten op de grond, sommige stijf uitgestrekt, andere verkrampt ineengerold, een enkeling nog levend op zijn knieën, zacht jammerend, van pijn of van spijt.

'We zijn er,' hijgde de oude Willy, de hand aan het hart.

'We hebben het gehaald,' beaamde zijn vriend, eveneens hoorbaar buiten adem.

Aan hun voeten fluisterde de oceaan van een continent aan de overkant, waar al ongeveer een generatie lang de zon moest schijnen. Links in de verte zorgde een uitloper van het langwerpige eiland voor vaagheid, maar meer naar rechts, pal voor ze uit, strekte de einder van de zee zich onder de lichte hemel recht en scherp en matglanzend uit als het lemmet van een mes.

'Dit is al zo mooi... en straks...'

Vlakbij zakte een man niet veel ouder dan zij met een zachte klacht in elkaar. Op zijn knieën in het zand rukte hij, uit benauwdheid kennelijk, aan zijn das en boord, zo heftig dat de knoopjes in het rond sprongen. Tot aan zijn navel ontbloot rolde hij op zijn rug, het hoofd naar het oosten. 'Het geeft niet,' murmelde hij nog, lag toen stil. Willy en zijn vriend waren te zeer in de ban van het wonder om er veel aandacht aan te schenken.

Toen zij hun benen stijf voelden worden van het lange staan, en hun ogen, die alleen aan duisternis en elektrisch licht gewend waren, begonnen te prikken van het turen naar de horizon, besloten zij wat over het strand op en neer te wandelen. Willy wees zijn vriend op het reuzenrad, waar ze als jongemannen voor het laatst in gezeten hadden, met hun meisjes.

'Ja,' zei de ander, 'ze hadden de lichtjes van dat ding net aangedaan. Cirkels van lampjes in allerhande kleuren...'

'Maar echt donker was het nog niet...'

'Nee. Als je boven was, kon je aan gele dampen en rode slierten zien waar de zon was verdwenen. Het deed me nog het meest aan een moeilijk helende wond denken. En dat *was* het natuurlijk ook.'

'Niet lang na dat ritje ben ik getrouwd. Jij iets later, als ik me goed herinner. Gekust was er in elk geval in de gondel al.'

'Ik geloof dat het ook toen nog niet helemaal donker was. Bij mijn huwelijk, bedoel ik.'

Het 'wonderwiel' stond daar nu hoog en roerloos met zijn front naar het oosten, als een enorme schotel opgericht om het eerste licht van de zon op te vangen.

Toen het eindelijk zo ver was, lag het strand bezaaid met de lichamen van stervenden en gestorvenen, onder wie velen een zonnebril in de hand klemden. De overlevenden, verre in de minderheid, hadden weinig kracht meer. Voor zover er nog beweging in ze zat, bewogen ze zich uiterst langzaam voort, vaak steunend op elkaar, zonder dat de een de ander nog steun te bieden *had*. Voeten sleepten door het zand. Wie niet aan een hartverlamming stierf, plotseling, kwijnde langzaam maar zeker weg, alleen nog op de been gehouden door de hoop op een glimp van het wonder.

De zon had al zoveel rode en gouden signalen vooruit gezonden, die werden vastgehouden door dunne wolkbanken, dat moeilijk viel uit te maken wat nog spiegeling en wat al echt was. Willy, stokoud nu, met vermoeide blik door zijn oogharen turend, signaleerde het hemellichaam als eerste.

'Hij komt...! Daar is hij...!'

Hij had boven zijn macht geschreeuwd. Vervolgens moest hij de tranen uit zijn ogen vegen, om goed te kunnen zien of er niet te vroeg gejuicht was. Nee, hij had het bij het rechte eind, en meer oude mannen verhieven met hun laatste adem hun stem, druk gebarend. In snellere opeenvolging vielen ze nu ook neer, en stierven zonder verder misbaar.

Zo lag ook Willy's vriend opeens dood aan zijn voeten, maar geen enkele emotie, ook niet de angst voor de eigen dood, kon het nog winnen van het schrijnend geluksgevoel teweeggebracht door de geboorte van het hemellichaam dat zijn leven lang voornamelijk een mythe was geweest. Zelfs de maan, aldoor als 'nieuw' omschreven, had niet van de zon kunnen getuigen, en was zelf nog altijd een mythe.

Wat Willy er tot nu toe van waarnam, deed hem nog het meest denken aan de ronding van het roodgloeiende hoefijzer dat hij lang geleden, als kind, in de tang van een smid had gezien. Het was achter in een donkere werkplaats. Het gebogen ijzer siste bij aanraking met het koude aambeeld...

Het smeden van het hoefijzer daar aan de horizon ging zonder slagen van metaal op metaal. Alleen het gefluister van de zee was te horen. Willy zette gauw zijn donkere bril op, maar dat kleine partje zon had al een donkerblauwe vlek op zijn netvlies gebrand, die niet meer wilde wegtrekken. Een hoefijzer, ach... Willy was al bezig alles te verkleinen naar beelden uit zijn vroegste jeugd. Terwijl hij, zomaar vanzelf, zonder plotselinge pijn, meer uit slapte, door de knieën ging, waarbij hij half om zijn as draaide, zag hij dat het reuzenrad met zijn spaken en webachtige dwarsverbindingen inderdaad het nog zwakke rode licht ving. Maar het enige wat hem nog interesseerde, en deed glimlachen tot in de dood, was dat het 'wonderwiel' hem deed denken aan zo'n papieren waaiertje, dat de volle 360? kon worden uitgevouwen, en lang geleden hier in zijn sorbet stak.

De bril was van zijn hoofd in het zand gegleden, en lag met zijn glazen naar het oosten gekeerd. Het web van scherven kaatste het zonlicht in mozaïekachtige fragmentjes terug.

‘Niets wordt twee keer uitgelegd’

Terwijl de moedermelk langzaam in hem verteerde, ging hij naar school, de jonge Wult.

Het was halfacht in de ochtend van wat waarschijnlijk tot het einde toe een vlekkeloze zomerdag zou blijven, toen zijn moeder hem naar het grote gebouw bracht. Ze hadden eerst de zon in de rug, en Benny zag hun schaduwen langgerekt over het asfalt schuiven, de hare nog eens drie keer zo lang als die van hemzelf. Het leek al aardig warm, maar waar ze, in een zijstraat, door de schaduw van een hoog gebouw heen moesten, kon de jongen tegen zijn blote benen de koelte nog voelen, alsof die door de steenmassa werd uitgestoten.

Zijn moeder leidde hem bij de hand, en ook die verbintenis was in het monsterlijke complex van schaduwen vastgelegd. Zij had hem een kleine schooltas op de rug gebonden, met daarin, behalve de nieuwe cahiers, een appel die hinderlijk tussen zijn schouderbladen drukte. Het gezicht van de vrouw stond ernstig en een beetje bedroefd, maar als ze merkte dat het jongetje naar haar opkeek, lachte ze op hem neer.

‘Vind je het fijn om naar school te gaan?’

‘Ja.’ Hij zei het zonder overtuiging.

Bij het inslaan van een volgende zijstraat, in noordelijke richting, draaiden de schaduwen weer opzij, en even later gingen ze op in de veel massievere schaduw van een huizenrij. Koelte. Het zonlicht (en Benny zag hoe de witblonde haartjes van zijn armen zich oprichtten) viel pas weer zwaar en warm op ze toen de huizenrij werd onderbroken door een bouwput, waaruit roestige pinnen de hoogte in staken. Alle mannen daar beneden droegen gele helmen.

In de straat aan het eind waarvan het schoolgebouw lag, gleden de schaduwen weer lang en recht voor moeder en zoon uit, en dat gaf Benny een vertrouwd gevoel. Met die zwarte vlek voor haar voeten was de vrouw veel meer aanwezig.

Bij de poort waar zij afscheid namen, wist de moeder zich niet langer goed te houden. Doordat zij naar de kleine jongen voorover gebogen stond, kwam de traan uit haar rechterooghoek op de linkerwang terecht, en ook de andere traan ging de verkeerde weg; zij kruisten elkaar even onder de neuswortel. Benny was zo in beslag genomen door dit wonder van kruisende tranen, dat hij vergat met haar mee te huilen.

'Zul je goed opletten? Niets wordt twee keer uitgelegd.'

Ze kuste hem. Hij proefde het zout van haar natte gezicht. Toen zij zich, met een hand in haar rug, weer opgericht had in het volle zonlicht, zag Benny dat er witte haren door haar bruine kapsel liepen. Tijdens de wandeling waren ze er nog niet geweest: ze moesten onder het afscheid nemen net als die grillige tranen uit haar hoofd geschoten zijn. Zij bleef natuurlijk zijn mooie moeder, maar toch maakte het hem treurig, dat weerbarstige wit, en nu huilde hij zelf, met tranen die recht naar beneden gingen. Zij liep al weg, de zon tegemoet, haar schaduw als een trage sleep achter zich aan, maar draaide zich gauw weer om, en was in enkele stappen bij de jongen terug. Zij knielde voor hem neer, greep zijn schouders, waar de punten van de boekentas bovenuit staken.

'Ach, laat me je nog eens goed bekijken, zoals je nu bent. Straks, wanneer je thuis komt, ben je groot en moet je al bijna in dienst... Zul je dan niet schrikken van dat oud geworden moedertje?'

Benny Wult kwam in een klas met een heleboel kinderen van ongeveer zijn leeftijd, allemaal geboren bij het aanbreken van de dag.

Ze leerden hem *alles*, in de loop van de ochtend. Lezen, schrijven, rekenen. Het begon allemaal heel eenvoudig, maar de stof werd steeds ingewikkelder. En 'niets werd een tweede keer uitgelegd'. De leraren wisselden elkaar af. Soms stierf er een. In de pauze at Benny zijn appel.

Geologie legde hem uit hoe, onvoorstelbaar lang geleden, de nog kneedbare aarde van eivormig steeds peervormiger was geworden, en hoe uiteindelijk de kop van de peer had losgelaten om hogerop de maan te vormen.

'Op de bodem van wat later, kinderen, de grote oceaan is geworden,' lichtte de leraar toe, 'zijn nog altijd de sporen zichtbaar van deze scheuring. Van dit dramatische... eh... baringsproces, om zo te zeggen. De wond is nooit helemaal geheeld. Er zit daar nog steeds te veel *speling*, om zo te zeggen, in de korst. En dat veroorzaakt van tijd tot tijd die dramatische aardverschuivingen. Maar hoe dramatisch ook, voor de mensen van wie het leven met de nacht samenvalt, staat de maan daar als een lamp, een baken, een teken van troost, een bewijs dat er wel degelijk een zon bestaat, al is het aan de andere kant van de wereld... Dat gaat natuurlijk niet op voor de voorvorige generatie, die dramatisch genoeg onder "nieuwe maan" heeft moeten leven. In de meest afgrondelijke melancholie. Maar daarover kan mijn collega van de geschiedenislessen jullie vast meer vertellen.'

In de loop van de ochtend groeide Benny's lichaam met zijn kennis mee. Tot drie, vier keer toe moest hij net als zijn klasgenoten om een grotere maat schooluniform vragen. Maar hij leek ook, groter wordend, uit zijn *huid* te barsten. Eerst had hij, in zijn kleinejongensvoorstelling, die rimpelige uitloper daar beneden aan zijn buik, verklaard als een soort rekbaar reservegedeelte van zijn vel. Toen hij zich, tegen het eind van zijn schooltijd, nog eens afzonderde, en ditmaal niet om zijn water kwijt te raken, bleek de huid daar zich inderdaad te rekken, maar anders dan hij verwacht had. Turend langs zijn lichaam keek Benny verontrust neer op zo iets als de sleetse plek in een mouw, waar de elleboog doorheen steekt. Hij had dus nog een geheim lichaam vlak onder de huid, dat in opstand kon komen, en niet meer in zijn vel paste.

Waarschijnlijk was Benny er te vroeg bij, vroeger dan zijn leeftijdgenoten, want pas een hele poos na zijn ontdekking begon de leraar biologie over de 'voorbereiding van het menselijk lichaam op de voortplanting'.

De daad die daarmee verbonden was werd met nadruk als iets eenmaligs en onherhaalbaars voorgesteld, – wat Benny niet verbaasde, want alle belangrijke verschijnselen in zijn leven hadden zich tot nu toe maar één keer voorgedaan, en niets wees erop dat ze zich zouden herhalen. (Behalve het eten, straks, na zijn diensttijd ongeveer – maar dat was eigenlijk al een heel ander verschijnsel dan de borstvoeding waarmee zijn leven begonnen was.)

Het kwam erop aan, volgens de verlegen leraar, 'zich niet voortijdig te vergieten'.

'Voor de man geldt in het algemeen dat na de eerste lozing van het zaad, of dit nu tijdens het samenzijn met een vrouw of in eenzaamheid gebeurt, de sexuele functies afsterven, verschrompelen. Een herhaling van de daad is nagenoeg uitgesloten. Natuurlijk zijn er, biologisch gesproken, uitzonderingsgevallen bekend... maar als regel... enfin. Voor de vrouw geldt dat zij ten hoogste één keer zwanger kan worden, vaak van een tweeling of drieling. Na de zwangerschap zal blijken dat zij sexueel niet meer functioneert. Dat is overbodig geworden. Het is niet uitgesloten dat zij de lustgevoelens die het de man moeten vergemakkelijken haar te bevruchten al vaker heeft ervaren. Maar hebben die eenmaal geresulteerd in een orgasme, dat in intensiteit niet onderdoet voor dat van de man, dan zullen haar sexuele functies voortijdig afsterven. Verschrompelen. Letterlijk verdrogen. Men zou kunnen stellen dat het orgasme de sexualiteit *verzengt*. De lust keert niet meer terug.'

Een jongen wat ouder dan Benny vroeg het woord. 'Meneer, ik heb horen vertellen over een vrouw, erg jong nog en al moeder, die later nog gemeenschap heeft gehad met een man.'

'Dan kan het niet anders dan een brute penetratie zijn geweest. Bij een vrouw in haar omstandigheden rest geen enkel lustgevoel. Geen enkel vermogen om aan de daad mee te werken. Voor de betrokken man een soort sexuele zelfmoord bovendien, want hij heeft zijn zaad vergoten in een onvruchtbaar geworden lichaam. – Nog andere vragen?'

Dezelfde jongen vroeg, en Benny was jaloers op zijn vasthoudendheid: 'Meneer, ik heb veel horen praten over liefde en dat soort dingen... de verliefdheid die aan zo'n daad als door u bedoeld kan voorafgaan... Is het mogelijk, wil ik u vragen, dat zo'n verliefdheid ook daarna... na die daad, bedoel ik... daarna nog...'

'...stand houdt, bedoel je, ondanks de verschrompelende sexuele vermogens?'

'Ja, meneer, dat bedoel ik.'

Er klonk gezoem van stemmen in de klas. De leraar liep, over zijn kin wrijvend, voor de banken heen en weer.

'Er zijn gevallen bekend, inderdaad, van paren bij wie de verliefdheid de liefdesdaad enige tijd overleefde. Een erg ongelukkige disharmonie tussen de natuur en iets specifiek menselijks. Maar nooit voor lang. Want op den duur bloedt het wederzijdse verlangen, dat noodzakelijk onvervuld blijft, vanzelf dood. En daarmee de rancune jegens de onherhaalbaarheid van de liefde. Hoe dan ook, het blijven uitzonderingen. Heb ik hiermee... eh, wie vroeg dat ook weer?'

'Ik, meneer.'

'Heb ik hiermee je vraag voldoende beantwoord?'

'Jawel, meneer. Dank u wel, meneer.'

Erg van harte, zag Benny aan het gezicht van de jongen, kwam het er niet uit. Hij bleef stuurs – geschokt, leek het wel – voor zich uit zitten kijken.

Soms, wanneer ze in de pauze tussen twee opeenvolgende vakken het schoolplein op mochten, bleken aan de overkant van de straat oude huizen afgebroken en nieuwe en hogere in aanbouw. Ook de nieuwe verouderden snel, in de loop van die ochtend, en werden gesloopt en vervangen door nog hogere. De school gold inmiddels als het oudste gebouw van de buurt, en dat was te zien aan het donkerbruin van de stenen, het mos in de voegen, het gras dat uit scheuren puilde.

De leerlingen waren zo gewend geraakt aan de bouwgeluiden, dat hun aandacht onder de lessen er niet door werd afgeleid.

Het zonlicht, dat in het begin vrijwel horizontaal door de hoog aangebrachte ramen de klas in had geschenen, was op de tegenoverliggende muur gedurende Benny's schooltijd onmerkbaar gedaald. Een jongen die vlak bij de wand zat waarop de zon het kruisvormige spantwerk van een raam projecteerde, had op het gesausde behang in potloodstreepjes de opeenvolgende zonnestanden aangegeven. Omdat het hemellichaam niet loodrecht steeg maar schuin omhoog naar het zuiden reisde, was de tekening een soort trapje geworden, neerwaarts leidend naar de hypothetische streep die, getrokken door de leraar astronomie, het einde van hun schooltijd aangaf.

Toen het zonlicht deze eindstreep, die zich nog net boven de plint bevond, bijna bereikt had, verscheen als laatste leraar een priester. Hij had de opdracht alles wat 'de jongelui' tot nu toe geleerd hadden 'in een metafysisch perspectief te plaatsen', zoals hij het uitdrukte.

De priester haakte in op wat de docent biologie had gezegd over de onherhaalbaarheid van de liefdesdaad. 'Jullie ongetwijfeld voortreffelijke leraar heeft vanzelfsprekend niets gezegd over de hogere *zin* van die eenmaligheid, want dat valt buiten zijn terrein. Welnu, wat voor het leven als geheel geldt, namelijk dat het maar een dag duurt en – althans in z'n aardse variant – niet herhaalbaar is, gaat ook op voor het liefdesleven van de mens. En het is goed en juist dat onze hoogste metafysische instantie het zo gewild heeft, want aan die eenmaligheid ontlenen ons leven, en de liefde daarin, hun grote intensiteit. Het hoogste goed is niet herhaalbaar. De hemel is daarvan het beste bewijs...'

(Het viel Benny, die in zijn vroegste jeugd vaak over 'God' had horen spreken, op dat de priester de term *hoogste metafysische instantie* gebruikte. Alsof hij daarmee een toon van wetenschappelijkheid wilde treffen.)

'In de wereld die wij de hemel hebben leren noemen, en waartoe wij ingaan na een voorbeeldig leven hier op aarde, speelt het bestaan zich in een nagenoeg ondeelbaar moment af. Bijna oneindig kort is het, en tegelijkertijd van een schier oneindige heerlijkheid. Niets van een "vroeger" of een "later" laat zich daar meer onderscheiden. Geen van elkaar te onderscheiden daden of gevoelens, laat staan *herhaling* van die daden of gevoelens. Het is de hoogste kwaliteit van het leven zelf die zich daar manifesteert: alle goede dingen samengebald tot één weldadige gewaarwording van absolute goedheid. Een goedheid die door z'n absoluutheid elke herhaling overbodig maakt, elke wens tot herhaling in de kiem smoort. – Ja?'

'Hoe moeten wij ons die weldadige gewaarwording voorstellen?' Daar had je die merkwaardige, sceptische jongen weer, die zich voor het opsteken van zijn vinger scheen te schamen, en alleen maar even zijn arm buiten de bank liet hangen.

'Jongeman...' begon de priester, ver van de jongen weg kijkend. Zijn hand verdween in een soort steekzak aan de zijkant van zijn gewaad, maar een zak bleek het niet te zijn, eerder een zorgvuldig losgetornd en omgezoomd deel van de naad, een spleet die toegang gaf tot de zak van een korte broek. Zo lang was de spleet, zo wijd openvallend, dat de witte oudemannenbenen voor een deel te zien kwamen. Hier ging, in een gesloten, metafysisch bouwwerk, een venster open naar een veel te menselijke wereld. Uit de zak van de shorts trok de priester een beige zakdoek. 'Jongeman, hier kan men zich slechts van beelden en metaforen bedienen. Als men in de Boeken tussen de regels door weet te lezen, komt men tot de conclusie dat de hemel zo iets als een vlam is die – oneindig kort, nogmaals – door de ziel van een gestorvene heen lekt. Die vlam is een volmaakte synthese van alle voortreffelijke gevoelens en indrukken en gedachten die het voorbije leven heeft opgeleverd, en dan nog eens oplaaiend tot de allergrootste volmaaktheid. Juist als synthese... een synthese is immers altijd zoveel meer dan de som van de samenstellende, of misschien moet ik zeggen: de zich verbindende delen... ja, *juist* als synthese, waarin de gevoelens en de gedachten elkaar niet opvolgen, geen tijdsverloop hebben, en waarbij het contrapunt van lijden en verdriet wegvalt, zijn de goede dingen volmaakt.'

Opnieuw vroeg de opstandige jongen met een zijwaartse beweging van zijn arm het woord.

'U gaat uw gang maar,' zei de priester. Hij stak zijn zakdoek weg, zonder er iets mee te hebben uitgevoerd.

'Neemt u mij niet kwalijk, maar ik zie het meer als een gouden handdruk van God. Nog even een potpourri van al het goede en schone, en de schepselen worden afgedankt. Een mooie manier van dode zielen ruimen... Wie zegt mij dat niet de aardse contrapuntiek van geluk en lijden, van euforie en verdriet voortreffelijker is dan de steriele vlam van uw hemel?'

Benny deed nog mee aan het afkeurend gemompel van zijn klasgenoten, maar in zijn hart benijdde hij de recalcitrantie van de jongen.

'U zegt dit,' begon de priester met een vergevensgezinde glimlach, 'niet alleen omdat u in de bloei van het leven verkeert, en de mooiste tijd nog tegoed hebt, maar ook omdat de hemel iets onbevattelijks is. Zo ongrijpbaar, dat wij er niet anders dan in gebrekkige metaforen over kunnen spreken. Mijn gebrekkige, positieve beeldspraak geeft voedsel aan de uwe, die negatief is. Wij zitten er allebei naast, maar op verschillende manieren. Ik grijp in mijn lofzang niet hoog genoeg. *U* slaat de hemel te laag aan. Maar laat ik, om u te laten zien hoezeer u ongelijk heeft, met een tegenvoorbeeld komen. Als het God te doen zou zijn om het "ruimen van de zielen", zoals u suggereert, waarom heeft hij dan voor de zondigen, die mogelijk veel groter in getal zijn, een tijdrovende hel ingericht? De hel, immers, geldt als de wereld van de herhaling. In plaats van dat, zoals bij de hemelgangers het geval is, het leven wordt gecondenseerd tot een subliem, ondeelbaar moment, wordt de hellevaarders het uitzicht geboden op de nimmer aflatende herhaling – honderden, duizenden malen – van wat hier op aarde zich in een enkele dag afspeelt. In de wereld van de hel zal de ene dag nauwelijks verschillen van de andere. Er zal net voldoende verschil zijn om afwisseling te suggereren, een afwisseling die de dodelijke gelijkvormigheid van alle dagen alleen maar benadrukt. Niets is erger dan de herhaling van iets dat bij eerste optreden al voortreffelijk was. Het betekent de vernietiging van die voortreffelijkheid. De hel, dat is de onophoudelijke vernietiging van alles wat in aanleg, dat wil zeggen bij gratie van z'n eenmaligheid goed was. De liefde, bij voorbeeld. De hel garandeert vrijwel onbeperkte herhaalbaarheid van de liefdesdaad. In die herhaling wordt de liefde opgeheven, en wordt de daad een kwelling. Zelfvernedering door genot...'

In de klas klonk nu een gemompel dat duidelijk instemde met de woorden van de priester. Herhaling – nooit. De sceptische jongen keek verveeld naar de muur waar de zon op stond. Benny Wult, die aandachtig geluisterd had, prees zich gelukkig te zijn geboren in een wereld waar alles, elk verschijnsel, elke handeling, belang en intensiteit kreeg door de onherhaalbaarheid ervan. Een meisje vroeg: 'Hoe ziet die hel er dan *uit*?'

Het werd onmiddellijk stil. Bijna had het zonlicht het streepje van de astronomieleraar bereikt.

'Kijk om je heen. De hel... de wereld die wij de hel plegen te noemen... ziet er niet veel anders uit dan onze eigen wereld. Wellicht zelfs bestaat er in het geheel geen uiterlijk verschil. De hel bestaat... in een andere tijd. En daarmee, kinderen – ach nee, kinderen zijn jullie al niet meer – bedoel ik niet dat de hel ergens in het verleden of in de verre toekomst ligt, nee, de tijd *verloopt* er anders dan in de ons vertrouwde wereld. Na elke voltooide dag, die de helbewoner niet waarneembaar ouder heeft gemaakt, begint een volgende, een die nauwelijks verschilt van de voorgaande. Zo vordert tergend traag, tot gekmakens toe, een leven in die wereld. Een leven daar wordt zo eindeloos gerekt, dat men gerust van eeuwigdurend mag spreken. Net als de hemel bevindt de hel zich dus in een andere laag, in een andere dimensie van de tijd die wij hier kennen. Hemel, hel, aards bestaan... het zijn drie werelden die elkaar doordringen, zonder dat ze voor elkaar waarneembaar zijn. De hemelgangers zijn onder ons, maar wij horen hun korte jubelkreet niet. Evenmin kunnen wij de eindeloos herhaalde jammerklachten van de hellevaarders opvangen. Ieder blijft opgesloten in zijn eigen tijd. De Boeken staan er garant voor. Maar om nog even op de uiterlijke verschillen tussen onze wereld en die van de hel terug te komen... die zullen, zo ze al waarneembaar zijn, uiterst gering blijken voor wie aan gindse zijde belandt. Wel aanmerkelijk verschillend, daar en hier, is volgens de Boeken de intensiteit in de waarneming van objecten en verschijnselen. Door de eenmaligheid van alle belangrijke gebeurtenissen in onze wereld nemen wij meer en dieper in ons op. Scherper vooral. Details... nuances... Juist bij wat zich als onherhaalbaar aandient, ontbreekt direct vergelijkingsmateriaal. Ons antwoord op wat we zien is daarom vaak beeldspraak, een metafoor... De bewoners van de hel zijn afgestompter, zien meer van hetzelfde en daardoor minder. Zij denken minder dan wij in beelden en vergelijkingen. Of laat ik het zo zeggen: bij confrontatie met een verschijnsel zoeken zij naar een metafoor, in ons *ontstaat* een metafoor tijdens zo'n confrontatie. Dienovereenkomstig zijn ook onze herinneringen scherper aan wat we eenmaal gezien of beleefd hebben...'

Volgens de stand van de zon werd het nu tijd voor het eindexamen, maar de sceptische jongen had nog een vraag. Een kwaadaardige.

'U verzuimde tot nu toe uit te leggen wat wij moeten doen om de hel te verdienen.' (Hij zei, en Benny schaamde zich namens hem, niet 'de hemel te verdienen'.) 'Wij hebben hier veel horen spreken over misstappen en euveldaden... maar hoe zit het nu *precies*?'

De priester somde de zonden op die, 'volgens de Boeken', een gang naar de hel garandeerden. Op verraad en verkrachting en moord legde hij de meeste nadruk. Wie zich van grote zonden onthield, kon op de hemelse vlam rekenen.

'Als ik mijn naaste dood,' wilde de jongen weten, 'en gegrepen word door gerechtsdienaren, en de doodstraf krijg, ben ik dan niet voldoende gestraft om de hel te ontlopen?'

'Nu, heel in het kort dan, want onze tijd is op. De goddelijke gerechtigheid, jongeman, opereert geheel onafhankelijk van de wereldse rechterlijke macht. Wie volgens de hier op aarde, in onze maatschappij, geldende wetten berecht en gestraft wordt, is daardoor nog niet gevrijwaard van een metafysische straf.'

'Onrechtvaardig is het wel. Onlogisch ook. Als ik een medemens doodsla, en vlucht, en zo mijn wereldse straf ontloop, kom ik pas vanavond laat, na mijn natuurlijke dood, in de hel. Niet alleen heb ik mijn metafysische straf zo weten uit te stellen, ik heb ook nog ten volle van mijn leven kunnen genieten.'

'Dat is een te verwaarlozen voordeel, een bagatel, vergeleken met de herhaling tot in het oneindige die de hel vervolgens voor u in petto heeft. Ik wilde het hier graag bij laten.'

De ventilator

'Gianni, ken je deze? Als ze zeggen: "Je hebt de hele dag..." Gianni, luister je?'

Aan de korte zijde van de bar, vlak bij de ingang, nam een man ongeduldig een slok van zijn bier. Hoewel blind, droeg hij een gewone bril, zonder donkere glazen. Hij keek met dode ogen in de richting van de barkeeper, die een andere klant hielp.

'Als ze zeggen... Gianni?'

De blinde zat niet, maar leunde, tussen twee krukken in staand, op de aluminium toog. Met lippen die trilden van de nog onuitgesproken woorden dronk hij opnieuw van zijn bier. De zon, hoog aan de hemel al, ofschoon nog lang niet op z'n hoogst, scheen schuin naar binnen, en de man stond in het volle licht, dat niet verder dan de tweede kruk vanaf de hoek de zaak in reikte.

'Ik luister,' zei de barkeeper afwezig.

'Als ze zeggen: "Je hebt de hele dag nog voor je"...'

'Ja?'

'...betekent dat meestal dat er al een flink stuk van voorbij is.'

De barkeeper grijnsde.

'Zo is het toch?'

'Exact.'

'Waar of niet?'

'Precies.' De barkeeper bleef grijnzen.

De klant die zojuist een whisky ingeschonken had gekregen, boog zich naar Benny Wult, die in het schaduwgedeelte van de zaak op een barkruk zat. 'Toch is dat vroeger een hele hoge geweest, die man,' fluisterde hij. 'Adviseur van de president. Op z'n minst.'

'Ach, mijn jeugd speelde zich in het laatst van de nacht af,' ging de blinde verder. 'Veel heb ik met mijn gezonde ogen dus niet kunnen zien. Bij het aanbreken van de dag werd ik blind.'

Het was niet helemaal duidelijk of deze laatste opmerkingen ook voor 'Gianni' bedoeld waren, dan wel een commentaar vormden op de woorden van de whiskydrinkende klant. Hij kon het gefluister op die afstand onmogelijk verstaan hebben. Of toch? De man wendde zich schielijk af, glas in de hand.

Het was de tijd van de dorst en het drinken. Benny Wult, lang en slank in zijn luchtmachtuniform, dronk bier. Een scharnierende ventilator, die tegen de wand achter hem tussen twee spiegels was gemonteerd, bestreek in een halve cirkel een groot deel van de langwerpige caféruimte. Telkens opnieuw, bij het zwenken van het apparaat, voelde Benny de luchtstroom langs zijn warme rug strijken. Verderop aan de lange bar, en aan de tafeltjes tegen de achterwand, zaten nog wat klanten van Benny's leeftijd, sommige in uniform, een enkele jonge vrouw ook.

'Gianni, ik kan *nog* zo dronken raken straks...' De blinde praatte onophoudelijk tegen de barkeeper, die er met zijn gedachten niet helemaal bij was. 'Ik kan nog zo dronken raken – ik zie niet dubbel.'

Gianni vergat te lachen. 'Maar de ogen, meneer... eh... de ogen, het zien... dat is toch *alles* voor een mens. Zijn hele wereld. Als hij zonder zicht moet leven...' Hij sprak met somber Italiaans pathos, maar daarachter was enig opzettelijk leedvermaak, waarschijnlijk als wraak voor het gezeur, dat hij al vaker te horen had gekregen. De barkeeper maakte zijn zin niet af, maar bleef met gevorkte vingers naar zijn ogen wijzen.

'Toen ik blind werd, had ik alles gezien wat er te zien viel. Sindsdien...' 'O, juffrouw, alstublieft,' onderbrak hij zichzelf, zijn gezicht met de nietsziende ogen de andere kant op wendend, 'pas op uw haar.'

Benny keek onmiddellijk van zijn glas op. In de spiegelwand achter de bar zag hij een meisje dat aanstalten maakte te gaan zitten aan het tafeltje onder de roterende en zwenkende ventilator. In een reflex liet zij haar hoofd opzij knakken, daarbij heel even bevriezend in die houding tussen staan en zitten. Het viel moeilijk uit te maken of de waarschuwing van de blinde haar gealarmeerd had, dan wel de plotseling nabije, suizende luchtstroom, maar een wonder was het sowieso, want zij droeg een kleine koptelefoon, en het blikkerige getjirp van de muziek was boven de ventilator uit te horen.

'Er zit wel een rooster omheen,' riep de blinde, 'maar toch hebben we dat hier al vaker aan de hand gehad, vrouwenhaar in de propeller.' (Hij was het soort stamgast dat op den duur uit zichzelf de glazen gaat ophalen, blind of niet.) 'Het wordt in zekere zin van de bladen weggeblazen, maar het kan er ook omheen grijpen.'

Benny had het meisje niet horen binnenkomen. Hij vroeg zich af hoe de blinde zo snel had kunnen reageren. Een lichte verandering in het snorrende geluid doordat een hoofd het apparaat naderde? Maar hij had 'juffrouw' gezegd... Hoe kon hij hebben gehoord dat het om een vrouw, een meisje zelfs, ging?

'O, dank u wel,' zei ze, naar haar haren grijpend. 'Dank u wel, hoor.' En omdat zij ook wel zag dat het een blinde betrof: 'Hoe had u dat zo gauw in de gaten? Ik loop op poezenvoetjes. Ik draag gympen.'

'Juist ja, op poezenvoetjes. Daaraan, en aan nog wat eigenaardigheden in uw manier van lopen, hoor ik dat we hier met een jongedame van doen hebben. En jongedames dragen vaak het haar lang. Bovendien had ik u al op uw rolschaatsen over het trottoir horen aankomen. U heeft ze op de drempel afgedaan. Ze staan onder het hek waarin Gianni's biljartkeus van de hitte staan krom te trekken. Kortom...'

'Mijn complimenten, hoor. Ik sta versteld.' Als ze het wat spottend zei, kwam dat door haar verlegenheid.

'Nog meer bijzonderheden? Onder de zool van uw linkerschoen kleeft een uitgewalst stuk kauwgom. Dat geeft bij het lopen een plakkend geluid...'

'Ja, ja, ik geloof u wel.'

Inderdaad had ze lang haar, rossig blond, maar ze droeg het opgestoken, moedwillig slordig. Was het uit angst voor de ventilator of voor de opdringerige slimmigheden van de blinde, dat zij een tafeltje dieper het café in ging zitten? De barman boog zich over zijn spoelbak.

'Wat kan ik voor u doen?'

Het meisje bestelde een of ander merk bronwater, maar Gianni moest haar verkeerd begrepen hebben, want hij schonk een whisky in.

'Mag ik het u zo even aangeven?'

Zij wilde iets zeggen ('Ik heb water besteld'), maar wees toen alleen weifelend op het glas, een wijzen dat eindigde in het gebaar 'laat maar'. Overmoedig geworden door het bier zei Benny: 'Ik breng het wel.'

Ook hij, die toch alles gevolgd had, zei niets over de verkeerd begrepen bestelling, bang misschien dat hij iets zou verstoren.

'O, nee, dat hoeft echt niet...' En weer stond ze daar in die halve zithouding, tussen ineen duiken en opspringen. Haar kuit in de roze stof van haar jeans raakte de stoel, die over de tegelvloer kraste. De muziek uit de koptelefoon klonk als het gerammel van een zak vol spelden.

Benny zette de whisky op haar tafeltje. Het meisje leek bijna kwaad dat hij haar zo in verlegenheid bracht. Zij legde allebei haar handen verticaal ter weerszijden van haar neus, en dan zo dat de ogen net niet bedekt raakten.

Om haar blos te stelpen. Die woorden kwamen, misschien ook door de koortsigheid die het drinken teweeg had gebracht, zomaar bij hem op, en het was eerder dat zinnetje dan iets anders waardoor zijn ontroering werd gewekt.

'Mag ik even hier komen zitten... binnen het bereik van dat ding daar? Het is zo warm.'

Benny schaamde zich voor zijn eigen banaliteit. Dat het 'zo warm was' zeiden de mensen tegenwoordig bijna net zo vaak als: 'Het leven is niet gemakkelijk.' De luchtkolom streek juist over het meisje heen, en gaf allerlei aan de schuifspelden en de pinnen ontsnapte haarslierten een andere vorm. Krullen werden vernietigd, stugge pieken krulden zich. Met de handen nog aan het gezicht, 'om haar blos te stelpen', haalde zij haar schouders op met zulke kleine schokjes, dat het even goed als een huivering uitgelegd kon worden.

Benny ging tegenover haar zitten. Ze zwegen. Als je er maar lang genoeg naar keek, kreeg de ventilator vanzelf iets van een hoofd met een schermmasker voor... een hoofd dat, tussen twee spiegels vastgenageld aan de muur, nauwgezet het interieur van de zaak overzag, aanvankelijk nog met het geluid waarmee huilende baby's gesust worden, maar allengs kwaadaardiger blazend. Ook leek het gemaskerde gezicht zichzelf in de spiegels te willen bekijken, nu eens rechts, dan weer links, wat door zijn beperkte bewegingsvrijheid alleen vanuit de denkbeeldige ooghoeken mogelijk was. Het gaf iets razends aan zijn bewegingen.

Eindelijk durfde Benny het meisje aan te kijken. Nu hij haar hoofd tegen het zonlicht zag, leek het kapsel, na een volgende zwenking van de ventilator, nog ingrijpender te veranderen. Vlammende en krullende tongen, nog niet helemaal verstard wanneer het apparaat ze opnieuw kwam oppoken. Een beeld van de zon – zonder dat hij zijn ogen hoefde af te schermen. Het meisje stelpte nog steeds haar blozende wangen.

'Luister, ik weet hoe opgelaten... Kijk, ik heb ook eens zo'n akkefietje aan de hand gehad. Niet met zo'n ding. Met een kaarsvlam. Ik kan het je uitleggen. Het was toen ik in de mess geld voor een drankje wilde neertellen, en een muntstuk over het blad achter de bar rolde. Niet dat ik zo op de penning ben, begrijp me goed, maar onwillekeurig duik je er toch achteraan, ook al omdat ik niet wist... enfin. Ik droeg mijn haar hier van voren, en hier opzij, een stuk langer dan nu – niet onreglementair of zo, maar toch langer. Op de bar stond een brandende kaars in een fles. Niet omdat het zo donker was (de blinden gaan nooit dicht), maar vanwege de rokers, die altijd lopen te schooien om een vuurtje. Goed, ik maak mijn duik, en daarbij sliert mijn haar door de vlam. Ik had het niet meteen door. Eerst was er een grappig soort geknetter ergens achter mijn rechteroor, en het volgend moment beginnen mijn kameraden mij voor mijn kop te slaan. Echt, van die vinnige oorvijgen deelden ze uit. Ik nijdig, natuurlijk. Ik wilde al terug meppen, toen ik zomaar eens op het idee kwam naar mijn hoofd te grijpen. Rechts geen haar meer. Ik hield mijn hand vol kruimelige, roetige troep. En dan begint natuurlijk ook de stank tot je door te dringen, die werkelijk met niets te vergelijken is, behalve misschien met die van afgeknipte teennagels onder een vergrootglas waar de zon op staat. Ik heb het meteen door de basiskapper laten millimeteren, want ik liep voor gek. Het duurt een half mensenleven voor het weer op lengte is. Ik klaag niet. Ik had ook levend kunnen verbranden.'

Het meisje bewoog haar handen langzaam in benedenwaartse richting, alsof zij zo de blos van haar gezicht dacht te kunnen vegen. Zij vergiste zich. Benny bekeek haar eens goed. Zij was jonger dan hij, zo te zien bij vol daglicht geboren, toen hij al op schoot zat. Het meisje, onverminderd blozend, hield de ogen neergeslagen, leek in haar glas te kijken. Zij probeerde haar haren in het gezicht te schudden, maar de klem van haar koptelefoon hield alles op z'n plaats. Uit haar oren kwamen de ijle geluiden van telegraafpalen op het platteland. Van een van de luidsprekertjes liepen twee zwarte draden onder haar kleren naar een kleine recorder die zij, in foedraal, aan haar broekriem droeg. Haar T-shirt zat zo strak, dat de draden langs haar hele bovenlichaam zichtbaar bleven als gezwollen aderen vlak onder de huid.

'Wil je liever dat ik wegga?'

Weer schokschouderde ze, knikte toen nauwelijks merkbaar, nog steeds zonder hem aan te kijken.

Benny bleef zitten, plotseling gefascineerd door een vlinder die tussen de bewegende pieken van haar kapsel rond fladderde. Hij vloog tegen de muur, maar was onmiddellijk weer terug bij haar hoofd, waar hij nerveus haar gezicht aftastte. Zij blies, met vooruitgestoken onderlip, omhoog langs haar neus – vergeefs. Toen zij hem met een armgebaar probeerde te verjagen, kleefde de vlinder opeens op de rug van haar hand.

Het was een vlinder van puur licht. De blinde, die even zonder aanspraak was, speelde schijnbaar gedachteloos met de spijskaart, die in een verchroomde houder op de bar stond, en kaatste zo een vlek zonlicht diep het café in.

'Je hebt een krekel in je haar ook.'

Zij greep, goedgelovig, meteen naar haar hoofd.

'O, dat...'

Zij trok, over voorhoofd, neus, kin heen, de koptelefoon naar beneden, tot hij met de kleine oordoppen als zuignappen rond haar hals klemde, en meer nog dan daarboven een sieraad werd. Lang geleden, in de pauze tussen de lessen, had hij op het schoolplein een meisje gezien, op afstand, dat haar halsketting tussen de tanden klemde. Er hingen kleine figuurtjes aan, kleine speeltjes. Zij was mooi. Pas van heel nabij gezien bleek de ketting een beugel, die rond haar nek rustte, en geen ander doel diende dan haar gebit in het gareel te dwingen. Sindsdien was dat een maatstaf van schoonheid voor hem: zodanig een beugel dragen, dat het een achteloos door de mondhoeken snijdende halsketting leek.

Door het omlaag trekken van de koptelefoon was het blonde kapsel met zijn rossige gloed, onder invloed van zonlicht en luchtstroom, nog meer gaan vlammen, en in het centrum van de baaierd gloeide ook de blos weer op.

'Ja, sorry, hoor,' zei ze, bijna huilend, 'maar ik kom net van school, en ik ben nog een beetje onder de indruk. Vooral... vooral van wat ze op het laatst vertelden.'

'Ik snap het.' Hij bleef zitten.

Het meisje legde de rug van haar hand tegen haar wang. 'Ik ben zo verhit. Ik gloei helemaal. Zeker van het... Ik ben de hele weg van school hierheen komen rolschaatsen.'

'Daar komt het vast van.'

'Wacht even...' Zij draaide zich om op haar stoel, en hief het gezicht naar de ventilator, die juist hun kant op zwenkte. Om zo lang mogelijk van de koelte te profiteren, boog zij helemaal met het apparaat mee, eerst naar links en vervolgens zo ver mogelijk naar rechts. Toen zij van haar stoel dreigde te vallen, greep Benny haar bij de bovenarm.

'Oeps!' deed ze.

Hij liet haar meteen weer los, maar bleef de afdruk van die dunne, zachte arm in zijn handpalm voelen, als had hij zijn halve leven niets anders vast gehouden. Het meisje was geschrokken van de onverwachte aanraking. Zij sprong overeind nog voor de stoel weer op zijn vier poten stond. De blos kreeg geen kans te verdwijnen.

'Ik moest nu maar eens gaan.'

Zij klemde de koptelefoon weer in haar haren. Het bandje was kennelijk op, want zij zocht in haar broekzak naar een nieuwe miniatuurcassette. Het duurde niet lang of er klonk weer getjirp rond haar hoofd. Nu ze op vertrekken stond, durfde het meisje haar ongevraagde gezelschap wat beter te bekijken. Haar blik gleed af naar Benny's uniform.

'Luchtmacht?'

'Om je te dienen.' Hij had geen zin meer zich uit te sloven.

'Eng, in zo'n ding?'

'Gaat wel.'

'Het engste lijkt me... die slang.' Zij sprak luider, met haar koptelefoon op. 'Dat je zuurstof krijgt door een slang. Dan zou ik me pas *echt* opgesloten voelen. Heb jij dat niet?'

'Het is alleen riskant als je misselijk wordt. Zoals laatst, toen een kameraad van mij te veel whisky gedronken had, en hij... Laat maar. Het is onsmakelijk.'

'Nou, dan ga ik maar eens.'

'Zoals je daarnet ook al aankondigde.'

'Het is ook zo vreemd, om ineens weer plat op de grond te lopen. Zo helemaal zonder rolschaatsen... dicht bij de vloer te zijn... Je hebt de neiging schuifelend te gaan lopen, als een oud vrouwtje.'

'Ik kan ze wel even voor je hier halen, die dingen.'

'Nee, nee.'

'Waar wacht je dan nog op?'

'Nergens op. – Dag.'

'Dag.'

'O...!'

Het moest verbeelding zijn geweest, maar hij meende een *traan* uit haar linkeroog te hebben zien glijden.

'O, *nee*!' Zij stond daar plotseling zo roerloos, als bevroren, dat zelfs die kreet iets ingetogens kreeg, half ingeslikt om toch vooral niets aan haar in trilling te brengen. Het kon allemaal niet voorkomen dat de ventilator in haar kapsel bleef graven.

Benny speurde haar gezicht af naar sporen van een traan, maar zag niets glinsteren. Geen natte wang, helemaal niets. Bovendien, een traan bij het afscheid, dat was toch iets om je voor om te draaien?

'Mijn lens.'

'Lens?'

'Contactlens, ja. Niet bewegen. Blijf waar je bent. Ik voelde hem naar beneden rollen. Hij kan in mijn kleren zijn blijven hangen, maar hij kan ook... Als ik ga zoeken, trap ik hem misschien kapot. Als jij nu...'

'Bewegen of niet bewegen? Je zegt het maar.'

'Voorzichtig je stoel achteruit schuiven. Zo, ja... En nu op je knieën. Het spijt me voor je uniform. Ga je nu de cel in? Pas op. Niet te zwaar op die handen steunen, anders heb je kans dat... Tasten heeft geen zin. Het beste is met je wang tegen de vloer... zo, ja... en dan het ene oog dichtknijpen. Met het andere zoek je de grond af.'

Benny had geen haast de lens te vinden. Hij wilde hier zo lang mogelijk rond blijven kruipen in dat wonderlijke landschap tussen stoel- en tafelpoten, op ruime afstand van die sportschoenen waarin het meisje zich niet durfde verroeren, overgeleverd als ze was aan zijn vorderingen. Alles wat hij daar beneden aantrof, vond hij even mooi. Een half verkoolde lucifer. Een kauwgomwikkel met de aanbeveling *Wakkert gegarandeerd geen honger aan.* Twee kromgetrokken kroonkurken. Een blauw krijtje, half kapot getrapt, voor het krijten van de biljartkeus. De verchroomde standaard van een spijskaart. Een bierviltje waar, precies in het midden, een vinger een gat in had geboord. Een worstloodje met een deel van het vel er nog aan vast. En zelfs de losse schub van een vis, liggend naast een platgetrapte sigarettenpeuk net onder de ietwat omhooggekrulde schoenpunt van het meisje.

Zwaarder dan een schub was de contactlens in elk geval niet. Bang dat het door de ventilator zou worden weggeblazen, droeg Benny het minuscule glazen rondje in de holte van zijn beide handen naar haar omhoog.

'Je hebt een zwarte veeg op je wang,' zei ze, in plaats van hem te bedanken. Tussen haar trillende duim en wijsvinger nam ze de lens van hem aan, en stak het ding onmiddellijk in haar mond. Ze begon erop te sabbelen.

Zo, met bewegende kaken, zat het meisje wat ongelukkig om zich heen te kijken – tot Benny de kauwgom in haar half gesloten hand zag. Zij zocht een asbak.

'Geef maar hier.'

Met een nog ongelukkiger gezicht liet zij de kauwgom nat en wel, en warm nog van haar mondholte, in zijn handpalm glijden. Aan de gave afdruk van enkele voortanden en een hoektand kon hij zien dat de roze gummi tijdens hun gesprek, als het zo genoemd mocht worden, klem had gezeten ergens tussen haar bovenlip en haar tandvlees, zonder dat zij erop had durven verder kauwen. Waarom was het zo heerlijk dergelijke idiote kleinigheden nu te ontdekken? Kijk, tussen de tandafdrukken zaten nog minuscule spuugblaasjes... Benny zag ze bij trosjes tegelijk kapot springen, en dat herinnerde hem – voor het eerst sinds zij hier samen waren – aan het niet terugvorderbare van al die kostbare kleine dingen. Zelfs de zon was bezig, hoe langzaam ook, zich uit deze bar terug te trekken – voorlopig alleen om daarbuiten zijn licht en warmte met des te meer kracht naar beneden te werpen. Het kon nog een half mensenleven duren eer hij de drempel over geschoven was, maar terugzien, hierbinnen, zouden ze hem nooit meer, de zon, al werden ze nog zo oud.

Alle straatvuil moest al lang van de lens zijn weggewassen, maar het meisje, in gedachten of gedachteloos, bleef doorsabbelen. Benny voelde het stuk kauwgom stollen in zijn hand. Roze... het moest vruchtenkauwgom zijn. Als kleine jongen was hij eens, toen hij nog niet schoolging, met zijn moeder in een winkel voor snoepgoed geweest. Zij hadden daar lang op hun beurt moeten wachten, omdat een man in een driedelig pak alsmaar, en steeds nadrukkelijker, bleef vragen om een product dat er niet verkrijgbaar was. 'Vruchtenkauwgom. Verschillende kleuren. Verschillende smaken. Ik weet zeker dat het hier was, in deze winkel. Nog niet zo lang geleden. Het was al licht...' 'Nee, kan ik u niet aan helpen.' 'Ik heb zelf een bedrijf, ziet u. En ik had zo graag... De smaak was echt heel apart. Heel natuurlijk. Het is erg moeilijk die fruitsmaak zo natuurecht te krijgen, weet u.'

'Hij wil het namaken, de oplichter,' had zijn moeder hem in het oor gefluisterd. 'Zo een wil mooie sier maken met andermans uitvinding.'

Dat zei hem niets. Wat hem wel iets zei was de vergeefsheid van 's mans pogingen hier, in de verkeerde winkel, aan een mogelijk niet eens bestaande kauwgomsoort te komen. Naarmate de man, steeds wanhopiger wordend, doorvroeg, zich in zinloze details verliezend, vulde die vergeefsheid als een geur de winkel, werd iets algemeens, kreeg geldigheid... Benny had hem het gevraagde graag gegeven, – om zelf weer adem te krijgen.

Het meisje tegenover hem sperde wijd haar mond open, en trillend – sidderend bijna, als die van een insectenvangend dier – kwam haar tong te voorschijn, met op de omhoog gekrulde punt de gereinigde lens. Via de top van haar wijsvinger, die ook al trilde, bracht zij het bijna onzichtbare glazen vliesje over naar haar linkeroog, dat door haar vrije hand werd open gehouden, tot uitpuilens toe.

Zo leerde Benny de gezichtshuid kennen als een masker, dat nog heel wat te verbergen had. Net als die zwellende, zich rekkende tong daareven bleek ook haar oogbal monsterlijke proporties te bezitten. En allebei vochtig, dooraderd, sidderend... Uitpuilend. Een gezicht dat grote afschuw scheen uit te drukken.

De iris (blauw) trok de lens als een magneet naar zich toe. Het meisje knipperde even met haar ogen, glimlachte, en daarmee was haar gezicht weer, en nog meer dan voorheen, een lieflijk masker geworden, waarachter de naakte zwellingen en sidderingen van haar meer geheime gezicht voorlopig waren opgeborgen.

Midden op haar wang merkte Benny een klein litteken in de vorm van een maantje op, mogelijk veroorzaakt door een vingernagel. Toen hij, met samengeknepen ogen, zijn gezicht wat dichter bij het hare bracht, bleek het een wimper te zijn, ongetwijfeld losgeraakt bij het oogknipperen en lager blijven hangen. Snel plukte Benny hem tussen duim en wijsvinger van haar wang. Het meisje, geschrokken, maakte daarbij zo'n onverhoedse hoofdbeweging, dat het niet veel scheelde of zij had alsnog een maanvormig litteken opgelopen.

'Wat doe je?'

'Een wimper.'

Hij wilde hem al op de grond gooien, maar de korte haar bleef aan zijn vinger plakken.

'Geef hier.'

'Waarom?'

'Ik wil hem terug.' Zij hield haar hand op. 'Geef.'

'Wou je 'm terug planten?'

'Geef.'

'Goed, je krijgt 'm. Eerst zeggen waarvoor.'

Benny hervond de aangename pesterijtjes van zijn schooltijd. Hij legde (*smeerde* eerder) de vochtige ooghaar op een bierviltje en plaatste er zijn lege glas omgekeerd overheen.

'Weet je best.'

'Absoluut niet.' Benny plantte een vuist op de bodem van het glas, en liet daar zijn kin op rusten. Het meisje keek hem met verachting aan.

'Voor je 'm wegblaast, mag je een wens doen. Nooit geleerd? Mijn God, wat voor *opvoeding* hebben sommige mensen gehad...! Nu is hij voor mij. Geef.'

Door een voor een haar vingers neer te drukken speelde Benny piano op haar dwingend opgehouden hand. Zij trok hem niet terug.

'Geef.'

'Zolang je niet duidelijk hebt gemaakt wat voor wens, blijf ik met een half antwoord zitten.'

'Sommige mensen snappen *echt* niets. Als je de wens verklapt, telt hij niet.'

Benny merkte dat hij de vier vooruitgestoken vingers van haar hand in een zodanige volgorde naar beneden drukte, dat het bij even veel naast elkaar liggende pianotoetsen een simpele melodie zou hebben opgeleverd. 'Bij mij is je geheim veilig.'

'Nog eens. Zeg je 'm hardop, die wens, dan is hij ongeldig. On. Gel. Dig. En je mag nooit een tweede doen. Nooit van je leven.'

'Elke hand is een kleine piano, wist je dat? Hier... je pink is do. Je ringvinger re. De middelste mi. En je fijnste vinger, dat is fa. De duim zit te ver weg van het toetsenbord. Als je raadt, puur op je gevoel of door alleen maar te kijken, welk wijsje ik speel, is de wimper voor jou. Akkoord?'

'Absoluut niet akkoord.'

Toch lette ze goed op, en schakelde zelfs de cassetterecorder uit om zich beter te kunnen concentreren. Terwijl Benny haar ene hand bespeelde, zette ze met de andere het glas whisky aan haar mond. Ze trok een vies gezicht, toen weer tot haar doordrong dat zij geen bronwater gekregen had. Benny herhaalde de eerste paar maten van het nummer dat hij in gedachten had. Nadat het meisje enkele keren, tastend, onzeker, de afzonderlijke noten meegeneuried had, riep van het andere eind van de bar de blinde, die er voor leek te willen zorgen dat Benny zijn vingertoppenspel nog wat kon rekken: '*De regenboog*... Ik hoor de intro van *De regenboog*.'

En hij zette galmend het zeemanslied in:

Zo gastvrij als de stad mij opnam,
gaf ze me minzaam door
van kroeg naar kroeg...

'Ik wist het. Ik *wist* het,' zei het meisje. 'Ik had het bijna.'

'Telt niet. Volgend nummer.' Benny had de kauwgom in zijn hand langzaam hard en droog voelen worden. Hij liet hem onder tafel op de grond vallen. 'Niet zo luid neuriën. Hij hoort alles, die vent. Geef je andere hand eens... We gaan het wat ingewikkelder maken. Niets voor niets.'

Als hij maar met die kleine warme, en tegelijk koele handen in de weer mocht blijven. Het kwam hem nu bijna lichtzinnig voor dat ze niet in handschoenen staken... dat ze zo naakt en weerloos, en buitengewoon aanraakbaar, naar hem uitgestoken werden...

De blinde zong:

Door meeuwen opgedregd,
door honden schoongelikt...

En een matroos, die juist binnen was gekomen, viel in:

wacht ik tussen lege flessen...

Benny deed haar voor hoe de handen met de pinken tegen elkaar te leggen, de palmen omhoog gekeerd.

'Dwingeland,' zei ze. 'Die uniformknopen zijn je in je kop geslagen.'

'We spelen nu van wijsvinger naar wijsvinger. Van do naar do. Let goed op. Wat is dit?'

Hij speelde de eerste maten van *Harten twee*. Al was zijn spel geluidloos, hij probeerde er net zo veel gevoel en effect in te leggen als wanneer hij, omringd door kameraden, in de mess aan de piano zat en evergreens speelde. Haar vingers waren immers maar toetsen, die daarbinnen de hamers op de juiste snaren moesten laten neerkomen.

'Oei, ik krijg kramp in mijn polsen.'

Lief vond hij dat van haar: omdat zij blijkbaar niet wilde dat de blinde haar weer voor was, liet zij het neuriën achterwege, en keek gespannen naar haar vingers die door de zijne in wisselend tempo werden neergedrukt, daarbij haar lippen bewegend alsof ze telde. Het viel haar net zo moeilijk als wanneer ze zich had moeten oriënteren op de hand van de pianist zoals die weerspiegeld wordt door de omhoog geslagen klep van het instrument. Zij las een in de lucht geschreven spiegelschrift.

'Ik hou het niet lang meer, hoor.'

Benny vond het niet erg telkens opnieuw met die intro te beginnen. Toen hij *Harten twee* gespeeld had op de mess, met als een echte barpianist een sigaret in zijn mondhoek, was de gloeiende askegel terecht gekomen op de toets (de laatst benodigde van het nummer) waarvan hij het aanslaan, met veel schmiere, zo lang mogelijk had willen uitstellen. Het vuur bracht het ivoor fijntjes aan het smeulen, en van de toets steeg al gauw een dunne, wollige draad van rook op.

Zo wilde hij nu voor het meisje spelen – met eigenlijk alleen de intentie van muziek. Een muziek die, geluidloos, rechtstreeks omhoog ging, zo recht en ijl en waardig als alleen een godenoffer zijn rook omhoog kon zenden.

'Ow, mijn vingers gaan er zeer van doen.'

Maar in een moeite door herinnerde Benny zich ook de *stank* die vervolgens de mess had gevuld, veel en veel erger dan die van verbrand haar, erger zelfs nog dan werd verspreid door de afgeknipte teennagels die op een tegel van het schoolplein in het brandpunt (de zon tot een gloeiende speldenknop verkleind) van een bolle lens werden gelegd, vroeger. Alles, alles raakte tijdens het scheppen al beurs en rot. Schoonheid stonk. Enfin, sinds dat brandje mocht hij van Van Haften, de bedrijfsleider van de mess, wiens tanden net zo geel zagen als de toetsen van die oude rammelkast, geen piano meer spelen. Zo ging dat.

En zo zat hij hier nu te pingelen op de spitse vingertjes van een kind dat net van school kwam... Benny keek eens goed. Nee, het waren al nauwelijks meer de vingers van een pubermeisje. De aantekeningen in haar handpalm waren onleesbaar geworden; de inkt vervloeide in lijnen en nerven.

'Ik heb het. Ik weet het.'

Meteen trok zij haar handen onder de zijne uit, en sloeg ze opnieuw voor haar gezicht, dit maal om de blos voor te zijn.

'Laat eens horen dan.'

'Ik zou niet durven.'

'Hoe kan ik dan...'

'Ik heb het herkend. Geloof het of niet. Maar je krijgt me niet zo ver om ook nog eens de tekst... de titel... Die lol gun ik je niet. Hou mijn wimper maar.'

Haar beide pinken drukten in de ooghoeken om twee woedetranen tegen te houden.

'Ik geloof je. Hier.' Benny bood haar het bierviltje met het omgekeerde glas aan. 'Blaas je wens maar de wereld in.'

Vlak voor haar gezicht nam hij het glas weg. Het meisje wierp snel haar hoofd naar achteren, als verwachtte zij een nijdig insect te zien ontsnappen. Het viltje toonde het wapen van een bierbrouwerij, maar was verder leeg. De ventilator, die juist over hun hoofden streek, moest de wimper hebben weggeblazen.

'Oh... stommeling!'

'Gauw, doe een wens. Hij moet hier nog ergens ronddwarrelen. Als je snel bent... Blazen. Blazen wat je kunt.'

Het meisje blies ongericht als een kind, met bolstaande wangen, waarbij ze Benny hulpeloos aankeek. Daarna sloot ze voor een moment haar ogen, en bewoog heel even haar lippen.

'Dacht je dat hij nog... Nu is het vast ongeldig. En het kan nooit meer over.'

'Zo'n wens als van jou *moet* geldig zijn. Het kan niet anders.'

'Wat weet jij...'

'Ik heb meegelezen.'

'Leugenaar. Meegelezen wat? Mijn gedachten zeker.'

'Ja. Via je lippen. Je bewoog je lippen. Ik kan liplezen. Nou ja, een beetje, maar juist genoeg om...'

'Gelieg. En wat zou ik dan wel...'

'Het had in ieder geval met ons te maken.'

'Ons...!' Haar verontwaardiging leek een alibi voor haar blos.

'Met jou en mij.'

'Bluf. Wat zou ik over jou en mij te wensen hebben, behalve dan dat je mij nu verder met rust laat?'

'Als dat je wens was, zou hij nu, doordat je 'm hardop hebt uitgesproken, door God zelf al nietig verklaard zijn. Nee, ik weet genoeg.'

'Niets anders dan bluf, bluf en nog eens bluf.' Zij dronk haar glas met onverdunde whisky in een keer leeg, zodat vervolgens haar prikkelhoest als alibi voor haar tranen kon dienen.

'Die wens van je... ik wil hem graag helpen uitkomen,' probeerde hij nog. 'Ik bedoel, uit eigenbelang ook.'

Zij zei niets meer. Benny kon aan haar mondhoeken zien hoe de alcohol haar in de keel moest branden. De ventilator, die scheen te zijn overgegaan tot een langzaam meewarig hoofdschudden, had het haar van het meisje nu bijna helemaal uitgeplozen; de spelden en pinnen staken krachteloos in het losgewoelde kapsel.

'Hoe heet je?'

'Ik wil nog zo'n bronwater.'

'Gianni, je wordt geroepen,' hoorde Benny de blinde zeggen. 'Ze hebben je nodig, daar in de hoek.'

'Wat kan ik voor u doen?'

'Nog een bier, en voor de jongedame een bronwater.'

'Nee, ik wil *zo'n* bronwater. Net als daarstraks.'

'Goed, een bier en een rogge.'

Het meisje, voorzichtig geworden, nam kleine slokjes van haar whisky, maar wel een heleboel achter elkaar.

'Pas je wel een beetje op? Je kunt maar een keer in je leven dronken...'

'Gini. Jij?'

'Ik hou je in de gaten. – Benny.' Hij voelde zich opeens te oud voor die naam.

'Rijmt op Gini.'

'Nou ja, Ben eigenlijk. Ben.'

'Benny is beter.'

'Voor jou Benny dan.'

'Voor mij nog zo'n bron. Nee, niets zeggen. Als ik maar eens in mijn leven dronken mag worden, waarom dan nu niet? – Meneer Gianni, hier nog twee van die... van die rogge.'

Het meisje, Gini, schakelde de cassetterecorder weer in. Zij dronk al roekelozer van haar whisky. 'Het brandt, maar het went.'

'Het went nooit.'

Na het derde glas begonnen haar ogen, die zich soms genietend tot spleetjes vernauwden bij een van haar favoriete passages in de muziek, te schitteren. 'Ik wil dansen.'

'Dansen...'

'Op school hebben we eraan gedaan, maar dat is alweer zo'n tijd terug. Ik wil de nieuwste dansen zien.'

'De Rode Schoentjes?'

'Kom je daar binnen?'

'Alleen de zon komt daar niet binnen.'

'Waar wachten we op...!'

Had de zon bij Benny's binnenkomst nog net voorbij de tweede kruk, gerekend vanaf de barhoek, de zaak in geschenen, nu zij weggingen bleek het zonlicht juist van de zitting afgegleden. Toen hij er in het voorbijgaan met zijn hand over streek, voelde Benny hoe warm het kunstleer nog was. De tijd ging langzaam, de tijd ging snel.

Kwam het door de drank dat het meisje Gini zo onzeker, zo ongemakkelijk zich bewegend, voor hem uit liep? Haar kleren leken haar in de weg te zitten. Als om een hinderlijke jeuk te verdrijven stak zij haar duimen in haar oksels, maar waarschijnlijk dwong zij een kledingstuk in het gareel.

'Juffrouw...'

Trefzeker, dat wil zeggen zonder eerst door de lucht te hoeven tasten, legde de blinde een hand op haar schouder.

'U vindt me vast een vervelende opschepper, als ik beken dat ik zelfs het vallen van uw contactlens opving. Maar het gaat niet om het gehoor alleen. De reuk is minstens zo belangrijk. Niet alleen met mijn oor, ook met mijn neus zag ik u binnen komen. Ik rook uw geslacht...'

'Meneer Scant, doet u mij een lol, met die obscene dronkemanspraatjes...'

'Ik bedoel natuurlijk, maar meneer Gianni snapt dat niet, dat ik rook van welk geslacht u was. Uw leeftijd ook rook ik. En met diezelfde neus zie ik u nu weggaan. U bent, ruik ik, beduidend ouder geworden in die tussentijd. O, gelukkige jeugd, waarin kleine leeftijdsverschillen zo ingrijpend kunnen zijn. Natuurlijk, ik ben ook ouder geworden sinds u hier binnen kwam, maar ik ben niet veranderd. U wel. Totaal. Het ga u goed.'

Buiten leek het veel heter geworden, maar dat kon aan hun langdurige verblijf in het betrekkelijk koele achtergedeelte van de bar liggen.

'Oeff... die tegels branden door mijn zolen heen.'

'Je hebt je rolschaatsen vergeten.'

'Laat maar. We gaan toch niet naar de rolschaatsbaan? Ik zou niet eens meer weten hoe ze onder te binden, die dingen. Voor de eerlijke vinder, hoor.'

De whisky had haar brutaler gemaakt. Zij hield een hand boven haar ogen tegen de zon – 'die koppijnpil daarboven' – en maakte balletpassen op haar tenen om aanraking met het hete trottoir zo gering mogelijk te houden. 'De Rode Schoentjes... grandioos!'

'Laten we aan de overkant gaan lopen. Daar is wat meer schaduw.'

Ook uit dat voorstel bleek dat hij ouder geworden was sinds zijn binnengaan in de bar. De 'zonkant van de straat' was altijd zijn domein geweest, al vanaf het moment dat zijn moeder hem naar school bracht. Na zijn eindexamen hadden de trottoirs van de brede straten die van noord naar zuid liepen aan de westzijde al een flinke baan zonlicht – tegenover de kazerne zeker een tegelrij breed, tegen de rooilijn aan – en over die strook gouden plaveisel, de mouw van zijn schooluniform schurend langs de muren, was hij in triomf naar huis getogen, om daar een tobberig en oud geworden moedertje aan te treffen. (Zij had zijn te klein geworden rugtas omgekeerd, en tussen de boeken een helemaal verdroogd, bruin klokhuis aangetroffen.) Ook later nog, toen het eigenlijk al te heet werd om lang in de zon te lopen, zocht Benny Wult altijd de van hitte trillende kant van elke straat op, zelfs wanneer hij een zware plunjezak op de schouder droeg. Zo bleef hij een kinderlijke halsstarrigheid trouw – tot na het verlaten van de bar.

Midden op de oversteekplaats, die zij met de whisky in haar benen tevens een paar keer dwars overstak, bleef Gini staan om nog eens aan haar kleren te sjorren.

'Ja, sorry hoor,' riep zij naar Benny, die al op het beschaduwde trottoir stond, 'het is misschien niet netjes om te zeggen, maar mijn bh zit te strak. Hij snijdt me aan mootjes, als ik niet oppas. Ik wist niet dat hij zo snel te klein zou worden...'

Mensen bleven staan om naar haar te kijken, sommige afkeurend, andere vertederd, wetend. Benny – de Benny van het luchtmachtuniform – had opeens alleen nog oog voor een groot reclamebord, dat een frisdrank aanprees: ...ONZE VOOROUDERS DRONKEN HET ZELFS 'S NACHTS. Dat meisje? Kende hij niet.

Het voetgangerslicht stond al lang op rood. De gele taxi's claxonneerden. Gini rende lachend over het asfalt, met een arm op haar rug gedraaid, de duim tussen de schouderbladen gestoken. Zij liep een veeg op haar broekspijp op van een vuile autobumper.

'Hier vlakbij woont een vriendin van me. Ik ben na school tot voor de deur met haar mee geschaatst, voordat ik... Ze *moet* thuis zijn. Ze was ouder dan ik. Forser ook. Ze *moet* wat voor me te leen hebben. Ik houd het anders niet.'

Op de hoek van de zijstraat waarin de vriendin woonde stond een verkoper van zoute krakelingen. Een ezeltje droeg de handelswaar in rieten manden ter weerszijden van zijn rug. Met zijn opgerolde oren hield hij de vliegen op een afstand.

'Kijk nou...' Gini lag al op haar knieën voor het dier, met tranen in haar ogen niet alleen van sentimentele dronkenschap. Zij streelde de langwerpige kop, beklopte de hals. 'Mijn arme schat... jou als lastdier te gebruiken...! En waarom? Wie lust er nou zoute krakelingen? Alleen een paar vieze zweetklieren, die ze van de dokter moeten vreten. Arme lieverd, je moet niet zo droevig naar de grond kijken...'

Hier waren geen reclameborden om zijn schijnheilige aandacht te trekken, dus nam Benny het meisje bij de arm en duwde haar zacht de zijstraat in. Snikkend, struikelend bleef ze omkijken naar het ezeltje.

'Ik breng net zo veel suikerklontjes voor je mee als er stinkende krakelingen in die... in die... martelmanden liggen,' riep ze nog. En tegen Benny: 'Als hij nu maar niet zo triest *gekeken* had. Die manden snijden hem aan de zijkant helemaal aan flarden, weet je.'

Dat laatste herinnerde haar kennelijk weer aan hun aanwezigheid daar. 'Nummer 113. Een blok verder nog.' Met de muis van haar hand wreef ze de tranen weg. '*Nog* een blok verder, en dat kinder-bh'tje zou me levend gevild hebben. Wel eens een scheermesje precies tussen je schouderbladen gehad?'

'Mijn parachute is een keer in een boom blijven hangen. Ik bungelde een paar meter boven de grond, helemaal vastgesnoerd. Zo'n kindertuigje kan ook aardig gaan knellen, op den duur.'

Toen het volgende kruispunt in zicht kwam, leunde zij met vertrokken gezicht tegen een garagedeur. Zij wrong haar schouders naar voren, naar achteren. 'Ik kan niet meer. Ik vind het rottig om te vragen, maar je *moet* me even helpen. Onder goede kennissen kan dat, weet je... O! Aw! Awaw! Snel, maak die sluiting los!'

Zij keerde Benny de rug toe, ondertussen met snelle gebaren het T-shirt uit de broek trekkend. Beschaamd, onhandig ging hij met zijn handen omhoog langs die nog kinderlijke rug, waarvan de huid klam was, en daardoor stroef, zodat zijn vingers letterlijk struikelden.

'Hoger. Vlug.'

Om de sluiting los te kunnen haken moest hij de elastische band die dwars over haar rug liep een stukje naar zich toe trekken, waardoor aan de voorkant de bh nog dieper in haar vlees sneed. Er kwam geen klacht meer over haar lippen, maar Benny voelde hoe ze kort huiverde.

'Er zijn vier haakjes en vier oogjes... dat gaat niet in een keer.'

Toen het gebeurd was, kon hij het niet laten op de plaats waar de ingewikkelde sluiting een even ingewikkeld reliëf in de huid gestempeld had zacht met zijn duim heen en weer te wrijven, als om zo de pijn, die toch ook een soort groeipijn was, uit te wissen.

'Zo is het wel genoeg geweest. Hij is toch los? O, nou dan!'

Hij trok zijn handen terug.

'Weet je: nu komt het ergste, weet je. Het zit helemaal in me vastgegroeid, lijkt het wel. Even niet kijken.'

Benny draaide zich niet om. Gini evenmin. Zij sloot haar ogen, en ging met haar handen onder het T-shirt, dat tot boven de navel opgeschort werd. (In de navel glinsterde een speldenknopje zweet, alleen te zien door een allerfijnst vlechtwerkje van stofdraadjes uit haar kleren, dat zich in die ondiepe holte had vastgehecht. Van alles wat ik maar een keer zien mag, dacht Benny, moet ik dit in ieder geval mijn leven lang onthouden. Onder welke titel zal ik het opslaan? 'Naakt achter bedauwd spinnenweb' kan ermee door. Beter is misschien: 'Zij transpireerde onder haar kleinste kledingstuk.' Moet ik de jongens vertellen.) Beneden haar oksels stak zij, zo te zien, haar duimen onder de rand van de bustehouder, en bewoog ze langzaam naar elkaar toe. Zij zoog lucht tussen haar tanden.

'O, die scherpe randen...'

Bij elke millimeter die ze vorderde, vertrok haar gezicht nog meer, en Benny verbeeldde zich rond haar ogen en mondhoeken millimeter voor millimeter de lijnen te zien ontstaan die daar beneden al in haar vlees gekerfd waren. Hij werd getroffen door dezelfde weerloosheid die haar daarnet, aan het begin van de straat, in dat ezeltje had ontroerd. Hij was blij dat zij haar ogen dicht hield, want in de zijne begon iets te branden. Groeipijn. Zijn eigen lichaam was al een tijd uitgegroeid, maar zijn ziel (of wat het zijn mocht, hij noemde het maar zo) groeide sinds het bezoek aan de bar onstuitbaar, en dreigde uit zijn omhulsel te barsten. Kon een ziel kloppen als een hart?

Gini's ene hand raakte verstrikt in de draden van de koptelefoon. Zij verrichtte ingewikkelde handelingen, die er uiteindelijk toe leidden dat zij de kleine bh onder haar kleren uit kon trekken. Hij werd onmiddellijk tot een prop in haar handen.

'Weet je...' Ze zei het dromerig. 'Toen ik nog een klein meisje was, had ik op een keer een wondje... hier, onder mijn oor.' Ze keerde hem de zijkant van haar hoofd toe. 'Nou, die pleister, he, die bleek er helemaal in vastgegroeid, toen ze hem lostrokken. Had ik pas echt een wond. Als je goed kijkt, kun je nog iets van een littekentje zien. Een rondje. Een muntje. – Zeg, ben jij kippig of zo, dat je zo dicht... Niet doen. Die lippen van jou zijn kapot van de zon. Ze schuren. Hou op. Dwingeland. Waar was ik gebleven? Nergens. O, ja, ik had nooit gedacht, wou ik zeggen, dat ik nog eens een soort pleister... uit een soort wond... Och, laat maar.'

Zij liep naar de rand van het trottoir, maar liet de bustehouder niet meteen in de goot vallen. Hij ontrolde zich, en zij hield hem nog een poosje aan een uiteinde vast, alvorens er zich als terloops, gemaakt onverschillig, van te ontdoen. Het leek eerder of zij hem verloor – en dat was natuurlijk ook zo.

Gini verplaatste de kleine koptelefoon weer naar haar hoofd, en schakelde de recorder in. Zo liep zij voor Benny uit. Haar T-shirt hing slordig, met kreukels, over haar broek. Telkens opnieuw bracht zij haar handen omhoog, gebaar van ongelovigheid, om ze even rond haar borsten te leggen. Haar gang vertoonde, door de whisky nog steeds, een afwijking naar links, maar zogauw ze een geparkeerde auto dreigde te raken, stelde ze struikelend haar koers bij.

Er kwam een ander meisje naar buiten. Zij droeg een witte, mouwloze jurk met een matrozenkraag. Het haar leek minder rossig nu het strak naar achter was gekamd, eindigend in een harde vlecht die zich een stukje oprichtte van haar kruin alvorens in de nek te gaan neerhangen. Verdwenen de koptelefoon. Rond haar hals droeg ze aan een zwartleren veter een zilveren bootsmansfluitje.

'Vind je de jurk niet te lang? Het was het enige nog een *beetje* menselijke vod dat ik in dat tentenkamp van Thelma aantrof.'

Ze wapperde met haar handen, de vingers gespreid, en blies dan weer over haar nagels. Boven haar linkeroog hadden haar wimpers een zwarte stippellijn van mascara op de kiwigroene oogschaduw afgedrukt. De steenrode lippenstift was zo aangebracht, dat haar mond eerder dunner dan voller leek.

'Een brassière, zoals tutje Thel zo'n ding noemt, heb ik ook weer. Maar wel op de groei. Ik zal maar niet zeggen waar ik de cups mee opgevuld heb. "Heb je daar ook een voorraadje van", zei Thel-de-Kwel. Ja, en dan die platte schoenen... Ik ga niet op pumps dansen. Zeker niet op die van haar. Soort klompen met een spijker als hak. Mooi niet.'

Zij liepen in de richting van de avenue. Bij het wachten voor de oversteekplaats ademde Gini in haar handpalm.

'Thel-Alarmbel maakte een scène over mijn drankadem. Nou, ik merk er weinig meer van, van die rogge.'

Inderdaad bewoog ze zich al minder met een krabbengang over het trottoir, maar zoals ze bijna roerloos haar hoofd rechtop hield, was ook verdacht.

'Denk je dat ik mijn kans om dronken te worden verspeeld heb?'

'Je bent nog op weg.'

'Wat leer je nu eigenlijk op school? Mij hebben ze bij voorbeeld nooit verteld wat er gebeurt met iemand die al een keer dronken is geweest en het nog een keer probeert.'

'Zo iemand sterft tijdens zijn tweede roes. Op z'n best wordt hij dement, en vegeteert dan nog wat. Gat in z'n maag. Rafelige darmen. Lever ontploft... Volkomen afgetakeld. Het menselijk lichaam heeft juist voldoende weerstand om die ene, als het ware door God toegestane dronkenschap de baas te worden. Eén keer de roes, en dan nooit meer.'

'Het is dus net als met...'

'Ja. Net als met.'

Gelukkig werd zij afgeleid door een kat die op de motorkap van een geparkeerde auto was gesprongen, en klaaglijk miauwde omdat het metaal in de zon te heet bleek geworden om op te gaan liggen. Terug het relatief koelere trottoir op springen kwam niet bij hem op. Hij tilde telkens een ander pootje op, schudde het, likte het, als was dat een manier om de warmte te verwijderen.

'Ach, zijn witte sokjes verschroeien helemaal... Waarom, domoor, woon je dan ook op een strijkbout?'

Toen zij de zwarte vacht wilde aaien, trok zij snel haar hand weer terug. Zelfs Benny, die op twee meter afstand stond te wachten, hoorde het droge geknetter.

'O, gemenerik. Tot in mijn elleboog...!' En teruglopend naar Benny: 'Heet, dat vel, *heet.* Zo'n kattenbeest is een wandelend hoogspanningshuisje gewoonweg.'

Met dat 'net als met' in hun hoofd liepen zij zwijgend verder naar de dancing. Nu hij in een hem beter bekende buurt kwam, viel het Benny op hoezeer het uiterlijk van de stad veranderd was tijdens zijn verblijf in het café. Hier hing laag bij de grond een sloopnevel van fijn gruis en stof, die al na een tiental meters Gini's (Thelma's) donkerblauwe lakschoentjes had witgepoederd. Boven die zacht voortdrijvende mist, waar hier en daar de zon in roerde, schoten hoog en rank de nieuwe gebouwen op, tussen vruchtbare steigers. Rondom voerden tientallen, honderden gele en rode kranen een soort hoekige reigerdans uit. Kijk, daar stonden twee gehelmde mannen losjes op een stalen balk, die – in evenwicht hangend maar deinend – veertig, vijftig, achtenvijftig verdiepingen de hoogte in getakeld werd.

Ten tijde van Benny's laatste bezoek aan deze buurt, halverwege de ochtend, hielden de architecten zich nog aan een gemeenteverordening die stelde dat gebouwen, hoe hoog ook, in een scherpgeslepen potloodpunt dienden uit te lopen, dit om in toekomstige tijden, wanneer warmte en licht minder overvloedig aanwezig zouden zijn dan nu het geval was, de zon de kans te geven tot helemaal beneden in de gestileerde ravijnen van de stad te blijven doordringen. Inmiddels was die verordening blijkbaar ingetrokken, want hoger en hoger werden de wolkenkrabbers, zonder dat nog ergens een potloodpunt aan de hemel verscheen.

Bij het openen van zijn postzegelgrote luikje in de deur kreeg de portier het zonlicht als een pijl in zijn oog.

'Twee personen. Ik heb een kaart. Zij is mijn introducée.'

'In orde.'

De zon werd buitengesloten, maar doordat het kijkluikje was blijven open staan kwam hij ze nog met een zeer lange vinger achterna. Aan het eind van de gang gaf een gecapitonneerde deur toegang tot de eigenlijke dancing. Heilige ruimte, waar de duisternis in ere werd gehouden. Schaars goed, dat dan ook door niet meer dan enkele zwakke spots aangetast werd.

Rondom de dansvloer, die op die ene roerloze drinker na leeg was, zaten voornamelijk jongens en jonge mannen aan de tafeltjes. Zij spraken niet met elkaar, want daarvoor stond de muziek te hard.

'Deze ken ik,' riep Gini. 'Thel-Goedaardig Gezwel heeft hem mij zojuist voorgedaan. Het is iets nieuws.'

Zij danste al. Sommige van de jongens stonden op, en bewogen aan de rand van de dansvloer zo'n beetje met haar mee, ieder voor zich de indruk wekkend dat zij het speciaal op *hem* voorzien had. Benny ging aan de bar zitten, keek naar haar. Zij danste snel. De vlecht ranselde haar rug, de schouders, de bovenkant van haar hoofd; draaide zij om haar as, dan sloeg hij haar om de oren. Het was of zij zich onder die afranseling probeerde uit te kronkelen, terwijl hij toch door haarzelf teweeg werd gebracht. Zelfs stond zij soms wijdbeens, en sloeg dan met haar bovenlichaam zo diep voorover, dat de vlecht – doorzwiepend – haar billen raakte.

De spots doofden. Neonbuizen knipperden aan, verspreidden een violet schijnsel dat de witte overhemden van de jongens deed oplichten. Ook Gini's matrozenjurk gaf nu licht, terwijl haar hoofd en ledematen schimmig bleven, onzichtbaar bijna, op de parelmoer gelakte nagels na, die in twee groepjes van vijf als vuurvliegjes door het donker dwarrelden. Zij danste meestentijds met haar ogen dicht, maar soms zocht zij zijn instemmende blik, en lachte dan met alleen oogwit en tanden.

Het werd drukker. Scholieren, studenten, veel meisjes ook, kwamen binnen met nieuwe muziek, nieuwe dansen. De tijden veranderden, onophoudelijk. Gini leerde snel, al voortwervelend. Zij had er zichtbaar plezier in elke oude, in onmin geraakte danswijze vloeiend in een zojuist van het meisje naast haar afgekeken nieuwe methode te laten overgaan. Van tijd tot tijd kwam zij naar de bar, met gloeiende wangen, en dronk dan van Benny's whisky, plukkend aan haar jurk die tegen haar lichaam plakte. Ook trok ze voortdurend de zoom naar beneden.

'Hij kruipt steeds omhoog,' schreeuwde ze in zijn oor, 'die hobbezak van Thel-Je Weet Wel. Verdacht stofje. Firma Krimp & Kreuk. Ik *voel* me toch opgelaten...'

Wat zij niet in de gaten had, Benny wel: zij was verder uitgeschoten. Het was de meest kuise manier van zich ontkleden – door de groei, zij het dit maal zonder begeleidende pijn, of het moest een ander soort pijn zijn.

Eindelijk liet Benny zich meetrekken naar de dansvloer, maar eer zij daar aankwamen had de discjockey alweer een andere plaat opgezet, iets langzaams en tijdloos. Nu moest hij haar tot dansen dwingen, want hier was aanraking van lichamen vereist.

'Liever niet. Ik ben helemaal klam en plakkerig. Niet normaal meer. Er zouden eigenlijk douches boven de dansvloer moeten zijn.'

Zo soepel als ze aldoor gedanst had, zo houterig stak ze nu haar benen naar achteren, om zich toch maar vooral niet tegen hem aan te hoeven drukken. Haar handen hingen eerder met de gekromde vingertoppen aan zijn schouders dan dat ze erop rustten. De intieme dans bestond voornamelijk uit een oorschelp die tegen zijn wang gloeide. Het was genoeg.

Zij rook niet naar zweet. Het transpireren maakte andere geuren uit haar los, ongeveer zoals in zijn vroege jeugd, toen hij voor het eerst voorbij een park kwam, de ochtenddauw niet naar ochtenddauw rook, maar naar gras en struiken, geuren die loskwamen met het verdampen van de dauw in de eerste zonnewarmte. Toen Benny zijn wang van haar oor losmaakte om zijn neus boven dat strakgekamde haar te kunnen brengen, waar het naar warme... ja, naar warme *wat* moest ruiken? gooide Gini haar hoofd naar achter, en keek hem met blikkerend oogwit aan.

'*En* een dorst...!'

Meer mineraalwater. Meer whisky ook. En geen 'rogge' hier.

'Waar...'

'Het park.'

'Park?'

'Je wou er zelf heen.'

'Liegbeest.'

'De frisse lucht in, wou je, na die rokerige danstent.'

'Gek. Ik had mijn ogen dicht, en ik zag... ja, alle dieren uit de dierentuin, die ook natuurlijk. Maar er waren ook dieren die ik nooit in de dierentuin gezien heb. Neem nou dat ezeltje...'

'Je hebt gedroomd.'

'Ach, idioot, dromen... dromen deden onze opa's en oma's, toen het te donker werd om normaal te leven. Ze sliepen, en in hun slaap hadden ze een droom. Mijn vader weet nog waar zijn vader over...'

'Jij sliep ook daarnet. Heel kort, maar lang genoeg om te kunnen dromen.'

'Geslapen? Ik?'

'Als een kat in de vensterbank.'

'Maar ik ben toch niet ziek?'

‘De whisky.’

‘Ik weet het weer. Dat arme ezeltje moest dansen op... nee, een heel erg lange tocht afleggen over een soort heuvelvlakte van allemaal auto’s die heel dicht tegen elkaar aan stonden en gloeiendheet... Zeg, Benny.’

‘Eindelijk spreek je mijn naam uit.’

‘Zeg het.’

‘Wat?’

‘Weet je best.’

‘Nee. Wat moet ik zeggen?’

‘Wat er gebeurd is. Ik bedoel, wat er *niet* gebeurd is. Zeg dat het niet gebeurd is.’

‘Als ik je daar een plezier mee doe... Goed, het is niet gebeurd. Nooit.’

‘Nee, serieus. We hebben toch niet... he? Zeg dat we niet gezoend hebben. Vooruit, zeggen.’

‘Je herinnert je het dus niet?’

‘Absoluut niet.’

‘Waarom moet ik dan...’

‘Omdat ik vaag... Ik vroeg het me af. Ik vroeg het me alleen maar af.’

‘Vreemd. Nu jij blijkbaar geen enkele herinnering hebt aan die kussen, worden ze voor mij alleen maar meer waard. Exclusiever.’

‘O, nee, zeg dat nu... Bewijzen. Ik wil bewijzen.’

‘Dat je er geen herinnering aan hebt, wil nog niet zeggen dat je de nawerking niet voelt. Gloeien je mond en je kin nog? Ik herinner me een boel geklaag over mijn kapotte lippen.’

‘Als mijn lippen gloeien en gesprongen zijn, komt het van dat lange zitten hier in de hete zon.’

‘Goed, ik zal maar niet naar nog meer nawerking informeren.’

‘Mijn ringen knellen. Straks maak je me wijs dat we

ook hand in hand hebben gezeten.'

'Dat niet alleen. Je duwde mijn hand met de jouwe langs je lichaam naar beneden. Mijn vingers doen pijn van jouw ringen. Van het weerstand bieden.'

'Grote leugenaar. O, Benny, dronkenschap en dat andere... het is net of het elkaar heeft opgevreten. Hoe moet ik het noemen. De ene roes de andere. Er blijft zo weinig voor me over. Het maakt me triest. Al die mooie dingen die maar één keer mogen voorkomen...'

'Hou op. Het is niet waar. Het kan niet waar zijn. Zolang je eraan kunt denken... Kijk, denken is continuïteit, snap je? Denken is dus de ontkenning van alle eenmaligheid. Continuïteit, precies wat ik... Waarom adem je achter je hand? Probeer je mijn kussen te ruiken?'

'Viezerd. Nee, of ik een drankadem heb.'

'Kijk, alles kan een mens denken. Alle mogelijke combinaties van dingen. Onbestaanbare ook. Maar wat hij zich niet kan voorstellen... waar hij zich geen gedachte over kan vormen is dat wat *bezig* is, en waar hij deel van uitmaakt, nee, het middelpunt van is zelfs... deze kleine verliefdheid, bij voorbeeld...'

'Benny, ik heb niets gehoord. Mijn oren zitten potdicht.'

'...dat dat voorbij zou gaan zonder ooit terug te keren. Dat kan hij niet. Onmogelijk. Het zou namelijk de ontkenning van het denken inhouden. Denken staat borg voor de continuïteit van alles. Dus, Gini, blijf denken aan al deze dingen, dan verdwijnen ze niet. Gedachten...'

'Ik keek toch niet scheel toen ik gedronken had? Iemand vertelde mij eens over iemand die...'

'Je loenste heel lief.'

'O, niet zeggen. Niet zeggen.'

Toen zij van de bank opstonden, was het onregelmatig getande silhouet van de stad rondom alweer verder veranderd, terwijl de begroeiing van het park dichter bleek geworden. Sommige paadjes waren zelfs onbegaanbaar, dichtgegroeid, als in het sprookje van de Schone Slaapster, dat Gini, bekende ze, zo geheimzinnig had gevonden toen ze de slaap alleen nog van horen zeggen kende. 'Nu natuurlijk niet meer. Alweer iets voorbij.'

Verderop waren ze van gemeentewege al aan het snoeien, met kniptangen en elektrische zagen. Sommige kruinen schudden heftig, tijdelijk bewoond door vernielzuchtige mannen in oranje overalls. Eekhoorns vluchtten bij tientallen.

Wat later die ochtend lagen zij – gekleed – naast elkaar op het strand waar Benny's grootvader gestorven was.

'Ook zo iemand die er alles voor over had... die er zelfs zijn zwakke hart voor wilde offeren... om voor de eerste en de laatste keer een bijzondere gebeurtenis te mogen meemaken. Het opkomen van dat ding daar, waar wij allang genoeg van hebben.'

Terwijl hij dit zei, op een wat bittere toon, begon zijn hand, als vanzelf, een zoektocht naar die van haar. Het duurde lang, maar toen hij gevonden werd – veel verder naar beneden dan geschat – was het toch nog onverwacht, struikelend, met onvriendelijk krassende nagels.

'O, *blijf* je me nu plagen, klier en pestkop...!'

Ze had haar hand al teruggetrokken, toen tot haar doorgedrongen moest zijn dat Benny's gebaar, ondanks de nagelafdrukken, teder of troostend bedoeld was.

'Dwingeland,' zei ze alleen nog, en nu was Gini het die op zoek ging.

Het duurde niet lang of in het warme zand voerden de twee handen een spel uit dat weinig meer te maken had met het pianospelen, in een ver verleden, van de ene hand op de andere. Terwijl Benny en Gini met verder roerloze lichamen, de ogen gesloten, op het strand in de zon bleven liggen, wervelden hun vingers om elkaar heen, doorstaken elkaar, vormden kortstondige vlechtwerkjes... Aanvankelijk had het nog de onschuldige heftigheid van een vogeltje dat zich 'wast' in het zand, maar het werd steeds meer een dubbelzinnig spel, waarin vingers armen en benen werden, de om elkaar heen wervelende ledematen van twee gelieven uitbeeldden... Neerdrukken, omwerpen, de greep verstevigen... Toen Gini doorkreeg wat die marionetten van handen daar onafhankelijk – en toch afhankelijk – van die lichamen waar ze aan vastzaten uitspookten, rukte zij zich los en stond op.

'Ik moet naar huis. Ik ben na school nog niet thuis geweest. Mijn ouders zullen ongerust zijn. Als ze nog leven tenminste...'

'Ik moet terug naar mijn onderdeel. Wat ga je hierna doen?'

'Studeren misschien.'

'Ik zal je schrijven.'

'Schrijven mensen elkaar tegenwoordig nog brieven? Nou, ik ben benieuwd.'

Toen Benny Wult op weg naar het busstation voorbij het café kwam en naar binnen keek, zag hij dat de blinde nog op dezelfde plaats aan de bar stond. Hij had zijn jasje uitgetrokken, en tilde juist zijn arm op om de zweetplek onder zijn oksel te beruiken. Het was er drukker nu. Dieper de zaak in ontwaarde Benny een groep bouwvakkers, met kalkbestoven overalls aan. De mannen hadden zich van de bar afgekeerd, zodat zij meer konden profiteren van de ventilator.

Het ovale portret

Minuten waren voorbij gegaan. Het liep naar kwart voor elf. Op het adres waar Benny al eens een brief had laten bezorgen, bevond zich een tehuis, of hotel, voor meisjesstudenten. Hij keek omhoog langs de witte gevel, die daarboven mooi contrasteerde met het monochroom van de zomerhemel. Minstens twintig verdiepingen.

Achter het schakelbord in de verder kale hal zat een vrouwelijke portier, met een hoog dichtgeknoopte blouse aan en een naamplaatje op haar boezem gespeld.

'Mejuffrouw Gini Trades, zegt u? Ik zal uw bezoek even aankondigen.' Ze nam, toetsen indrukkend, de telefoonhoorn in haar hand.

'O, nee, doet u dat niet.' Benny was er niet zeker van of Gini hem wel wilde ontvangen. 'Ik dacht haar te verrassen. De bloemen, ziet u...'

De portierster keek argwanend naar de bloemen, die al bij de koop niet vers meer waren, en van de bloemen naar de officierspet in zijn andere hand. Uiteindelijk liet ze zich intimideren door zijn uniform. 'Vijftiende verdieping. Kamer 1524.' Ze wees. 'Daar is de lift.'

'Dank u.'

De snelheid waarmee hij door de nauwe schacht de hoogte van het gebouw in geslingerd werd, verhevigde nog die heimweeachtige geprikkeldheid ergens tussen maag en endeldarm. (Gini, kleine Gini.)

Door de gangen van de vijftiende verdieping volgde Benny Wult de pijlen naar de kamers met even nummers. Ieder ornament ontbrak. Geen bakken met planten (zelfs niet van plastic), geen prenten aan de muren, helemaal niets. Alleen om de zoveel meter een plafonnière met melkglazen kap, en op elke hoek een brandspuit. De wanden waren wit, de deuren beige. De kamers moesten perfect geïsoleerd of zelfs gecapitonneerd zijn, want nergens klonk enig geluid tot op de gang door.

Lang stond Benny te luisteren voor nummer 1524, maar hoorde niets. Hij klopte op de deur. Er werd niet open gedaan.

'Ik *eis* dat je thuis bent,' zei hij zacht. 'Onze ochtend vervliegt. Toe nou.'

En harder klopte hij – zonder resultaat. Al bijna jankend van spijt ontdekte hij opeens het minuscule belknopje rechts. Hij drukte, overigens zonder een bel te horen overgaan. Vrijwel onmiddellijk ging er, wel degelijk hoorbaar, een deur open, maar niet die waar hij voor stond te wachten. Er moest een tweede zijn, meteen achter de genummerde, een die alle geluid tegen hield.

'Wie is daar?' Gini's stem, enigszins verschrikt.

'Benny Wult.'

Stilte.

'O, mijn God, nee... Benny... O, nee, Benny, het kan echt niet. Niet nu. Nog niet. Ik bedoel...' Zij kreunde, ongeveer zoals meisjes deden die hun make-up geruïneerd zagen. 'O, lieve jongen. Nare jongen. Wacht even.'

De binnendeur liet ze kennelijk open, want Benny hoorde haar de kamer in rennen, en vervolgens op één been bonzend rondhinken (met het andere in een broekspijp?), waarbij ze tegen een stoel stootte, die met zijn poten over de grond kraste.

Licht hijgend, met een wat bangige glimlach, stond Gini even later voor hem. 'Sorry, ik kwam net onder de douche uit. Ik voelde me zo zweterig.'

Haar haren plakten nat en ongekamd tegen haar

hoofd, dat nu veel kleiner leek dan destijds met dat vlammende kapsel onder de ventilator. Sowieso zag ze er minnetjes uit zo, blootsvoets en met dat hoofdje op een dun nekje en die smalle schouders in een badmantel van dunne stof.

'Dat je me nu zo moet zien...'

Zij deed hem denken aan de mascotte van zijn escadrille: een harig hondje dat op een keer, balancerend over de rand van een badkuip, zijn evenwicht had verloren en in het schuim was gegleden. Er bleef na het opvissen iets rillerigs en ijls en onherkenbaars over, met de maten van een gevild konijn.

'Dat je net nu moest komen...'

Zag ze het, hoe onschuldig hij ook probeerde te kijken, aan zijn ogen dat het *tijd* was? Voelde ze het? Rook ze het? Zo onschuldig als hij daar stond, met dat slappe bosje bloemen in de hand, Gini deinsde – letterlijk – achteruit, en stootte daarbij opnieuw tegen de stoel, die op het linoleum een schril geluid gaf doordat de metalen poten door de rubberdopjes heen waren gesleten. Een kreet eerder.

'Het is veel te vroeg nog, Benny. Je hebt een meisje voor je.'

Onder de korte badmantel, en dat bevreemdde hem, droeg Gini, volledig in strijd met dat 'net onder de douche uit komen', donkere, naadloze nylons, die een sinistere schaduw over haar benen wierpen. Benny werd bijna misselijk van achterdocht.

Ze zag bleek nu, Gini, en keek angstig toe hoe de lange luchtmachtofficier de beide deuren achter zich sloot, en de kamer in liep. Hij legde de bloemen op de stoel. Zoals Gini daar voor de vensterbank met haar rug naar het raam stond, leek zij inderdaad nog maar een schoolmeisje, zo smalletjes. Zij klemde de manchet van de badjas in haar hand. Haar vingers haalden met kleine graaiende bewegingen steeds meer van de stof de holte van haar hand binnen, zodat de mouw steeds strakker om haar gestrekte arm stond, en een deel van de schouder bloot kwam.

Benny *moest* nu wel dat teer op de huid liggende sleutelbeen aanraken, kussen liefst. Pas toen hij er zacht in beet, niet met zijn tanden maar met strakgehouden lippen, bemerkte Gini dat ze met een handvol verfrommelde mouw stond. Bijna hardhandig schoof ze de geruwde stof van het badmanteltje tussen zijn mond en haar huid.

'Het kan *echt* niet. Ik ben er nog niet klaar voor.'

'Jij vindt dit toch ook fijn?'

'Ik geloof van wel. Maar als we ons geduld verliezen... het kan nooit meer over.'

'Ik weet het.'

'...en ik ben er nog niet klaar voor. Anders kon het me niet schelen.'

Door de dubbele ramen was het stadsverkeer daar diep beneden nauwelijks hoorbaar, maar een enkele verdiepingen hoger voorbij vliegende helikopter klonk plotseling angstaanjagend dichtbij. Gini, de ogen stijf gesloten, drukte heel even met de middelvingers haar oren dicht, fluisterend: 'Ik haat dat.'

Zo kon zij niet zien, horen evenmin, dat Benny (voor wie dit wel degelijk *hun* ventilator was) opnieuw dicht op haar toetrad. Toen hij, heel langzaam en teder, met zijn vingertoppen de natte haarslierten van haar ene oorschelp weg streek, keerde Gini hem de zijkant van haar gezicht toe – een afwerend gebaar, dat tegelijkertijd iets uitnodigends had, want nu gunde ze hem vrij spel met die ingewikkelde trechter, die hem nooit eerder zo gefascineerd had.

Benny bleef met zijn pink de witroze schelp omcirkelen, die nog klam was van het douchen. Hij was niet getand als de schelpen op het strand waar zijn grootvader gestorven was, maar fijngeslepen en afgezet met een teer dons. Vanzelf kwam het topje van zijn pink tot twee, drie keer toe in een volgende ellipsvormige baan dieper het oor in terecht. Uit de gehoorgang kroop het knisperende schuim van een restje shampoo zijn vingertop tegemoet, tot hij zich niet langer kon inhouden en zijn pink zo diep mogelijk de holte in boorde.

Gini rilde, kort, en Benny liet de vinger langzaam, verdieping voor verdieping, weer naar de oppervlakte klimmen, waarbij de shampoo werd uitgesmeerd in alle groeven van het oor. En telkens moest zijn pink weer terugkeren naar dat wonderlijke knobbeltje boven de oorlel, naar het enige houvast bij al die gladheid. Toen hij die hele reis van zijn vinger met de tong wilde overdoen, moest hij Gini met beide armen vasthouden. Benny proefde de zepige smaak van de shampoo, en nog iets: het bitterzoete uit het diepst van de trechter.

Benny had er nauwelijks een vermoeden van in wat voor ritueel hij verwikkeld was, maar al gauw bemerkte hij dat zijn kleren niet op dit spel gemaakt waren. Het zwellen had hij wel al leren kennen, tijdens vage dromerijen, maar nooit tot aan die verscheurende hardheid die nu bereikt werd. Zijn geslacht was, een beetje ongelukkig, via de korte pijp van zijn onderbroek in de geringe ruimte tussen dijbeen en uniformbroek gegleden, en scheen zich te willen rekken in de richting van de knie. Maar ergens halverwege kwam het, pijnlijk bijna, tot een onrustige stilstand, waarna het gloeiend tegen zijn bovenbeen bleef liggen kloppen, op die geheime bergplaats voor pistool of whiskyflacon.

Gini, die beter dan Benny zelf begreep wat hij haar

voorgetekend had, keerde hem haar gezicht weer toe. 'Je bent een gemenerd, en je bent lief. Maar het *kan* niet.'

Even leek het of ze van drift en onmacht op de grond zou gaan stampen, maar ze volstond met op haar onderlip te bijten, en wel zo hard dat er een bloeddruppel ter grootte van een lieveheersbeestje op kwam te liggen. Voor het eerst sinds zijn moeder hem naar school had gebracht, zag Benny tranen.

'Als het nu gebeurt, is het onherroepelijk gedaan, en zal ik nooit een kind hebben. Ik ben nog geen vrouw.'

'Ik snap het.'

Maar hoe het onontkoombare, dat zich al in gang had gezet, te stoppen? Hoe het onomkeerbare te keren? Zij werden meegetrokken. Vrije wil was hier theorie geworden.

Gini stond nog steeds met haar rug naar het raam, zonder overgave, zonder verzet. Benny's handen voerden als vanzelf enkele bewegingen uit, waarvan vaag de tegengesteldheid tot hem doordrong. Achter Gini's rug schoof hij met beide handen tegelijk de gordijnen dicht, om vervolgens, als het ware in het verlengde van dat gebaar, de twee helften van haar badjas vaneen te schuiven. Daarbij kroop de ceintuur langs haar middel omhoog.

'Warmte doet uitzetten, kou doet krimpen,' hadden ze hem tijdens zijn opvoeding die ochtend geleerd, en die natuurkundige wijsheid markeerde tevens de overgang naar de soms cryptische lessen in menselijke biologie. 'Een van de wonderen van het vrouwenlichaam is dat het door dezelfde strelingen tegelijkertijd krimpt en uitzet.'

Benny kon onder zijn handen Gini voorlopig alleen maar voelen krimpen, en een wonder was het nu al. Een krimpen en verharden dat zich concentreerde in die twee uitlopers van haar bovenlichaam. Het was of vlak onder de huid rondom de tepels koorden in een hechte knoop raakten. Net of zij zo, in passief verweer, uit haar naaktheid zelf een uiterst klein kuras schiep van kronkelende koorden en bruin gerimpeld leer, waarmee zij zich omgordde.

Door het krimpen van de meisjesborsten werd Benny bijna tot misselijkwordens toe nieuwsgierig naar het complementaire proces van het uitzetten. Als hier de huid zich samentrok, moest hij elders open splijten.

'Wacht even...'

Na het lostrekken van de gestrikte ceintuur liep Benny – in een tedere wandeling, waarbij hij dicht op haar huid bleef – om Gini heen, ten einde haar beter de badjas te kunnen uittrekken.

'O, nee,' riep zij opeens, pogend de half afgegleden badjas weer aan te trekken. 'Ik schaam me dood. Het moest ook zo snel gaan...'

Doordat Benny nu achter haar stond, kon Gini zich ten voeten uit zien in de spiegeldeur van haar garderobekast. 'O, wat verschrikkelijk.'

Over haar schouder met haar mee kijkend zag hij wat zij bedoelde. Gini droeg geen nylons, maar een panty, en door zijn onverwachte bezoek had zij inderhaast verzuimd, alvorens in die vliesdunne maillot te schieten, een broekje aan te doen. Door de fijnmazige stof, die tot boven haar navel strak om haar heen sloot, schemerde onder aan haar buik een donkere vlek met ietwat rafelige contouren, vaag en vlak als een krantenfoto. Benny voelde haar achterwaarts gestrekte armen worstelen om de mouwen weer in te gaan.

Tegen hem, en wie weet ook tegen haar eigen ontvlambaarheid, had zij zich willen beschermen met een synthetisch vlies. Maar nu het broekje ontbrak, stond zij daar naakter dan naakt.

'O, ik schaam me... ik schaam me dood.'

Nu het haar niet lukte de badjas weer aan te trekken, bevrijdde zij zich snel van de mouwen, om die beschamende inktvlek met haar handen te kunnen bedekken. Onderweg veranderden ze van richting, en lagen ten slotte tegen haar gloeiende wangen.

'*...om haar blos te stelpen...*'

Haar weerloosheid, haar gêne waren oneindig veel groter dan toen in de bar, en des te meer tederheid voelde Benny – maar het was een tederheid zwaar van het soort heimwee dat hij in de lift had voelen opkomen. Hij keek naar de vlek van platgedrukt haar, die toch los van haar lichaam scheen te zweven.

'Zeg dat nu niet, Gini. Ik wil je zo, en niet anders.'

Hij wilde zien hoe haar intieme vlees zich uit die anonieme, onderbelichte krantenfoto losmaakte, levend werd... Zacht duwde hij haar zijdelings naar het bed, zelf tot niet veel meer dan schuifelpasjes in staat door wat daar hard en gloeiend tegen zijn dijbeen drukte.

'Benny... je gaat me toch niet van het moederschap afsnijden, he?'

'Nee, nee. Laat me alleen naar je kijken. Ik wil je voorlopig vooral *zien*.'

Staande voor het bed haalde Gini, als in een laatste beschermpoging, nerveus de panty nog eens hoog op, waarbij haar benen een houterig soort balletpassen maakten. Zij trok hem zo strak tegen zich aan, dat de zwarte naad tussen haar billen verdween.

Gini draaide zich naar Benny om, maar keek hem niet aan. Met haar ogen naar de grond, de armen langs haar lichaam afhangend, bleef ze een moment rillend daar staan, en liet zich toen, als iemand die van een brug af springt, onverhoeds achterover vallen. Daarbij trok ze haar benen op, met de knieën ver uit elkaar. Het gebaar leek in tegenspraak met het angstige ophalen van de panty even tevoren, maar mogelijk voelde zij zich door dat donkere vlies ook in deze houding nog voldoende beschermd.

Nu pas zag Benny wat voor ingewikkeld nadenstelsel zo'n kledingstuk erop nahield. De dikke, zwarte naad die verticaal over de buik naar beneden liep en de naad die van de rug komend de scheiding tussen de billen volgde, kwamen niet, zoals hij verwacht had, daar ergens op een geheim punt samen. Nee, ze hechtten zich, boven en onder, aan een naad die, strakgespannen tussen de dijen, een gaaf ovaal vormde, en denken deed aan het soort ovale portretlijst waarbinnen een oudroze familiefoto of een opgeprikte vlinder te zien is.

Door het gaan liggen, het optrekken van de benen, was de panty enigszins verschoven, zodat binnen het ovaal de strakgespannen stof zo'n halve centimeter naar voren was gekomen. In het schemerduister daarachter viel nauwelijks iets te onderscheiden, maar – en dat bracht Benny aan het gloeien – binnen de lijst was een zilverig borduurwerkje ontstaan. Het ging om een samenstel van twee glazige vlekken, die niet helemaal samenvielen. De ene, de matste, was tegen de binnenkant blijven kleven, de andere door de fijnmazige stof heen gedrongen, en glinsterde in de streep licht die de gordijnen nog binnen lieten.

Benny, ontroerd, wilde alleen maar kijken, en kijken. Hij merkte pas dat zijn hand in opwaartse richting Gini's been streelde, toen ter hoogte van de knie het nylon zacht knetterde en een elektrische tinteling in zijn vingertoppen voelbaar werd. Hij trok zijn hand terug, legde hem zonder precies te weten wat hij deed met de rug tegen het ovaal, en wreef hem zacht heen en weer. De slijmvlek was al afgekoeld, had niet langer haar lichaamstemperatuur, maar met dezelfde hand kon hij uit de bron van zoveel vloeibaar zilver daarachter de warmte als een levende adem door het nylon voelen dringen.

De aanblik van dat spontane borduurwerkje, van die zilveren roos... zelfportret van de maagd in een ovale lijst... Benny probeerde zichzelf – 'Dit kan nooit opnieuw beginnen' – de gedachte aan de absolute eenmaligheid, aan het onherroepelijk voorbijgaande van dat alles op te dringen. Het bleef een abstracte gedachte, niet in staat zijn ontroering te vergroten, of te doen afnemen. Zijn ontroering, die de vorm had aangenomen van een gloed die in heel zijn lijf voelbaar was, trok zich van die onherhaalbaarheid niets aan.

Kijken... Benny knielde neer naast het bed, en bracht zijn gezicht dicht bij het ovaal, waar de vlek als een kleine mistbank fungeerde die hem het zicht benam op het achterliggende, waar een onderwaterschemering heerste, vol verzonken begroeiing. Er steeg een geur uit op die zich alleen in zoverre zou hebben laten beschrijven, dat hij een zoutige smaak van begeerte in zijn mond bracht. Hij wilde meer van haar zien.

'Wacht even...'

Uit verlegenheid, omdat van zo dichtbij zijn blik begon te schrijnen, verrichtte Gini nog eens de handeling die haar bescherming moest bieden, zonder te weten dat het haar eerder genot gaf: zij trok haar panty op.

Al wilden haar handen dat wel zo, het aansnoeren ging niet met een plotselinge schok. De elasticiteit van de stof noopte tot een vloeiende beweging. Het was net of het ovaal met zijn strakgespannen vlies op zijn plaats bleef, en het lichaam daarachter voorwaarts stootte, maar dan vertraagd en gracieus.

Wat Benny te zien kreeg deed hem denken aan zo'n roerloze, ondoorzichtige vijver, waarin plotseling uit troebele diepte, uit een wirwar van planten, een vis kon opveren, die dan met lippen van een blauwig roze tegen de lucht daarboven stootte, heel teder, zonder de oppervlaktespanning van het water met zelfs maar de geringste rimpeling te verstoren, en met achterlating hooguit van het fijnst denkbare belletjesspoor...

Een schuimspoor van tere belletjes, dat was ongeveer wat die vochtige kus achterliet op het grauwe vlies waarachter Benny, doordat de panty voortdurend verschoof, de dunne vissenmond met de zachtbewegende vinnen eronder weer zag wegzinken. Niet naar een onzichtbare diepte, maar toch tot in de schemering van een onderbelichte krantenfoto.

Nu het portret in zijn ovale lijst voltooid was, moest het weer vernietigd worden. Nu Benny haar meest intieme afbeelding gezien had, haar lichaam met een ziel omfloerst, wilde hij haar naakt voor zich hebben.

'Benny, wat doe je? Je zou alleen... kijken.'

'Ik doe niet anders dan kijken.'

Alle duisternis moest nu meteen maar verjaagd worden. Hij haakte op haar rug zijn vingers onder de rand van de panty. Met zigzaggende handen, waarvan de vingers soms een zacht geknetter losmaakten, veegde Benny van boven naar beneden eenvoudigweg de schaduw van Gini's buik en benen. Tot die schaduw ten slotte ineengedraaid als een verkoolde krakeling aan haar tenen bleef hangen.

Tegenstrijdig genoeg leek zij minder naakt zo, maar dat kwam misschien ook doordat haar benen nu strak tegen elkaar lagen. De dunne baan zonlicht die door de gordijnopening drong, sneed tussen haar knieën door, en bereikte haar buik. De rossigblonde haren, door de panty plat op de huid gedrukt, richtten zich statisch geladen als ze nog waren in het warme licht springerig op, een voor een, ook wel met een pluk tegelijk.

Het ontroerde Benny, en hij bracht zijn gezicht er dicht bij, om het weerbarstige haar tegen zijn mond te voelen springen. Toen Gini zag wat hij zag, moesten ze er allebei om lachen, en dat ontspande haar lichaam. Iets dergelijks gebeurde met een strakgespannen touw waarvan een streng wordt doorgesneden: de vezels draaien uit hun gevlochten vorm terug in hun oorspronkelijke pluizige conditie. Hier was het de zon die een mes over het vlechtwerk legde, maar dan heel zacht, met niet meer dan een symbolische aanraking.

Nu de zon hem was voorgegaan, hoefde Benny haar niet verder te ontwarren. De strengen van haar vlecht sprongen los, behalve daar waar zij ze door haar eigen heerlijke kleverigheid op hun plaats hield. Benny zag haar open en roze en glinsterend, zoals alleen de geheime binnenkant van de dingen kan glinsteren. Zijn geslacht, verward en beklemd in zijn kleren, wees nog altijd naar beneden, onwillekeurig schokkend, als een wezen dat gedwongen is diep voorover in het stof te knielen, maar met kloppend hart vol ongeduld elk moment zou willen opspringen.

In plaats van met zijn geslacht beminde Benny haar met zijn ogen.

Maar ook die blik waarmee hij bij haar binnendrong terwijl zij nog maar een meisje was, bleek kort en onherhaalbaar. Nu de schaduw van haar onderlijf was geveegd, onthulde Gini in het volle licht een volgend eenmalig wonder, teder en gruwelijk tegelijk. Zij werd vrouw. Zij kreeg haar vruchtbaarheid gegarandeerd. Zo overvloedig, dat Benny zijn hoofd afwendde en opstond, hoe dan ook ontroerd.

'Het is zover, Gini, geloof ik.'

Zij begreep het meteen. 'O, godzijdank. Niet zo lang geleden nog... net voor je hier kwam... liep ik nog hardop te smeken dat het lang zou wegblijven. Ik wilde er niet te vroeg bij zijn. Snap je? En nu... nu is het onze redding. Een kind heb ik me nu niet bij voorbaat ontzegd, en dat is goed. Maar je moet wel wat geduld hebben. Het duurt niet zo heel erg lang, geloof ik...'

Benny ging voor het raam staan. Zo liet hij haar alleen om haar nieuwe geheim, dat zich zo overvloedig manifesteerde, te stelpen... om zich te reinigen... tot ook dit voorgoed voorbij zou zijn. Hij verschikte zijn kleren zodanig dat zijn lust vrij kon blijven kloppen tot Gini klaar was om hem te ontvangen.

Het hotel (of tehuis) lag aan een avenue die op het noorden van het grote park uitkwam, en bevond zich niet ver van de hoek met de straat die langs het park liep. Gini's kamer had een mooi uitzicht op die groene rechthoek vol maquetteboompjes.

Juist toen Benny de gordijnen een eindje verder open schoof, vlaagde er, uit godweet wat voor ravijn van hoge gebouwen aan de overkant geperst, een sterke wind over een deel van het park. Zijn leven lang al had hij – uitgezonderd misschien die vlak aan het water, waar ze soms zacht bewogen – roerloze bomen gezien, en nu werd aan een aantal daar in de diepte door onzichtbare krachten heftig gezogen en getrokken. Maar op die afstand leken de kruinen heel langzaam en gelijkmatig te bewegen, met op en neer gaande takken die tegelijk naar één kant negen, wuivend, en omdat er geen geruis te beluisteren viel en ook de wind onhoorbaar was, deden ze Benny denken aan waterplanten, geluidloos deinend op de onderstroom.

Even later was de windvlaag alweer uitgewoed. Het geboomte keerde terug tot zijn oorspronkelijke toestand van verstarring. Nu zorgden alleen nog de talloze gele en rode kranen die overal tussen de gebouwen zwenkten voor beweging in het stadsbeeld. Af en toe explodeerde op onspectaculaire wijze een gebouw waarin zodanig ladingen dynamiet waren aangebracht, dat het rechtstandig, slap, ineen zeeg, zonder rondvliegend puin. Een implosie eerder dan een explosie. Het enige dat nog lange tijd overeind bleef in het zonlicht was een transparante stofkolom, waarin vaag de contouren van het oorspronkelijke bouwwerk te herkennen vielen.

Benny keek naar de schaduwen die, ongelijk van lengte maar keurig in het gelid, aan de oostzijde schuin over het park lagen. Zo'n complex van schaduwen, bedacht hij, veranderde eerder door de sloop van oude gebouwen en het gereedkomen van nieuwe, dan door het verschuiven van de zon.

'Benny, lieve Benny...'

Het was voorbij, hij wist het. Hij draaide zich niet meteen om. Hij sloot de gordijnen weer, en trok met snelle bewegingen zijn uniform uit. Ook naakt bleef hij nog met zijn rug naar haar toe staan. Het was of daar beneden, in dat hoog optorenende bloed, een bronzen klok galmde, met plechtig langzame slagen, die gonsden tot in zijn borst, tot in zijn hoofd. Kon hij al dat heftigs, door zich zomaar op zijn hielen om te draaien, naar haar toe slingeren?

'Waar blijf je?'

De gordijnen sloten nog steeds niet goed, met dit verschil dat ze nu niet, als een poos geleden, van onderen maar van boven slordig dichtgetrokken waren. Had eerst de straal zonlicht Gini's benen gekliefd, inmiddels stond hij recht en trillend over haar heen gericht op de muur. Tussen deze lans en Gini was nog ruimschoots plaats voor hem. Onhandig, met slingerend geslacht, liep Benny de kamer door.

'Nu zie ik jou ook...'

Om zich voor haar te verbergen knielde hij zo gauw mogelijk weer naast het bed, op het harde linoleum.

'Ik ben nog steeds een beetje bang, hoor.'

'Natuurlijk. Het moet die ene keer allemaal goed gaan. Begrijpelijk dat je nerveus bent. Ik ben het ook.'

Hij gebruikte die woorden – fluisterend – om haar gerust te stellen, maar ze overtuigden hem zelf niet. De gedachte aan de eenmaligheid van dit alles was een abstracte gedachte, die niet de verwachting kon verdrijven dat hij de rest van zijn leven zo met Gini zou doorbrengen, desnoods op de rand van beminnen.

Benny schoof zo voorzichtig naast haar, dat het leek of hij in geen geval die streep licht boven haar wilde verbreken, en misschien wás dat ook wel zo. Tijdens het wachten, voor het raam, had hij de stad zien groeien – de hoogte in, want het eiland was al tot de rand toe volgebouwd – maar ook Gini bleek in die tijd rijper, voller geworden. Zij had nog de kleine, harde borsten van een meisje, maar niet voor lang meer. Telkens wanneer zijn mond de hare verliet om, met zijn tong als roer, weer helemaal van voren af aan de reis langs de mooiste plaatsen van haar lichaam te maken – van het kuiltje in de hals en de lijn van een sleutelbeen, via de omcirkeling van een tepel naar het navelputje vol stof uit haar kleren – en hij daar beneden aankwam, was zij weer wat rijper geworden, ruimer, rijker aan plooien, bloedvoller.

Was zijn blik voelbaar?

'Wat zie je? Ik bedoel... wat *zie* je? Echt.'

'Ik zie... Eerlijk gezegd begrijp ik niet waarom de vergelijking met een roos niet meer mág, in dat bloemrijke taaltje van ons.' Het was precies wat hij zag, met die kelkbladeren van rood vilt die zich naar buiten krulden: een roos op z'n mooist, tussen rijpheid en verwelking. Een roos, bovendien, die liet zien hoe zij aan de steel vast zat. ' "Cliché!" hoorde je altijd van degenen die het weten konden, en voor wie het allemaal voorbij was. Ik had geen recht van spreken. Nog niet. Ik was een groentje. Pas nu, Gini, weet ik waarom het zo heftig als een cliché wordt afgedaan. Uit gêne. Ze kunnen het beeld niet *aan*. Het beeld valt te zeer samen met het origineel. Een soort icoon...'

Een bedauwde roos, maar dan een waarvan het vilt de dauw niet afstootte zodat die zich tot ronde kwikdruppels kon oprollen. Nee, deze viltroos liet zich door de dauw geheel doordrenken, verzadigen, zwaar maken.

Verder kon Gini niet open gaan. Benny had het gevoel dat als hij achteloos langs haar lichaam omhoog zou schuiven, hij vanzelf in haar zou wegzinken. Maar zij ving hem op met haar handen, waarvan de palmen onverwacht koel aanvoelden.

'Je gloeit... alsof je daar koorts hebt. Ik heb ook eens verhoging gehad, weet je...'

Zij had *nu* koorts. Hij zag haar wangen in brand. De ogen gingen met trillende wimpers telkens half dicht, als bij een kind dat door een vermoeidheidsslaapje wordt belaagd. Benny gleed uit haar handen. Hij vond het bijna een ontheiliging dat hij de nuchtere greep van zijn eigen hand nodig had om zich bij haar naar binnen te sturen. Geen moment was er de gedachte aan de eenmaligheid van elke handeling. Hij schudde elk volgend gebaar van zich af, liet het achter zich vallen, zonder te beseffen dat hij het nooit meer op kon rapen om het nog eens te gebruiken.

Eerst moesten zij lijden, allebei. Ergens binnen in haar stond een pijngrens aangegeven, en daar moest hij voorbij.

Zij gingen tegelijkertijd open. Hij opende zijn lichaam bij het openbreken van het hare. Het was, maar dan heel kort, alsof hij plaatselijk gevild werd, alsof hij in die nauwe doorgang zijn huid verloor. Samen met die opening van lichamen gingen hun monden open. Alleen Gini's pijnkreet was te horen, zodat het leek of die korte, hoge gil uit twee monden tegelijk kwam. Benny had eerder het gevoel of haar kreet zijn mondholte binnendrong, wat hem de gewaarwording gaf te zullen stikken, want zijn eigen schreeuw zat nog klem in zijn keel.

'O, je doet me...'

Maar ze zag aan zijn gezicht dat hij ook zichzelf verwondde. Het was of ze elkaars pijngrimas overnamen.

'Het is al bijna... Blijf even zo liggen. Stil.'

Terwijl hij zo roerloos, met zijn hart kloppend in haar buik, over haar heen lag, voelde hij de vlijmende pijn snel wegtrekken. Door de zekerheid dat de pijn niet terug zou keren, nooit meer, werd hij – dit maal veel overtuigender – herinnerd aan de absolute onherhaalbaarheid ook van al het andere wat hier tussen Gini en hem gebeurde. Op het hoogtepunt van je leven zijn, en het ook te *weten*...

Zo bewegingloos op elkaar gelegen leken zij op twee even sterke dieren die hun tanden in elkaar hebben staan, en fatalistisch afwachten wie het eerst verslapt of leeggebloed is. Gini had haar handen met gekromde vingers tegen zijn borst gezet, als in een onbewuste poging hem weg te duwen. Haar nagels haakten in zijn huid.

Onder zijn wenkbrauwen door kon Benny juist de plaats zien waar het zonlicht de muur raakte. De kamer had verticaal gestreept behang, afwisselend lichtblauw en wit. Benny zwoer dat hij hun omhelzing, als die dan niet kon samenvallen met de rest van zijn leven, net zo lang zou laten duren tot de lichtstreep een volle baan blauw van zo'n halve centimeter was opgeschoven.

Toen de pijn van hun beider ontmaagding al lang was weggetrokken, lagen zij daar nog net zo, alsof zij door zich roerloos te houden ook de tijd konden dwingen stil te blijven staan, zodat aan hun versmelting nooit een eind zou komen.

Die sprinkhaanachtige verstarring was maar schijn, buitenkant, een uiterlijke vorm die zij voor hun omhelzing gekozen hadden. Daarbinnen was het een en al beweging, een aangolven van warmte en lust, een kloppen van bloed. De uiteindelijke beweging van hun lichamen zou niet meer dan een logisch gevolg zijn van wat al in volle gang was.

'Benny, wil je... je moet...'

Gini gaf als eerste toe. Met een klein kreuntje, en een gezicht dat om verontschuldiging vroeg, stootte zij haar onderlichaam tegen hem op, als om hem een nog dieper plekje aan te bieden. Zijn antwoord was een beweging achterwaarts, alsof hij een aanloop nodig had om zich des te dieper in haar te kunnen nestelen. Door die manoeuvre, die hem geen pijn maar integendeel meer lust bezorgde, en dat gold merkbaar ook voor Gini, ontdekte hij het ritme dat de tijd weer deed stromen en hun paring intenser maakte, en eindiger.

'Ja... o, ja,' zei Gini zacht en glimlachend, alsof ze een lang niet gehoorde melodie terugvond.

Maar aan die eindigheid moest Benny het minst denken nu. Dit schommelen... dit elkaar wiegen... het was zo zoet, dat het onmogelijk op een einde af kon sturen. Het kon altijd zo doorgaan, daar zou hij wel voor zorgen. En mocht die heerlijke slingerbeweging ze vermoeien, dan konden zij weer een hele poos op en in elkaar blijven liggen...

Het was de troost, en tegelijk de misleiding, van de lust, want lust bedwelmt het denken, en verleidt alleen tot gedachten aan meer lust.

Maar er kwam een moment dat stilliggen niet meer mogelijk was, dat de wil tot stoppen het aflegde tegen de slingerbeweging, die steeds dwingender werd.

Er was een *doel* in hem ontstaan, een eindstreep die ergens, op een nog vage plaats, in zijn vlees getrokken was. Daar jakkerde hij tijdens zijn heftige rit op af, blind maar doelgericht. Om er te komen moest hij een heet landschap van visioenen door. Het steeg, het daalde. Soms draalde hij bij zo iets als een oase, alsof hij daar het eindpunt verwachtte, om dan zijn rit weer te versnellen.

Zij, Gini, veranderde voortdurend het landschap. Het was of zij zich gaandeweg herinnerde waar zij haar lust moest halen. Zo stuitte zij Benny in zijn vaart door hem, zonder hem uit zich te laten ontsnappen, om te werpen, op zijn zij, en verder nog, op zijn rug, waarbij zij opnieuw haar benen om hem heen sloeg, dit maal in neerwaartse richting. De houding van na een verovering. Nu maakte Gini een rit op *hem*, sneller, veel sneller dan de zijne op haar was geweest.

Haar haren waren al lang droog gewapperd, maar haar lijf werd steeds natter, glinsterender. Elke porie van haar huid herhaalde in miniatuur het wonder waar hij heel in het begin getuige van was geweest. Gini scheen zich voor haar verovering te verontschuldigen, want zij keek hem telkens kort en wanhopig aan, sloot dan haar ogen, nee schuddend, nee... nee... Het was een vorm van sidderend snikken. Nu jakkerde *Gini* op dat vreemde doel af dat hij in zijn vlees voelde zeuren.

Hij moest haar tegenhouden, voorkomen dat zij hem, in zijn weerloze positie, naar dat eindpunt dwong, dat hem in gelijke mate lokte en afstootte. Zolang hij er zelf, door eigen beweging en op eigen kracht, op af ijlde, zo meende hij, zou het wel op afstand te houden zijn. Ja, hij zou het voor zich uit jagen, dat onberekenbare doel, dat alles, het hele liefdesspel, zou rechtvaardigen en bekronen, maar ook vernietigen.

Juist toen hij zich oprichtte teneinde haar om te werpen en zijn oude positie weer in te kunnen nemen, zat zij plotseling stil, de ogen dicht. Hij voelde het inwendige van haar lichaam samenkrampen. Alsof zij, net als een ruiter die korte rukjes aan de teugel geeft, de rit weer op gang wilde brengen, bewoog zij op de plaats waar hun lichamen aan elkaar vast zaten met snelle haaltjes haar hand, daarbij enigszins achterover leunend. Maar nee, zij voelde ergens, onbereikbaar voor hem, haar eigen 'doel' trekken, en haalde het met kleine rukjes naar zich toe, in plaats van er verder op af te jakkeren.

Gini dwong zichzelf te stoppen, toen het eindpunt, zoals haar gezicht verried, haar heel dicht genaderd was. Benny zag dat dit uitstel haar pijn deed, en tegelijk genot gaf. Zij liet zich zwaarder op hem zakken, zacht heen en weer wiegend. Zo vormde zij een klok, waarbinnen hij weerloos heen en weer geslingerd werd. Hij telde de bonzende slagen niet, maar voelde dat als zij zo doorging spoedig de laatste volgen zou.

Met zachte drang, zonder haar te verlaten, legde hij haar op haar rug.

Zo op eigen kracht voortschuivend kon hij zich het best schrap zetten, dacht hij, tegen wat daar lokte in zijn bloed. Dat gold nu niet langer voor Gini. Zij beet opnieuw tot bloedens toe op haar onderlip, en toen dat niet hielp zette zij, om niet te hoeven schreeuwen, haar nagels in zijn nek. Hij kon nu precies voelen, aan de druk van haar vingers, de pijn in zijn nekvel, hoe ver zij was. Zij was er heel dichtbij. Hij kon haar niet zomaar laten ontsnappen, wilde zoveel mogelijk ondergaan wat zij onderging.

Haar ogen gingen wijd open. Zij dwong hem, haar nagels gravend in zijn nek, haar aan te kijken. Zijn lichaam werd van licht. En zo *zag* hij zichzelf ook, heel even maar: als een lijf waarin een sterk licht ontstoken werd, dat warm door de huid heen scheen. Tegelijkertijd ging het zweven, maar bleef laag hangen boven dat andere lichaam, waarin het nog verankerd was. Zo haakten luchtschepen met hun anker in de aarde.

Hij had er zich voor niets tegen verzet: dit goddelijke gevoel kon nooit voorbij gaan. Zijn bezorgdheid bleek ijdel.

Het volgend moment leek het of zijn onderlichaam strak werd ingesnoerd, ook heel kort, in een soort korset van gloeiende strengen, waarvan de langste en krachtigste en heetste van zijn ruggengraat via anus en bilnaad tot diep in Gini leidde, als om hem over die hele afstand te brandmerken.

Hij wilde, en hij wilde niet. *Nog* niet.

Hij had niets meer te willen.

Gini, tussen haar tanden lucht zuigend waarmee zij een schreeuw terugdrong, dreef vier messen in zijn nek. De dikke warmte die hij in haar uitschonk, waar kwam die, in zulke langgerekte scheuten, vandaan? Hoog uit de ruggengraat? Nee, van hoger nog: uit zijn achterhoofd, want het was vooral daar dat hij zich hulpeloos leeg voelde lopen.

Postcoitum

Het licht in zijn lijf was gedoofd. Hij voelde zich niet langer boven haar zweven. Ofschoon hij vlaggen nooit anders dan *zacht* had zien bewegen, en dan nog tegen een blauwe hemel, verwekte Gini, zich ontspannend, het beeld van een nat dundoek dat, na door de wind om de stok te zijn gewonden, zich langzaam ontvouwde, druipend, te zwaar afhangend bijna om nog te bewegen.

Benny zou haar niet lang meer kunnen houden, zo. Wat daar dwars door haar ingewand stak, was in al zijn hardheid beenderloos, en hij voelde de kracht ervan al verminderen. Diepgevroren vlees, schijnbaar een en al bot, ontdooiend tot een week stuk filet. – Het beeld gaf perfect zijn opkomende weerzin weer.

...in de dooi al bedorven.

Hij trok zich niet moedwillig uit haar terug, gleed zelfs niet uit haar, maar werd – zo leek het eerder – in zijn verslapte staat door haar drukkend ingewand naar buiten geknepen.

'Niet weggaan nu...!'

Benny had niet kunnen zeggen of Gini dat zinnetje ook echt uitsprak, of dat precies die woorden lagen opgesloten in haar kreetje van teleurstelling. Hij kon de aanraking met haar lichaam niet langer verdragen. Tussen haar gespreide benen richtte hij zich op, en *wandelde*, als het ware, op zijn knieën achterwaarts naar het voeteneinde van het bed, waar hij zitten bleef, zwaar ademend nog steeds door de nooit eerder gekende inspanning.

'Hier blijven...' Ze stak hem haar armen toe.

Uit Gini, die daar opengebloeid en uitgebloeid achterover lag, blijkbaar zonder behoefte zich te bedekken, kwam traag een dikke, glanzend witte vloeistof gekropen, die de bedding van haar bilnaad koos. Het duurde even voordat tot hem doordrong dat dit de vruchtbare substantie moest zijn die zo lang in zijn lichaam gerijpt had, en die met zo'n bovenmenselijke schok uit hem weggeslingerd was. Hoe langzaam en vermoeid keerde dat heet weggeflitste zaad nu naar de aarde terug! Benny keek ernaar, maar zonder ontroering, zonder echte betrokkenheid zelfs. Een gesmolten parel die aan het eind van de bilnaad stervormig uitvloeide in de kraaienpootjes rond haar aars... Zij hield het zaad tenminste nog zo lang mogelijk vloeibaar: toen hij langs zijn eigen lichaam omlaag keek, zag hij dat zich rond zijn geslacht, dat nog bezig was te slinken, droge schilfers gevormd hadden, die de huid iets geschubds gaven.

Dit, dacht hij bitter, zijn de beelden die voor de rest van mijn leven onvergetelijk zouden moeten zijn – en daarmee keerde de gedachte aan de onherhaalbaarheid van dit alles terug.

Gini had haar armen naast zich op de matras laten vallen, met de handpalmen omhoog. Haar ogen gingen half dicht. Zij ademde hoorbaar door haar neus, maar al minder luid dan tijdens het begraven van haar nagels in zijn nek. Benny zag op haar voorhoofd zo iets als een diadeem van kleine zweetdruppels ontstaan. Ze voegden zich heel precies tot een aantal evenwijdige strengen, die de plaats van haar toekomstige rimpels leken aan te geven. Steeds werden tussen de al bestaande nieuwe druppels geboren, schitterend in de poriën als suikerkorrels. Ook tussen haar borsten, bijna de borsten al van een volwassen vrouw, was het nat van het zweet, maar Benny had geen lust meer zijn hand daar neer te leggen. Toen hij zijn adem en zijn hart enigszins voelde bedaren, zocht hij de zonnebalk, om te zien of die verschoven was.

Geen zon meer in de kamer. Benny stond op, onhandig, met slingerend maar nutteloos geworden geslacht, en liep naar het raam. De zon moest nog daar zijn, op vrijwel dezelfde plaats, maar een torenflat in aanbouw had zijn hoogste punt bereikt en nam het directe licht weg.

Het gaf niet. Nu konden zij de somberheid die in de kamer hing aan het wegvallen van het zonlicht wijten. Benny draaide zich om naar het bed.

'Hoe...'

'...ik me voel? Vreemd voldaan... en even vreemd onvoldaan.' Haar meisjesstem was verdwenen. Zij sprak als een rijpe vrouw. 'Jij?'

Hij gaf niet meteen antwoord. Zonder nog naar Gini te kijken liep hij onrustig de kleine kamer op en neer. Als na elke roes of onbezonnenheid die het denken, geheel of gedeeltelijk, had uitgeschakeld, kwamen gedachten aanstormen, ontnuchterend, beschuldigend, en in zo groten getale, dat ze elkaar verdrongen, vertrapten, verminkten.

'Snap je dat dan niet? De lust is gedoofd. Gesnoten als een kaars. En niet zomaar even – voorgoed. Wij zijn al bezig te verdorren.'

Nog eens keek hij langs zijn lichaam omlaag naar de plaats waar hij met haar vergroeid was geweest, en die nu, na de amputatie, zo slordig heelde. Helen? Door het weerbarstige kruim, waar bij elke stap een kleine hoeveelheid poederachtig stof uit losraakte, leek hij daar ook letterlijk te verschrompelen.

'Dat is dat mooie bestaan van ons. De "sexuele functies", zoals ze zo zakelijk genoemd worden, hebben hun taak volbracht... hun belofte ingelost... en nu mogen ze afsterven. Wij waren niet meer dan poppen, die houterig aan de touwtjes hingen te schommelen. Heb je geen geklepper van hout op hout gehoord?'

'Als je zo begint, Benny, beledig je mij en jezelf erbij. Ik heb me nog nooit zo levend gevoeld als... als...' (Waarschijnlijk wilde ze zeggen 'daarnet', maar het was alweer zo lang geleden.) 'Ik had twee harten in me. Echt. Er klopten twee harten in mijn lijf. Ze sprongen naar elkaar toe... ze sprongen tegen elkaar op als jonge honden.'

'Als jonge honden aan de ketting, ja. Ze zijn in hun omhelzing gestikt.'

Zij hielden het niet langer uit, Benny en Gini, in die sterfkamer. Zij moesten naar buiten, in de veranderde stad kijken als in een spiegel, op onverwachte straathoeken hun liefde terug vinden.

Zonder dat erover gesproken werd, wasten zij zich niet. Zij bewaarden elkaars geur en zweet onder hun kleren.

Wat lag er meer voor de hand dan terug te keren naar de plaats waar zij elkaar ontmoet hadden? De zon stond niet waarneembaar hoger dan voor hun spel. Wel waren de contouren van de stad hier en daar veranderd. Benny sloeg geen arm om Gini heen. Zelfs nam hij haar niet bij de hand. In de liefde bestond een hiërarchie van handelingen, die allemaal hun plaats hadden binnen de inleiding tot de grote daad. Wat hadden inleidende gebaren nu nog voor zin? Zij liepen minstens een meter van elkaar over straat.

'O, u bent het,' zei de blinde, die nog altijd op dezelfde plaats aan de bar stond. 'Dan hoef ik u niet nog eens te waarschuwen voor de ventilator. Wacht even...' Hij was hoorbaar aangeschoten geraakt tijdens hun afwezigheid.

'Ik ruik... ik ruik dat u wanhopig moet zijn. Ik ruik de liefde, of liever... de geur van de stervende liefde. Zo heb ik ook ooit geroken, lang geleden. Maar ik had er toen geen neus voor.'

Alle aanwezigen keken naar Benny en Gini, de jongeren niet-begrijpend, de ouderen vol ontzag voor een verdriet dat nog maar net begonnen was. Benny duwde Gini zacht voor zich uit en naar het achterste gedeelte van de zaak. De blinde zong met dronken stem een van de liedjes die, lang geleden, Benny op Gini's vingers had gespeeld.

De stad die mij zo gastvrij opnam,
gaf mij minzaam door van kroeg naar kroeg

Helemaal achterin vonden zij een tafeltje omringd door louter lege tafeltjes. Benny bestelde twee whisky-soda's.

Van kroeg... ja... naar kroeg.

'We hoeven onszelf niets te verwijten,' zei Gini. 'Vroeg of laat, het zou *altijd* de eerste en de laatste keer zijn geweest. Het zou nog onzinniger zijn geweest de mogelijkheid als iets kostbaars te bewaren... de realisering voor ons uit te schuiven... alsmaar uit te stellen tot later, later, later. "Rond het middaguur." "Wat later op de middag." "Tegen de avond." Op gevaar af dat de lust ons onherroepelijk zou vergaan. Of een obsessie zou worden, waar geen reële mogelijkheid meer aan tegemoet zou kunnen komen. Niet?'

'Ach, schei uit. Dat malle zelfverwijt ben ik ook allang voorbij. Ik ben kwaad, niet op mezelf – op die mooie wereld van ons waar alles voor je ogen oplost, verdampt. Kwaad op die geniale God, die ons uitsluitend gemaakt heeft om eenmalig te genieten dingen door te geven aan wie na ons komen.'

'Benny, ik ben ook triest, geloof me. Maar jou maakt de triestheid onredelijk. We zijn allebei volgens de Boeken opgevoed, dus je weet net zo goed als ik dat het heerlijke, het mooie van wat we... in mijn kamer daarnet... een poos geleden... nou ja, dat alles zo fijn kon zijn juist *door* het niet herhaalbare ervan. Je moet daarin berusten, Benny. Zonder dat eenmalige zou het niets hebben voorgesteld. In ieder geval zou de intensiteit er niet zijn geweest... dat hele intense, waardoor je nu treurt om het voorbijgaan ervan.'

'Je bent lief, maar je praat niet met je eigen stem. Nu het allemaal voorbij is, begin ik mijn twijfels te krijgen. Wie zegt dat liefdesgenot – o, God, al die woorden klinken zo vreemd, omdat ze zo weinig gebruikt worden! – niet juist intenser ondergaan wordt, als er een *vergelijking* mogelijk is... als het een relatief genot is... Ik weet dat het blasfemisch klinkt, maar misschien is herhaling wel noodzakelijk om het hoogste liefdesgenot te kunnen bepalen.'

'Is je geloof dan zo verzwakt? De Boeken...'

'Nee, stel je voor, zeg. Ik geloof in een hemel en in een hel. Zelfs geloof ik dat de hemel allervoortreffelijkst is ingericht, als de uiterste consequentie van wat hier op aarde wel al goed maar nog niet goed genoeg is. Hoor je wel? Ik praat bijna als de Boeken zelf... Maar wat schiet ik ermee op, met dat geloof, als ik als onvolmaakte mens alleen maar hunker naar meer? Naar uitbreiding? Naar... herhaling?'

De glazen met whisky hadden zij niet aangeraakt, maar hun handen waren als vanzelf in elkaar gaan liggen, min of meer buiten hun conversatie om. Zij keken er allebei tegelijk naar, hij verbaasd, zij geschrokken.

Gini trok haar hand terug.

'Maar herhaling, Benny, dat is een zaak van de hel...!'

'Waarom van die bange ogen? Wie zegt mij dat de hel niet een veel menselijker en leefbaarder wereld is dan de hemel? Het is misschien als met deze stad. Er wordt naar een steeds grotere perfectie toegebouwd. De perfectie – of zeg maar gerust: de terreur – van de liniaal, van het tekenbord met z'n haakse armen... Maar de menselijke geest, die speels en kinderlijk is, correspondeert volgens mij met het labyrint van straatjes en stegen in oude stadskernen. Een oude, ommuurde stadskern, dát is een waarachtig beeld van de menselijke geest. De hemel, zoals mij die is voorgespiegeld, verraadt iets van koude perfectie. Terwijl de hel – onvolmaakt, chaotisch, onoverzichtelijk, een wereld in herhaling vallend – mogelijk veel meer een vorm is waar mijn ziel in past.'

'Maar Benny, de hemel, de hel... daar hebben we nu toch niet mee van doen. We beginnen aan de tweede helft van ons leven hier in de rimboe, en moeten er het beste van zien te maken, ook zonder de lijfelijke...'

Nu zagen zij hoe opnieuw hun handen in elkaar gekropen waren, ook de andere twee, en aan de noodzaak van deze verstrengeling voelden zij allebei dat hun verliefdheid en hun vertedering het vernietigende hoogtepunt van hun liefdesdaad hadden overleefd. Tegelijk wisten zij dat hun lichamen die vertedering met niet meer dan handen en armen tegemoet zouden kunnen komen. Zelfs toen Benny Gini's handen, in een gebaar tussen troost en wanhoop, wilde samenknijpen, gebeurde dat krachteloos, week.

'Hier op aarde ben ik afgewerkt, Gini. Ik voel wat wij samen hebben doorleefd nog in mijn lijf nagloeien, natrekken. En tegelijk voel ik die gloed in me uitdoven... zonder vrede, zonder berusting. Ik heb alleen weet van een agressief verlangen om die hele... worsteling van ons nog eens over te doen.'

'Ze hebben mij geleerd dat, zeker bij jonge mensen als wij, de verliefdheid ook na het verdwijnen van... van al het andere nog een poosje kan blijven bestaan. Nooit voor lang. Als het allemaal voorbij is, komt de berusting vanzelf. Het kan nooit lang meer duren.'

Zo probeerde Gini Benny moed in te spreken, zijn rusteloosheid te temperen, maar zij leek zelf niet erg overtuigd. Benny moest onophoudelijk denken aan de opstandige jongen uit zijn schooltijd.

'Hier blijven zitten afwachten tot ook dat laatste restje... ik weet niet eens hoe ik het noemen moet... gestorven is? Berusting, wat is daar het voortreffelijke van?'

Lange tijd had hij strak voor zich op tafel gekeken, naar de theekleurige whisky, naar hun handen die krachteloos (maar niet gevoelloos) ter weerszijden van de glazen in elkaar grepen. Handen die nog maar weinig naar hun spel geurden... Nu keek Benny omhoog naar haar gezicht. In de rijpe vrouw tegenover hem was nog zoveel zichtbaar van het schoolmeisje dat hij hier lang geleden ontmoet had, dat de gedachte aan haar spoedige verlepping – straks, niet ver na het middaguur – op een bijna lijfelijke manier ondraaglijk werd.

'Gini, we hebben ons een jeugd lang het verkeerde als goed laten voorspiegelen. Ik geloof niet langer in de voortreffelijkheid van al het eenmalige. Kom mee... ga mee naar buiten, dan vertel ik je... want hier... Gini, ik nodig je uit voor een reis naar de wereld van de herhaling.'

Motief onbekend

'Meneer de president, dames en heren van de jury... een blinde aanvallen, van welke kant ook, betekent *altijd* hem in de rug aanvallen. Het mes, waar ook geplant, staat altijd laf trillend tussen zijn schouderbladen. Ik eis dan ook voor deze laffe, koelbloedige moord op een invalide de ergst denkbare straf, voor allebei: dood door de stoel.'

Zo besloot de Openbare Aanklager zijn requisitoir, maar eerder dan een apotheose was het een refrein, telkens met subtiele varianten gebracht.

'...een blinde die nog weerlozer was doordat hij zich, om zijn gemis te vergeten, in een roes had gedronken.'

'...geen enkele mogelijkheid zijn moordenaars recht in het gelaat te zien. Ja, ik durf zelfs beweren dat een mes stoten in de borst van een blinde van groter lafheid getuigt dan hetzelfde mes in diens rug steken.'

Alleen als het op een motief aankwam, liet de retoriek hem in de steek. Van roofmoord kon geen sprake zijn geweest: de heer Giovanni Segale, barkeeper van De Zonkant, had voor de rechter-commissaris al onder ede verklaard dat het bedrag aangetroffen op het lijk overeenstemde met wat hij, Segale, nog in het café aan bankbiljetten uit de portefeuille van het slachtoffer had zien puilen. 'Hoe kunt u daar zo zeker van zijn?' 'Als blinde, moet u begrijpen, was meneer Scant er trots op voor elk biertje de juiste pasmunt te kunnen neertellen. Hij deed het op zijn gevoel, begrijpt u? Soms moest hij lange tijd met zijn wijsvinger roeren in het centenvakje van zijn portefeuille. Ik had dan alle gelegenheid rustig te bekijken wat hij verder nog in huis had. Niet erg netjes, maar nu komt het van pas, nietwaar?'

Wraak, als motief voor de moord, werd minder snel uitgesloten geacht. Dezelfde Giovanni Segale kon getuigen dat de beide verdachten zich door 'bepaalde uitspraken' van het slachtoffer 'mogelijk beledigd' hadden gevoeld. 'Meneer Scant maakte toespelingen op de bereidwillig... nee, hoe heet dat in uw termen?... de geslachtsrijpheid van het meisje. De jonge vrouw. De vrouw.'

Na uitvoerige bestudering van de antecedenten van het slachtoffer, die lang geleden een positie van staatsbelang bleek te hebben bekleed, hield men het, wat het motief betreft, voorzichtig op een 'politieke afrekening'.

Aangeklaagde Wult en aangeklaagde Trades keken elkaar dwars door de rechtszaal met een snelle blik aan. 'Politieke afrekening.' Hier had hun keuze van een 'zo willekeurig mogelijk' slachtoffer toe geleid. Toen tijdens het verhoor door de rechter-commissaris, voorafgaand aan deze zitting, de vragen steeds meer een politiek karakter kregen, had Benny zich de opmerking van de man aan de bar herinnerd. Ongeveer tenminste. 'Die daar... hij mag dan een ouwe zeur zijn... is ooit een hele hoge geweest. Adviseur van de president, of iets nog hogers.'

Op dat moment had Benny de woorden van de whiskydrinker niet serieus genomen. Bovendien waren ze onmiddellijk weggevaagd door de binnenkomst, in het café, van Gini Trades.

Politieke afrekening. De keuze van de blinde als slachtoffer was dus een misrekening geweest, maar achteraf bezien – onopzettelijk – ook een geniale manoeuvre, want door het politieke karakter van de moord waren zij verzekerd van de stoel.

Die stoel, namelijk, was bijna aan het wankelen gebracht. Door Gini.

Onderdeel van het vooronderzoek door de rechter-commissaris was een test, gedaan in het justitieel laboratorium, die moest uitmaken of Gini Trades en Benny Wult gemeenschap hadden gehad. Niet alleen in dat opzicht was de test positief, er bleek ook uit dat Gini zwanger was geraakt.

Benny had de verandering aan haar al opgemerkt, toen hij Gini voor een verhoor bij de rechter-commissaris opvolgde en ze elkaar in de gang van het gerechtsgebouw vluchtig zagen. De strakke huid van de wangen die haar gezicht langer deed schijnen... de vettig glanzende kin, waar het rood van een beginnende puist doorheen schemerde... allemaal tekenen van zwangerschap, nog zonder dat haar buik of houding iets verrieden. Behalve dat hij er een bevestiging van hun liefde in zag, hadden die tekenen hem ook doen schrikken: een zwangere vrouw, een jonge moeder, zou door een licht te vertederen jury niet gauw ter dood veroordeeld worden. Anders stond het met aanstaande vaders onder de moordenaars.

Hun wegen zouden zich scheiden, en God alleen wist hoe lang het zou duren eer Gini zich via een natuurlijker dood bij hem kon voegen. Zij zouden, na haar levenslange gevangenschap, zijn levenslange eenzaamheid, stokoud zijn allebei tegen die tijd.

Nu de zaak een politieke dimensie kreeg, was dat gevaar goeddeels uit de wereld. Precedenten genoeg.

Inmiddels, bij eerste verschijnen voor het hof, bleek Gini hoogzwanger. Als bij hun eerste ontmoeting droeg zij het haar opgestoken, maar het was dof en krachteloos nu. Gezicht, schouders, benen... alles vermagerd en in contrast met die verschrikkelijke puilbuik, waar, duidelijk zichtbaar onder de dunne positiejurk, haar borsten langgerekt en zwaar op neerhingen. Was het dat kind dat zo opzichtig parasiteerde op haar vitaliteit? Of zou zij ook zonder zwangerschap al aan haar verschrompeling begonnen zijn?

De zaak moest nu maar snel zijn beloop krijgen!

Net als de meeste vrouwen in het laatste stadium van hun zwangerschap was zij erg afwezig, Gini, erg in zichzelf gekeerd, wat vooral zichtbaar was aan haar naar binnen gerichte blik en glimlach. Zij scheen in voortdurende dialoog met haar kind; die hele vertoning in de rechtszaal ging langs haar heen, leek te behoren tot de onbeduidende dingen van het leven.

Over haar antwoorden op de vragen van de openbare aanklager, de rechter, de advocaat scheen niet te hoeven worden nagedacht. Zij antwoordde met zachte maar besliste stem – en direct, vaak nog voor de vragensteller uitgesproken was – wat zij al op soortgelijke vragen van de rechter-commissaris geantwoord had. Het afkeurend gemompel op de publieke tribune leek eerder dan op haar daden betrekking te hebben op haar gebrek aan terughoudendheid bij de *verwoording* van die daden. Zij eisten, overeenkomstig de ongeschreven regels van het spel waarvoor zij gekomen waren, verhulder antwoorden van haar. Leugens. Een zwijgen op z'n tijd... Als dat zo doorging, verdween elke spanning, elke verrassing uit het proces.

'Vertelt u eens, mevrouw Trades – ik blijf u, gezien uw positie, maar mevrouw noemen – vertelt u eens zo gedetailleerd mogelijk: wat was precies uw aandeel in de moordpartij die...'

'Hierbij tekent de verdediging bezwaar aan. "Moordpartij" is een tendentieus be...'

'Bezwaar toegewezen. Doorgaan.'

'Wat, mevrouw Trades, was precies uw aandeel in het

complex van handelingen leidend tot de dood van voormalig regeringsadviseur en ex-diplomaat Scant? Onder het voorwendsel dat u hem, in zijn geïntoxiqueerde staat, naar huis zou brengen, heeft u hem samen met de andere verdachte een leegstaand pakhuis binnengevoerd. Wat heeft zich daar precies afgespeeld?'

'Wij... dat wil zeggen mijn medebeklaagde en ik... hebben de blinde eerst diep het pand in geleid, en hem daarna een aantal trappen op geholpen. "Wat ruikt het hier vreemd," zei hij steeds, tot hij iets in de gaten kreeg. "Dit is mijn huis niet. Hier woon ik niet." Dat bleef hij maar schreeuwen. "Breng me onmiddellijk naar mijn eigen huis. Het stinkt hier naar pluimvee en ratten." Nadat hij zich helemaal schor geschreeuwd had, heb ik tegen hem gezegd: "U ziet toch beter met uw neus en uw..." '

'Kwam dat zomaar in uzelf op? Of kreeg u opdracht zulks te zeggen?'

'Mijn medebeklaagde gaf me een sein. "Zeg het hem maar... wat we afgesproken hebben..." Dus ik zei tegen die blinde: "U ziet immers beter met uw oren en uw neus. Waar wacht u nog op? Zie er maar uit te komen." Daarbinnen was het een doolhof. We hebben die man alle gangen doorgejaagd. Trap op, trap af. Hij was woedend en bang tegelijk. Het leek wel een stierengevecht. Op een kruispunt van gangen... een kruispunt waar het nogal echode... moest ik hem aan het schrikken maken, en opjagen, en toen is hij met volle vaart in Benny's... in de dolk van mijn medebeklaagde gelopen.'

'Dolk?'

'Bajonet, als dat niet hetzelfde is.'

'Is dit het wapen?' De aanklager hield een lange dolk omhoog, waaraan een label hing.

'Als zijn bloed erop zat, moet dat het zijn. Ik heb niet speciaal op het ding gelet.'

'U doet het voorkomen als liep het slachtoffer in de bajonet van uw medebeklaagde... Suggereert u een ongeluk?'

'Nee, hoor. Het was opzet. Afgesproken werk. Ik zou hem voor me uit drijven, en mijn medebeklaagde zou hem met uitgestoken dolk... bajonet de weg versperren. Als het een ongeluk was geweest, had Benny... had mijn medebeklaagde toch niet ook nog eens dat ding in de buik van die man omgedraaid?'

De zaal *loeide* bijna van afkeuring – om zoveel naïef – schaamteloze bekentenisdrang. En zo ging het door, van detail naar detail, tot in de details van details. Benny kreeg sterk de indruk dat Gini bezig was de woede over zich af te roepen niet alleen van de publieke tribune, ook van de openbare aanklager, de rechters, haar eigen advocaat, en van de juryleden vooral, en dat door de extreme, bijna obscene bereidwilligheid waarmee zij alle vragen beantwoordde. In een half opengewerkte maquette van het pakhuis lieten ze haar gangetjes, trapjes en raampjes aanwijzen. Haar zo over dat poppenhuis gebogen te zien staan, van tijd tot tijd zich oprichtend om met vooruitgestoken buik een hand in haar vermoeide rug te planten, gaf Benny het gevoel dat zij zich al op grote hoogte boven deze wereld bevond. Ook hij zou straks, als het zijn beurt was, zo op de maquette neer staan turen.

Tot slot van dit eerste grote verhoor voor de rechtbank vroeg de openbare aanklager Gini naar het motief voor haar daad, en zinspeelde in zijn vraag alvast op mogelijke politieke beweegredenen. Gini maakte, voor het eerst sinds de ondervraging begonnen was, de indruk zijn woorden niet gehoord te hebben. Zij bleef maar zitten glimlachen met naar binnen gerichte ogen, ietwat onderuit gezakt op haar bankje, de handen losjes op haar buik.

'Ik herhaal...'

'Vat u de vraag liever samen,' zei de president.

'Mevrouw Trades, in het kort: waarom heeft u zich geleend tot medeplichtigheid aan deze moord?'

'Omdat...' De zelfgenoegzame glimlach verdween. Gini boog zich naar haar advocaat, fluisterde hem iets toe. De advocaat, ernstig knikkend, begon woorden op een vel papier te krabbelen.

'Ik heb u een vraag gesteld.'

Er was nu een pijnlijke trek op Gini's gezicht. Haar ogen stonden vermoeid.

'Omdat mijn liefde te groot... onze liefde te groot is voor...'

Een bode overhandigde de notitie van de advocaat aan de president, die na een vluchtige blik op het papier zijn hamer liet neerkomen. 'Ik schort de zitting voor onbepaalde tijd op in verband met de toestand van de beklaagde, mevrouw Trades.'

Aan de heer B. Wult
Staatsgevangenis No. 103
Cel No. 14.W.257
Gev. No. 23 00 672

Liefste lieveling Benny, lieve reisgenoot,

het is niet anders: ik als de moeder moet jou, de vader, nu het tijdstip alweer zo ver achter ons ligt nog eens geluk wensen met de geboorte van een zoon. Ik heb hem, jammer genoeg zonder jou te kunnen raadplegen, Benny genoemd. Ik zal je verklappen waarom. Nu kan ik die naam, want hij is in mijn cel, onze jongen, heel vaak uitspreken zonder dat de muren er het zwijgen toe doen. Ik bedoel, eerst riep ik jouw naam zo vaak en – je weet wel wat ik bedoel. Nu is er een echte Benny. Hij mag in mijn cel blijven tot na de borstvoeding, hoewel die al voorbij is, maar dat weten ze nog niet, ondanks al die camera's en al die dingen. Ze gebruiken hun monitors soms voor videospelletjes, heb ik me door een buurvrouw laten vertellen.

Waar moet ik beginnen? Je zult wel nieuwsgierig zijn naar de geboorte en hoe die verliep. Ik zal alles zo precies mogelijk vertellen in de juiste volgorde. Kort na de laatste zitting van het Hof (of eigenlijk al tijdens de laatste getuigenverhoren) begonnen de eerste weeën. Ter inleiding. Ik was al in mijn cel en het duurde vreselijk lang voordat mijn druk op de knop verhoord werd en er zo'n gevangenbewaarster verscheen. Hadden ze eerst op het scherm gekeken, hadden ze waarschijnlijk meteen de vroedvrouw gestuurd. Ik lag te kronkelen, jongen. Cel open, cel dicht, cel weer open. De vroedvrouw. 'Vertelt u me maar eens precies wat u voelt.' Konden ze dan niet zien hoe ver ik was?

Geloof het of niet, Benny, ik werd onder gewapend escorte (allemaal vrouwen) naar de verloskamer gereden in een rolstoel. Na elke dertien omwentelingen van de grote wielen een wee. Ze hielden tot op het laatst rekening met simulatie, vandaar dat ze me bij elke wee stevig vasthielden. Om ontsnappen te voorkomen. Of misschien dachten ze dat de baby zou ontsnappen, eerst uit mij, dan de gevangenis uit om ergens een helikopter te huren enzovoort. Noem het liefde voor de ouders.

Hoofdstuk 2. De verloskamer. *Er zaten wel tralies voor de ramen, maar het waren geen hoge ramen, zodat ik vanuit het bed een deel van de binnenplaats kon zien. Acht lange meiden speelden basketball. (Tralies doen me altijd denken aan de dwarsstrepen op een notenbalk, waardoor ik herinnerd word aan jouw pianospel op mijn vingers in de bar. Blijkbaar, Benny, loopt er een weg van de eerste paar maten van een smartlap via de balie in de rechtszaal naar een gevangeniscel. Al zijn we hem zelf ingeslagen, pas achteraf blijkt het ook echt een weg te zijn.) Van eentje sprongen telkens de zware borsten omhoog, alsof dié het netje in wilden in plaats van de bal. Ik had wel wat anders aan mijn hoofd dan op het spel te letten. De weeën gingen door. Het deed veel en veel meer pijn dan ik verwacht had. Links van het bed stond de vroedvrouw, rechts een verloskun-*

dige die ook van de partij was. Ze hadden allebei een hand van me vast. 'Hee, niet bijten!' Dat riep die gevangenisverloskundige die ik bijna in haar pols had gebeten toen er een heel erge kwam. Echt een hele erge. En, wat dacht je, misselijk was ik ook behoorlijk. Toen de vroedvrouw een slok koude koffie had genomen, schijn ik alsmaar te hebben geroepen: 'Weg met die koffie. O, het ruikt zo erg naar koffie. Het stinkt. Ik kan er niet tegen.' Op den duur wist ik niet meer of ik haar weg moest duwen, vanwege die koffielucht, of naar me toe moest trekken om steun te hebben bij de volgende krampwee. Ik wist het niet meer. Het enige wat ik met zekerheid wist was dat jij er had moeten zijn om iets van de pijnscheuten op te vangen. Maar ja.

Tussen twee weeën door mocht ik luisteren, via de stethoscoop, naar de paniek in mijn buik. Weet je hoe het klonk? Net als het geluid bij die onderwaterfilm die wij samen in die dancing toen hebben gezien, De Rode Schoentjes. Zo heette de dancing. Hoe de film heette, weet ik niet meer. Iets met Kleurige bewoners van koraalpaleizen *of zo. Hij werd vertoond op de muren van die danstent en dat onderwatergeluid 'bubbelbubbelbubbel' klonk boven de muziek uit, als een hele snelle, waterige hartslag en dat is precies wat ik bedoel. Het was zijn hartje. Diep in het vruchtwater nog, maar al in paniek om het onbekende dat komen ging. Geef zo'n kind eens ongelijk. Maar eerlijk is eerlijk, hij had net zo goed met zijn moeder kunnen verbranden op de stoel. Of wachten ze met zo'n terechtstelling* altijd *tot na de geboorte? Ik heb het mijn advocaat nooit gevraagd. Advocaten kunnen ons alleen maar van ons doel afhouden.*

Gek, maar die weeën maakten me eng helder. Achteraf bleek ik een heleboel details in me opgenomen te hebben. Die lange balmeiden bij voorbeeld. Op een gegeven moment kregen ze ruzie en moesten ze door de ordedienst uit elkaar gehaald worden (denk niet dat ze niet kunnen bijten en krabben, want dat kunnen ze, die langgestraften). Toen niet – niet bewust, bedoel ik – maar nu, veel later pas, zie ik ze staan ruziën. Wat ik vooral voor me zie zijn die rare schaduwen tussen hun voeten. Alsof het de schaduwen van tot een prop verfrommelde lijven zijn, waaruit af en toe een arm losschiet. Daaruit kon je opmaken, als je gewild had, dat de zon bijna op z'n hoogst stond. Tot mij drong het na de bevalling pas door, en wat daarmee vooral tot me doordrong: hoe lang ons proces eigenlijk al duurde... Stellen wij straks nog iets voor, wanneer we aan de andere kant arriveren? Lichamelijk, bedoel ik? O, nee, ik twijfel niet. Denk dat nu niet, Benny.

Nog zo'n detail. Aan de muur van de verloskamer hing een houtsnede of een linoleumsnede of iets dergelijks. Stelde een groep dwangarbeiders voor, werkend op het land. Ik herinner me afgestompte koppen en dan dat wroeten met hun handen in de aarde. Hoe sadistisch om zo'n vreugdeloos, zo'n wanhopig tafereeltje in de aankomsthal van het nieuwe leven te hangen. Beledigend. Trouwens, die twee verlostangen waren sowieso harde tantes. Ze bleven gewoon koffie drinken en mij die stank van vochtig zaagsel in mijn gezicht blazen. Weeën of geen weeën. Braakneigingen of niet. Want daar deed me die geur nog het meest aan denken: aan het schuurtje waarin mijn grootvader zijn zaagwerk deed, vroeg in de ochtend. Hij zaagde altijd van dat harde, roze hout dat heel fijn zaagsel oplevert. Het geeft een zure lucht af, zeker als het nog zo vroeg in de ochtend is en vochtig. Bovendien spuwde hij er het sap van zijn pruimtabak overheen, en dat alles bij elkaar, zo'n geur, die bedoel ik nou. Koude koffie.

Eindelijk vonden ze het tijd worden, die tangen, om de vliezen te breken. Deden ze waarschijnlijk met hun gekartelde nagels. Ik hoorde het vruchtwater in het bekken lopen. Openhartigheid stond in hun vaandel, dus hielden ze me het bekken – zo'n niervormig bekken – voor zoals ik me verbeeld dat een ober de klant iets lekkers voorhoudt, om te keuren. 'Dit is het vruchtwater. Als het wat rood ziet komt dat doordat er wat bloed bij zit.' Slagzin: wij doen niets buiten de patiënt om.

Toen de weeën niet meer te harden waren, vonden de vrouwen het opeens nodig mij van dat bed af te halen. En zo zat ik daar, als een dier, op handen en knieën. Achter me aanmoedigende kreten, het leek wel een soort gejuich. Ik dacht dat ik al aan het eigenlijke baren begonnen was. Niets, hoor. De juichkreten golden mijn ontlasting – eindelijk, mijn ontlasting. Een vrouw die een wonder wil ontketenen, moet eerst tonen alle waardigheid te kunnen laten varen. Op handen en voeten, kreunend, zich ontlasten praktisch in het gezicht van twee verloskundigen, de ene nog niet eens afgestudeerd. 'Toe maar, meid, er zit nog meer. Vang zo'n wee maar op met het uitstoten van...'

Ik mocht niet terug het bed op. Nee, op de baarstoel moest ik nu ineens, een soort half opengewerkte emmer met een toiletbril. Verticaal bevallen raakte weer in de mode, begreep ik, sinds ontdekt was dat de vrouwen van allerlei zonaanbiddende volkeren uit het verleden het zo deden. Hurken in de bosjes en je op het kritieke moment vastgrijpen aan een tak boven je hoofd en hopen dat hij niet breekt. Eer we een half mensenleven verder zijn, moet de geliefde van Benny junior weer aannemen dat niets zo voortreffelijk is als bevallen op een bed, omdat verticaal baren, door de al te treffende gelijkenis met de stoelgang, een postnatale depressie in de hand werkt. Maar misschien praat ik nu een beetje te veel als mijn vader, de verbitterde.

Er werd een spiegel voor me neergezet, ietwat schuin omhoog gericht. Daarmee, lieve Benny, en je moet me zo'n associatie maar vergeven, daarmee was voor mij een cirkel rond. Van de spiegel waarvoor ik stond toen jij me verleidde (dat is niet precies het woord dat ik zocht) tot deze spiegel, die me deed denken aan schuin omhoog gerichte spiegels die ik in schoenenzaken heb gezien. Hoe dan ook, het had weinig zin, want ik had mijn lenzen niet in. Omdat ze in de rechtszaal mijn ogen irriteerden deed ik ze uit zo gauw ik in mijn cel terug was. Stom natuurlijk, want de aanrollende weeën hadden me al gewaarschuwd. Waarom was jij dan ook niet aanwezig, achter me, om over mijn schouder met me mee te kijken en scherper dan ik dat kon ons gezamenlijke wonder in je op te nemen?

Laten we zeggen dat ik in een beslagen spiegel keek. 'Je ontsluiting is nu voldoende om tot persen over te gaan,' zei de vroedvrouw. Ze sprak maar de halve waarheid. Ik had die twee wel met elkaar horen fluisteren. Bij eerste meting, op het bed nog, (plastic handschoen ritselend tussen mijn dijen) zei de een tegen de ander: 'Acht.

Bij tien gaan we persen.' Kort voordat het perssein werd gegeven, was er achtenhalf gemeten. Er moest een reden voor hun haast zijn. 'U doet het uitstekend, mevrouw Trades. Als u goed kijkt, kunt u al een stukje van de schedel zien, met de haartjes...'

Toch was er steeds een onopvallende vorm van overleg waar ik buiten gehouden werd. Ongerust gefluister en meer van die dingen, want ik ben niet gek. Ze zeiden tegen me: 'U moet niet schrikken, want zometeen komen er wat mensen kijken. Leerlingen van de verloskundigenopleiding. We zullen zorgen dat ze zich verdekt opstellen.' Dat was van tevoren niet afgesproken, maar ik protesteerde niet. Straks komen ze ook ongevraagd naar een intieme gebeurtenis kijken, wanneer ik op de stoel klim.

Inderdaad kwam er even later een handjevol meisjes in witte schorten binnen, maar van 'verdekt opstellen' was geen sprake. Ze reden, op aanwijzingen van de verloskundige (de vroedvrouw bleef bij mij) het bed de gang op, waarna vrijwel onmiddellijk het bed weer naar binnen werd gereden. Dat het hier om een ander bed ging, begreep ik later pas. Het ontging me niet dat bij het in- en uitrijden van de bedden de 'wachtposten' bij de deur verhoogd paraat waren; ik hoorde de grendels van hun wapens klikken. Zelfs nu, met dat glibberige kopje tussen mijn benen, zagen ze een gevangene met vluchtplannen in me. (En natuurlijk ben ik ook aldoor al op de vlucht. Maar niet via de route die zij zo angstvallig in de gaten houden.) Het bed dat binnengereden werd stootte tegen de spiegel, die daardoor verschoof. Het voordeel was dat ik niet meer naar mezelf hoefde te kijken als naar een grote, vage, klonterige wond. Wat het spiegelglas mij nu te bieden had, was trouwens weinig opwekkender. Een fragment van de lege blauwe lucht met tralies ervoor. Het gaat me niet om die tralies, Benny. Zonder die tralies zou het een nog veel angstaanjagender leegte zijn. Ik denk dat ik het gevoel had, met duizelingen en al, een blik te werpen in de wereld die ons na het vonnis ligt op te wachten. Niet dat ik zo'n leegte verwacht, nee hoor, het gaat me om het onbekende.

Ik twijfel niet, maar... was het goed om alles aan die grote reis *van ons op te offeren? Ik bedoel, dat jij bij de geboorte van je zoon niet achter me zat met je handen onder mijn oksels om me overeind te houden en je lippen in mijn hals om me te troosten en al die dingen meer. Ik twijfel niet, maar zeg eens eerlijk: toen wij in het heetst van onze verontwaardiging, onze boosheid op de wereld, die beslissing namen, hebben we toen aan een* kind *gedacht? Nee. Daar waren we te radeloos, te woedend voor. Hooguit dachten we aan een kind in verband met die ándere wereld, waar meer dan een kind het onze zou kunnen zijn en waar we om ze te krijgen al die heerlijke inspanningen zouden moeten verrichten.*

Het zal *ook heerlijk zijn. Eindelijk een wereld die de perfecte vorm is voor onze gulzigheid tegenover elkaar... Als er tussen mijn woorden wat twijfel doorklinkt, komt dat door deze brief zelf. Het natrekken in geschreven zinnen van wat er rond die eenzame geboorte zoal gebeurde, sleept mij meer mee dan goed is voor onze reisplannen. Ik ben nu alweer een ander dan degene die de brief begon.*

Genoeg. Ik zou je verslag doen van de bevalling. Niet meer en niet minder.

De twee vrouwen knielden ter weerszijden van me neer om me te helpen, toen op de achtergrond iets mis dreigde te gaan met dat bed dat daar geïnstalleerd werd. De vrouw die ik steeds 'verloskundige' heb genoemd om haar te onderscheiden van degeen die mij als eigenlijke vroedvrouw was toegewezen, veerde op om nadere aanwijzingen te geven. Juist op dat moment werd een beslissende strijd in mij uitgevochten. Ik zou – nu, nu, *en geen moment later – dat kind eruit persen met één grandioze, onomkeerbare stoot van mijn adem, mijn pezen, spieren, botten, van al mijn lichaamscellen. En anders, anders zou ik ondergaan in pijn en bloed en zou ik sterven in het kraambed, al was dat niet helemaal de juiste term. Ik zou mijn bovenwereldlijke lot toch niet mislopen, en jij zou me spoedig nakomen...*

Alleen de gedachte aan het kind dat ik de dood in zou dragen, zonder het te hebben gekend, weerhield me van die laatste beslissing. Ergens op die scheiding van werelden zou het me alsnog worden afgenomen, op bevel van een hogere rechterlijke macht, want zo'n on-

bezoedelde ziel zou zijn moeder nooit mogen volgen naar de hel van de herhaling.

Nooit eerder heb ik de wil als zo'n lichamelijk *instrument leren kennen. Er gebeurde wat mijn geradbraakte lijf* wilde *dat er gebeurde. Plotseling hield ik dat kind, ons kind, in mijn armen. Ik was alleen. De twee vrouwen en hun studentjes hielden zich bezig met de installatie van zo iets ingewikkelds als een bed. Ik was alleen met de enige man van het gezelschap, die mij schertsend was voorgesteld als De Schrijver. Ook iemand in opleiding nog. Hij zou, zo was me gezegd, 'alles noteren' en dat deed hij dan ook nauwgezet. Hij zat op een laag krukje met op zijn knieën een stuk hardboard waarop vellen papier geklemd waren, met van die kantoorwasknijpers. Tabellen zag ik. Hij schreef alles op, het meeste in cijfers. Tijden, denk ik. Hij vertaalde het levensbegin van Benny in cijfers en letters.*

Er was iets aan die geboorte dat als een belediging naklonk, niet in mijn oren maar in heel mijn lijf. Het kletsend *geluid waarmee de baby – letterlijk – in mijn armen gesmeten werd, plakkerig en wel. Van smijten had het des te meer omdat het kind zo levenloos was nog, en daarbij zo blauw zag. Jij bent, als vader, vast beledigd als ik zeg dat wat ik daar tegen me aan gegooid kreeg me nog het meest deed denken, met al die gezwollen, zwaar neerhangende ledematen, aan een bos peen, of meer nog aan een tros bleekblauwe worstjes die ik een keer bij de slager in de etalage zag hangen. Een half moment was er de paniek: doodgeboren. Maar terwijl ze opstond gaf de vroedvrouw nog gauw even een por in zijn zij, zo'n geroutineerde, bijna geniepige opstopper, die hem, onze zoon, aan het krijsen bracht. Toen was ik gerustgesteld, al bleef ik een rotgevoel houden door dat gooi- en smijtwerk. Later verontschuldigden de twee vrouwen zich: bij de laatste keer luisteren, met de stethoscoop, hadden zij nauwelijks nog harttonen opgevangen, zodat zij ondanks de onvolledige ontsluiting besloten mij tot persen aan te zetten, onderwijl opdracht gevend tot het klaarzetten van een speciaal bed, want ze hielden rekening met een kunstmatige bevalling. Zo zat dat.*

Als ik me ergens op verheugd had, was het op die kleine graaiende vingertjes. Maar zijn armpjes bleven nog een hele poos zonder leven neerhangen en de handjes zagen nog blauw toen de rest al donker roze kleurde. De Schrijver, stopwatch in de linkerhand, schreef alles op, tijdstippen in tienden van seconden (geloof ik). Zo op zijn lage kruk deed hij me denken aan een of andere 'schrijver des konings' waar ik eens een plaatje van gezien heb. Schrijver des konings, dat is natuurlijk wel het minste.

Allicht jankte ik. Als jij achter me gezeten had, had ik jou ook horen snotteren, vast en zeker. 'Het doorknippen van de navelstreng is eigenlijk voor de vader weggelegd, maar hier gelden natuurlijk andere regels. Wilt u het doen, mevrouw Trades?' Ik had de schaar (zo'n knieschaar, weet je wel, met een knik erin) al vast, de verloskundige plaatste twee klemmen vlak bij elkaar op de navelstreng, waar ik tussendoor moest knippen, toen ik het plotseling te kwaad kreeg. Die navelstreng met z'n onechte kleuren deed me ineens denken aan zo'n ineengedraaide bundel van geplastificeerde elektriciteitsdraden, en ik hoef jou niet te vertellen, Benny, waarom ik het daar zo moeilijk mee had. Toen hebben ze De Schrijver maar gevraagd het voor me te doen. Hopelijk ben je er niet boos om. Ik kon eventjes geen woord uitbrengen, laat staan een volledig protest. Ik heb de andere kant op gekeken. Ik hoorde het knarsende geluid van de schaar, want het gebeurde krachtig.

Hij werd gewassen en gewogen. De Schrijver noteerde de tijdstippen en het gewicht en de lengte. Hij bleek erg lang voor een pasgeboren baby, en in contrast daarmee extreem licht (de exacte cijfers heb ik hier niet bij de hand; als er nog tijd voor is zal ik ze eens opvragen om ze je in een volgende brief toe te sturen). Hij huilde op een ijle en toch schorre manier.

De placenta. Ik kan me voorstellen dat die nageboorte een zwart ogenblik betekent in het leven van de meeste vrouwen. Met het wegnemen van de moederkoek kan het proces van verdrogen en verdorren pas echt beginnen. Goed, er komt nog een borstvoeding, maar alles beneden de navel is uit het leven ontslagen. Afgewerkt, uitgeran-

geerd. Weg ermee. Op het moment dat de vroedvrouw die placenta pal onder mijn neus begon uit te pluizen, min of meer om me te laten zien hoe het kind in me gewoond had (ook de nawerking van een oud ritueel, waarschijnlijk; er was een moment dat ik dacht dat we de moederkoek zouden gaan opeten!), *kon ik ons besluit, Benny, onze voorgenomen reis naar het land van de herhaling, weer mild – later wild verlangend zelfs – onder ogen zien.*

Uiteindelijk kwam ik toch nog op dat bijzondere bed terecht, want de verlostangen vonden het beter mij een paar kleine hechtingen toe te dienen. Niet dat ik echt 'ingescheurd' was, maar er zaten wat kloofjes, zoals die vrouwen het noemden, in de kleine .... (dit woord zal wel gecensureerd worden: medische prikkellectuur voor mannelijke gedetineerden!) 'Voornamelijk een esthetische ingreep' noemde die ene dat. Vat je het cynisme? Sexueel definitief uitgebloeid zijn, en dan zo'n schoonheidsfoutje weggewerkt krijgen. Ik had in ieder geval het stille genoegen mijzelf voor te houden dat ik het voor jou liet doen. (Jij hebt me geleerd blikken als echte strelingen te voelen. Maar, mijn God, Benny, wat was ik er in het begin verlegen onder! Toch wil ik ook die verlegenheid straks opnieuw voelen.)

Met de rolstoel, waar voor de gelegenheid een soort vloeiblad in gelegd was, werd ik naar de douches gereden om helemaal schoongespoeld te worden. Verscherpte bewaking, dat spreekt, want ik sleepte nu zelfs mijn kind niet meer aan een ketting als een dwangarbeiderskogel met me mee.

Later kwamen ze me uit mijn cel halen. 'Met het oog op het ondergewicht, mevrouw Trades, hebben we het verstandig geoordeeld uw baby voor enige tijd in de couveuse te leggen. U mag hem even zien, als u wilt.' Een rolstoel was al niet meer nodig. Ik liep tussen mijn bewaaksters naar de kraamkamer. In het kind dat daar in de enig voorhanden couveuse lag herkende ik het mijne al niet meer. De blauwachtige gezwollenheid die iets molligs aan zijn armpjes en beentjes had gegeven kort na de geboorte was nu verdwenen. Met griezelig lange ledematen sloeg en trapte hij om zich heen in die glazen doos. Hij schreeuwde met een mechanisch aandoend, sonoor stemgeluid, het mondje opengesperd, een geschreeuw dat door de couveuse enigszins werd gedempt en juist daardoor, zo leek het wel, extra dwingend was. Tegen het felle licht boven hem (hij lag op zijn rug) droeg hij een witte blinddoek in de vorm van een ouderwetse motorbril. Zijn piemeltje was met een stuk tape vastgeplakt en zo gedwongen in de richting van zijn voeten te wijzen, blijkbaar om te voorkomen dat hij over zijn eigen navel zou plassen, die zweerde en een beetje etterde. Tijdens mijn afwezigheid had hij, zoals ze zeggen, een 'flinke kop met haar' gekregen, en dit samen met die lange ledematen, gaf hem iets vroeg uitgegroeids, iets volwassens. Ook verbaasde ik me over de zichtbare kracht waarmee hij met armen en benen van zich af trapte, zo mager als hij was. Die bewegingen schenen trouwens niet ongecontroleerd, maar eerder onderworpen te zijn aan zinloze wetmatigheden, en gingen gelijk op met zijn schorre gekrijs. Wat zijn benen deden had iets van driftig fietsen.

Zo fietste hij uit alle macht door een onbekende wereld, hongerig, schreeuwend op de toppen van zijn stem, met voor zijn ogen een stofbril die eigenlijk een blinddoek was tegen het onmenselijk felle licht boven hem, en met neerwaarts geplakt geslacht. Ik kan je voorlopig geen ander portret van je zoon geven, Benny. Misschien is het wel een portret van alle mensen hier op aarde.

Bij het voeden, later in mijn cel, trok hij driftig aan me als een speenvarken. Zijn mond was geen zuigende mond, maar een klem en ik kon me niet voorstellen dat hij me ooit weer los zou laten. Toen hij uiteindelijk, moegetrokken en verzadigd, met veel gehijg en gekreun zijn kopje opzij liet vallen, voelde ik me volledig leeggezogen en uitgeput. Ja, het wordt tijd, Benny, dat aan dit afglijden in de totale verdorring een eind komt en we elders krachten gaan opdoen.

Eén ding moet je me beloven: dat we, wereld van herhaling of geen wereld van herhaling, dat hele spel van de liefde altijd zo zullen spelen alsof het tegelijkertijd de eerste en de laatste keer is, zonder ook maar één tederheid over te slaan. Beloofd? Alleen zo kunnen we ons behoeden voor de gevaren van die wereld. Ja, beloofd? We herinneren ons immers alles nog... niet? De kleinste kleinigheden. Zo stel ik me vaak voor dat ik met mijn vingertop wrijf over wat ik je 'speldenkussen' noem: een moedervlek op je rug volgeprikt met stugge haartjes. Goed onthouden of niet? En dat is dan maar een onschuldig voorbeeld.

Wult junior huilt tussen zijn papieren lakentjes. Zijn tandjes komen door. Hij zal zo wel bij me weggehaald worden. Er zijn onderhandelingen gaande met een kinderloos echtpaar dat hem wil opnemen. Welgestelde mensen, net zo uitgeblust als echte ouderparen.

Waarschijnlijk zien we elkaar nog een laatste keer in de rechtszaal, alvorens elkaar in vrijheid te ontmoeten. Ik ben niet bang, al weet ik niet hoe me die overgang, via de dood, van de ene naar de andere werkelijkheid precies voor te stellen. Zullen wij pijn lijden en, zo ja, zal de pijn ons vergezellen naar de overkant? Ik stel me voor dat het zo iets is als baringspijn, niet zinloos, niet uitzichtloos, maar in dienst van een doel. Een ruiloffer. Pijn met een glimlach.

Lieve Benny, liefste, als je nog in de gelegenheid bent me terug te schrijven, zou je dan de belangrijkste punten van mijn brief in wat kernwoorden, alleen voor mij begrijpelijk, willen samenvatten? Dan weet ik of er iets aan de schaarpunten van de censuur is blijven hangen.

Tot gauw,

je Gini

Van zijn advocaat had Benny gehoord dat de leden van de jury in het gerechtsgebouw zelf in quarantaine werden gehouden om ze te vrijwaren voor beïnvloeding door pers en publieke opinie. De ruimte (achter de rechtszaal) waar de twaalf bijeen zaten, heette al gauw 'het zweetkamertje', omdat de airconditioning was uitgevallen, zonder dat een monteur de fout kon ontdekken. Wie voorbij de deur kwam, hoorde nooit anders dan gemopper, wat volgens de advocaat weinig goeds betekende voor de verdere procesgang.

Ja, die jury. De beide verdachten hadden in de rechtszaal aanwezig moeten zijn, toen hij werd samengesteld. Benny Wult herinnerde zich de luidruchtige binnenkomst van zo'n zeventig, tachtig vrijwilligers. Opgewonden fluisterend probeerden ze al op de drempel reikhalzend vast te stellen wie de verdachten waren, want tot op dat moment wisten ze niet om welk proces het hier ging.

'Een jong stel nog... Zeker die bankoverval van laatst.'

'Ik zie het al. Het zijn die vliegtuigkapers. Een man en een vrouw. Ik herken ze van het televisiejournaal.'

Nadat de menigte zich over de banken van de publieke tribune had verspreid, bleef hardnekkig en steeds luider, van mond tot mond gaand, hetzelfde lange woord opklinken. 'Het zijn de blindemanmoordenaars.' 'De blindeman...?' 'Ja, de blindemanmoordenaars.' 'De blindemanmoordenaars...!'

Het had iets van een auditie voor theaterfiguranten. Alleen zouden hier de figuranten het lot van de hoofdrolspelers gaan bepalen.

De zeventig of tachtig vrijwilligers visten allemaal een opgevouwen papiertje uit een doos die door een bode werd rondgedragen. Dat leverde twaalf kandidaatjuryleden op, vier vrouwen en acht mannen. De overgeblevenen kregen het verzoek te blijven zitten tot na de ondervraging, door functionarissen van de rechtbank, van de kandidaten. Er leek vooralsnog aan de geheime wensen van Gini en Benny tegemoet te worden gekomen: principiële tegenstanders van de doodstraf onder de beoogde juryleden werden verplicht hun kandidatuur in te trekken. Het waren er drie. Na nog een paar keer loten kon de voltallige jury, inmiddels bestaande uit zeven mannen en vijf vrouwen, eindelijk worden beëdigd.

Uit vragen van de verdedigers was gebleken dat de twaalf gezworenen zonder uitzondering de bloei van hun leven voorbij waren. Ze hadden niet allemaal een kind, maar in ieder geval had ieder zijn (haar) liefdesgeschiedenis achter de rug. Als de verdediging dit, met het oog op mogelijke vooroordelen, niet uitdrukkelijk bevestigd had willen hebben, zou het wel op die uitgebluste gezichten te lezen zijn geweest, in die doffe ogen. Daar in die jurybak zaten mensen die zich niet eens meer konden herinneren, met hun geest niet en niet met hun lichaam, hoe het voelde lief te hebben. Zij werden nog gedragen door hun benen, verder waren zij beneden de navel morsdood, al lang ontbonden, en als boven de navel een hart klopte, was het alleen nog om die benen in beweging te houden.

Ook deze omstandigheid was, anders dan de verdedigers het zagen, gunstig voor Benny Wult en Gini Trades. Wie de jonge moeder daar zo stralend zag zitten ('stralend boven haar stand', zou een krant schrijven), schaamteloos de verliefde blikken beantwoordend van haar 'voormalige' (dezelfde krant) minnaar, en daarbij op de zure gezichten van de jury lette, wist dat het vonnis al vaststond. De luide, lachende kreten van Benny Wult junior, die door Gini's advocaat in een hoge kinderstoel naast de moeder was geplaatst met de bedoeling de gezworenen te vermurwen, werkten alleen maar averechts, en verwekten afkeuring in plaats van vertedering. Zo'n verliefdheid niet alleen over de liefdessponde, maar ook nog over het kraambed heen reikend, dat kon natuurlijk niet. Het was obsceen. Immoreel.

Het vonnis was geveld. De jury hoefde de 'moeilijke beslissing', met langdurige beraadslaging en al, alleen nog maar voor het oog van de wereld na te spelen. Zelfs de kleine Benny hield zich stil toen de gezworenen in ganzenpas de rechtszaal betraden. Het voorste jurylid overhandigde de griffier twee enveloppen.

'Posseman...!' riep nu het jongetje luid, en sloeg daarbij met een stuk speelgoed op het houten blad van zijn kinderstoel.

De griffier opende de eerste envelop, en las het vonnis voor inzake 'luchtmachtofficier Wult'.

'...schuldig bevonden op alle punten van de aanklacht.'

Voor 'de studente Gini Trades' was het vonnis gelijkluidend.

Alvorens uitspraak te doen trok het college zich in de raadkamer terug. Gini kreeg de gelegenheid afscheid te nemen van haar zoontje. De pleegouders waren in de zaal aanwezig; zij bleven op de bank zitten, terwijl het publiek in de gangen discussieerde over de vonnissen: een dor echtpaar, berustend, desondanks argwanend de verrichtingen van moeder en kind volgend.

De president van het hof, rechter DeVilbiss, zei geen aanleiding te zien de vonnissen van de jury niet te volgen. De daders zouden 'ter dood worden gebracht als door de wet van de staat is voorgeschreven, dat wil zeggen door middel van elektrocutie'.

Door vier bewakers werd Wult met de lift naar een van de hoogste verdiepingen van de gevangenistoren gebracht. Allen vermeden het zoveel mogelijk hem rechtstreeks aan te kijken. Het bijgeloof, de angst voor hypnose door de terdoodveroordeelde (die natuurlijk de angst voor hypnose door de dood zelf was), was begonnen.

'Zijn daarboven de dodencellen?'

'De dodencellen zijn aan de overkant, in de tweelingtoren.'

'Waarom dan de hoogte in, en niet omlaag?'

'U vraagt wel erg veel... voor iemand die de laatste tijd

zoveel antwoorden heeft moeten geven.'

Het snelle opstijgen door de nauwe schacht deed iets met zijn middenrif, en gaf hem hetzelfde tegelijk angstige en verwachtingsvolle gevoel, heimweeachtig ook, dat hij die ochtend in de lift naar Gini's kamer had gehad. Hij was opnieuw naar haar op weg.

Ze waren er. Geen cellen hier. Aan het eind van een gang meende Wult, en dat zou dan voor het eerst sinds zijn insluiting zijn, direct, ongefilterd zonlicht te zien – en daar liepen zij op af. Even was er de gedachte dat de gang, zomaar, zo'n honderd twintig, honderd dertig verdiepingen hoog in de lucht eindigde, en dat ze hem recht naar beneden zouden laten vallen, zodat hij daar in de diepte de een of andere geparkeerde auto tot zijn eigen praalbed zou kunnen omvormen... Maar de gang liep over in een soort overdekte voetbrug, waar de zon dwars doorheen scheen. Hij voerde hoog boven de stad naar de tweelingtoren.

'Kijkt u gerust een poosje rond,' zei een van de bewakers. 'Wij hebben de tijd. Het wordt uw laatste blik op de stad.'

'Alsof niet *elke* blik op de stad een laatste is. Je hoeft maar even de andere kant op te hebben gekeken, en er ligt al een andere stad. Het is net als met een rivier: alleen de naam verandert niet.'

'U zegt het maar. We kunnen ook meteen doorlopen.' Men waande zich in het inwendige van een trekharmonica, en dan een die bijna helemaal was uitgetrokken en waarvan de vlakken uit dik glas bestonden. Een hangbrug eigenlijk, berekend op het heen en weer zwiepen van de tweelingtorens. Nu Wult in de diepte kon kijken, schatte hij ze zo'n honderd veertig etages hoog.

Twee bewakers waren naar de overkant van de brug gelopen, een derde bleef bij de ingang staan, en de vierde volgde de ter dood veroordeelde op de voet. Benny Wult keek uit over het stekelige tapijt van de stad. Inderdaad als reigers tussen het riet, zo dun en recht, af en toe zwenkend met een vooruit gestoken snavel, stonden de kranen tussen de bebouwing. Nu het middaguur naderde (en het besef verhevigde Benny's hongergevoel), scheen de zon bijna recht in de diepe straten, en deed de gele taxidaken oplichten. Tussen de miniatuurauto's kroop traag een enkele vlieg, waarin zich na enig turen een glimmend zwarte kar met een paard ervoor liet herkennen, zich voortbewegend op eigen krieuwelende schaduw.

'Dat vind ik nu het fascinerende van dit beroep, meneer,' zei de bewaker. 'Ik kijk over uw schouder mee, en zie als het ware de stad door uw ogen. Dat wil zeggen, voor het laatst. Fascinerend vind ik dat. Ik heb dat ook wel als ik op de boot of in de trein de stad nader, maar dan omgekeerd. Ik zoek altijd een toerist uit, en probeer door zo iemands ogen alles te zien. Dat wil zeggen, voor het eerst. Heel fascinerend, maar dan heeft het niets met mijn beroep te maken. U weet wel wat ik bedoel.'

'Zeker.'

Schaduwen van helikopters slingerden zich – vervormd – rond de hoeken van torengebouwen. Ze gleden ook wel, gelijkmatiger, over de platte daken, waar vaak zwembaden in verzonken waren. Zo ontdekte Benny Wult een onvermoede wereld van zwemmers, die bestond op tien, twintig, vijftig, zelfs honderd verdiepingen en meer boven de begane grond. De stad, bleek nu, kon ook worden opgevat als een terrasvormig uitgehakt stuk rotskust, met op elk plat vlak de hemelsblauwe rechthoek van een zwembad. Op sommige daken ook waren schaduwrijke tuinen aangelegd, met over de dakrand hangend groen. Boven op een gebouw van bijna honderd verdiepingen hing de fijne nevel van een sproei-installatie, en daar, tussen spitse boompjes in grote tobben, zag Benny Wult voor het eerst in zijn leven een – kleine – regenboog.

'O, meneer, kijk 's...' De bewaker wees op een zwemmer die zich afzette op een duikplank, en twee meter lager, maar nog altijd zo'n zestig verdiepingen boven straatniveau, oploste in een melkachtige belletjeswolk.

Plotseling beende Wult met opgeheven hoofd naar het eind van de gang, zonder nog naar links of rechts, naar beneden of boven te kijken. Hij hoorde de snelle voetstappen van zijn oppasser achter zich.

'Nou, meneer,' zeiden ze aan de overkant, 'u bent er snel op uitgekeken...'

'U beseft toch wel dat het *echt* uw laatste keer is?'

'Ik ben gelovig. Ik hoef er niet aan te twijfelen dat ik die hele gestileerde jungle terugzie.'

Hij had honger.

De schietstoel

'*Toen de gevangenisdirecteur, in gezelschap van twee bewakers en een geestelijke, hem in zijn dodencel kwamen ophalen... "Het is uw tijd. Weest u moedig*"...' Zo vaak als hij erover had gehoord en gelezen, het bleef altijd iets extreem onwerkelijks behouden. Al stond het in de krant, het was niet van deze wereld.

En nu overkwam het hemzelf.

De gevangenisdirecteur, de bewakers, de priester... er was eigenlijk nauwelijks verschil met wat Wult uit de verslagen kende, behalve dan dat de directeur het bezoek wat minder formeel aankondigde, bijna gemoedelijk zelfs, ofschoon hij vermeed de veroordeelde in de ogen te kijken.

'Meneer Wult, ik hoef u niet uit te leggen wat wij komen doen, wel? Uw waardigheid tijdens het proces en uw verblijf in deze cel liet niets te wensen over, en ik kan u alleen maar aanraden die waardigheid tot het einde toe vol te houden. Ik wens u alle sterkte toe.' En tegen de bewakers zei hij: 'Geen boeien. Ik sta persoonlijk voor meneer Wult in.'

Natuurlijk bleef er *nog* een groot verschil met alle executiegevallen die hem ooit ter ore waren gekomen, maar dat was meer van emotionele aard. Hij, Benny, voelde in plaats van doodsangst de sensatie van iemand die een verre reis gaat maken: met opwinding uitkijkend naar de plaats van bestemming, tegelijkertijd nerveus en bezorgd of onderweg alles wel goed zal gaan. Hij ging op reis naar Gini.

Verder was er alleen de honger. Het kon hem niet

schelen dat het middagmaal waar hij zijn halve leven naar uitgezien had, een galgenmaal zou zijn, als hij maar te eten kreeg. 'Kunt u mij ook zeggen,' vroeg hij de gevangenisdirecteur, 'of er voor een maaltijd gezorgd is?'

'Natuurlijk. Die wordt klaar gezet terwijl u een bad neemt.'

In een soort kruisformatie marcheerden zij de gangen door: de directeur voorop, de priester achteraan, en in het midden Wult geflankeerd door de bewakers. Zij brachten hem naar een grote, lichtgroen betegelde badkamer, met tegen een wand zo'n overdaad aan spiegels, dat het Wult geen enkele moeite kostte zich daarachter de koppen voor te stellen van allerlei psychologen. 'Het gedrag van de veroordeelde vlak voor zijn executie.'

De directeur liet het gezelschap voorgaan. Zelf ging hij niet mee naar binnen, waarschijnlijk omdat hij nog het een en ander te regelen had.

Midden in de ruimte stond het bad al klaar, dampend, overigens zonder dat de spiegels er van besloegen. Terzijde stond, gekleed in een witte jas, een man die op een tafeltje kappersinstrumenten rangschikte. Hij keek niet op bij Wults binnenkomst. De bewakers stelden zich ter weerszijden van de deur op, de stand van de kuip in aanmerking genomen uit het zicht van de bader.

Terwijl Wult zich uitkleedde bleef de priester, als in gebed (en misschien was hij werkelijk in gebed), op en neer lopen, de blik op de tegelvloer gericht. De kapper dreef een stekker van dik rubber in een geaard stopcontact. Het water, zonder schuim, had precies de juiste temperatuur. Wult liet zich er met welbehagen in neer. Toen hij zich onderuit wilde laten zakken, klonk het achter hem: 'Het haar niet nat laten worden, alstublieft.'

Wult richtte zich weer op. Onmiddellijk begon er iets

te zoemen, en het volgend moment voelde Wult het koude metaal van een tondeuse in zijn nek. Vlokken haar schoven kriebelend over zijn rug. Sinds het ongeluk met de kaars was zijn haar niet meer geknipt. Alleen omdat hij dacht dat er wat galgenhumor van hem verwacht werd, zei hij: 'Als er aan uw apparaat iets niet deugt, dan sterf ik geëlektrocuteerd in deze kuip. Zonder officiële getuigen. Nou ja, tenzij die jongens daar achter de spiegels als getuigen gelden...'

De kapper zei niets terug. Hij bleef met zijn instrument aandachtig rondschoffelen op de kruin van de ter dood veroordeelde. De haarlokken rolden nu ook over Wults borst, en bleven op het water drijven, voor zover ze niet aan zijn natte huid bleven plakken.

Hoog in de tegelwand tegenover de spiegels zat, achter tralies, een tuimelraam van gewapend glas – kennelijk op het zuiden, want de zon, die binnen afzienbare tijd zijn hoogste punt bereikt zou hebben, zag nog net kans een lichtplas beneden aan de muur neer te leggen. Wult dacht aan Gini, vertederd, maar ook met enige ongerustheid. Op welk tijdstip zou haar executie in de vrouwengevangenis plaats hebben? Had zij niet te veel verdriet over hun kind, dat hier in deze wereld zou moeten achterblijven?

Niet helemaal gerust had hij opeens behoefte met de priester te praten, niet als de veroordeelde die oog in oog met de dood plotseling geestelijke bijstand verlangt, nee, ter bevestiging van de zekerheden waarop hij zijn onderneming baseerde.

'Vader...?' Zijn stem klonk luider dan bedoeld.

De priester, die zich net als de rest ergens achter Wult ophield, staakte zijn geloop en zei, bijna zich verslikkend in zijn gebeden: 'Jawel, mijn jongen? Ik luister.'

'Hoe moet ik mij de eeuwigheid voorstellen, vader?' Het was een verrukkelijk, kinderlijk vragen naar de bekende weg.

'In eigenlijke zin... is er geen eeuwigheid, mijn jongen. Alleen betrekkelijke eeuwigheid. In de wereld die wij de hel noemen, bij voorbeeld,' – dat 'bij voorbeeld' voegde hij er gauw aan toe, zich kennelijk realiserend hoe onkies het was om in dit geval met de hel te beginnen – 'heerst zo'n tergende herhaling... komt nagenoeg alles, ieder verschijnsel, elke gebeurtenis, elk ding, zo vaak in schier dezelfde gedaante terug, dat een *gewaarwording* van eeuwigheid ontstaat. Daarentegen...'

De kapper schakelde de tondeuse uit, en nam een scheerkwast ter hand. 'Als u er niets op tegen hebt,' mompelde hij, en doopte de kwast in het badwater.

'U gaat uw gang maar.'

De kapper draaide de kwast rond in het scheerbekken alsof hij slagroom klopte.

'De wereld daarentegen die wij de hemel noemen,' hernam de priester, 'is een ideale uitvoering van onze eigen vertrouwde wereld in het hier en nu. Daar, aan gindse zijde, licht ons leven zo kort en intens op, dat eveneens een gewaarwording van eeuwigheid ontstaat, maar dan van eeuwigdurend geluk... van eeuwigdurende opwinding... Een vrijwel volmaakte eeuwigheid samengebald in een zo goed als ondeelbaar moment.'

De gevangeniskapper was begonnen met het klatsend inzepen van Wults nog onregelmatig gemillimeterde schedel.

'Vergeleken bij dat nagenoeg ondeelbare, geladen ogenblik is ons leven hier en nu, hoe kort voor ons gevoel ook, een hel van langdradigheid. Zo suggereren het de Boeken.'

Onder de opgeheven pink van de kapper kraste nu het

blad van een scheermes over Wults kruin.

'De doden, vader... hebben zij een lichaam, zoals wij... zoals ik nu nog heb... of zijn het niet meer dan schimmen? Geesten losgeraakt uit hun stoffelijk omhulsel?'

Wult had zich half omgedraaid naar de priester, maar de kapper, die zijn werk goed wilde doen, zette met zachte drang het hoofd weer recht en duwde het vervolgens met de kin op de borst, want hij moest de nek nog uitscheren.

'De doden, zowel de hellevaarders als de hemelgangers, blijven onder ons. Zij leven voort, in hun eigen lichaam, maar in een andere laag van de tijd. Op een andere verdieping, om zo te zeggen. Zij leiden daar een lichamelijk bestaan, maar zijn voor ons, de achterblijvers, niet zintuiglijk waarneembaar. Al zijn er natuurlijk altijd mensen die beweren met *hun* dode contact te hebben gehad...'

De kapper veegde met een doek de zeepresten weg: het hoofd was kaal. 'Mag ik u even onderbreken? U heeft een flinke stoppelbaard... Het is weliswaar geen voorschrift, maar zal ik die niet ook maar even doen? Ik moet zometeen trouwens ook even bij het rechteronderbeen zijn.'

'Ik heb me nooit eerder geschoren. Ik kreeg pas laat baardgroei. Maar waarom niet? Met gladde kaken op reis. Graag zelfs.'

Nu werd Wults hoofd achterover gelegd. Door de geschoren schedel leek de baard zwaarder. De kapper tipte met de kwast, die nog verzadigd was van zeep, het badwater alleen maar even aan.

Nog eens wilde Wult bevestigd krijgen, uit de mond van een wetende, waar het hem allemaal om te doen was. 'Is, vader, in de hel... in wat u als de hel hebt omschreven... *elke* daad herhaalbaar?'

'In principe wel, mijn jongen. Net zo vaak herhaalbaar tot de daad...' Hier aarzelde de man Gods weer, als vond hij het ongepast een te negatief beeld te schilderen van wat toch vrijwel zeker Wults plaats van bestemming was.

'Ja, vader?'

'...tot de daad, nou ja, gaat tegenstaan. De Boeken kennen daar een woord voor, voor die tergende herhaling. Verveling.'

'Verveling...'

'Verveling, ja.'

'En daaruit bestaat de straf voor wie de hel toekomt?'

'Verveling – tot de walging erop volgt. En men zich dood zou wensen.'

'Maar doodgaan, sterven...' Wult kon zijn zin niet meteen afmaken, want hij moest zijn bovenlip strak houden voor het mes van de kapper. De deur ging open en iemand van het gevangenispersoneel kwam binnen met onder zijn ene arm een schoenendoos en over de andere een kostuum in een plastic hoes waar de haak van een knaapje uit stak. De man zette de doos op het zitvlak van een stoel, en hing de kleren over de leuning. Angstvallig vermijdend naar de ongelukkige in het bad te kijken verliet hij de ruimte op zijn tenen.

Nu het scheermes langs zijn hals streek, viel het Wult nog steeds moeilijk te praten. 'U heeft zelf gezegd dat de bewoners van die andere wereld, de hel, net als wij een lichaam hebben. Het lichaam is sterfelijk. Als sterven tot de daden gerekend kan worden, is doodgaan daarginds dan ook tot walgens toe herhaalbaar?'

'Zover reikt de kennis van de Boeken niet. Het is ook niet relevant, gezien die indruk van eeuwigheid, van eeuwigdurende herhaling, waar de hellevaarder, eenmaal ter plaatse, aan ten prooi raakt. Aan een levenseinde komt hij, bij wijze van spreken, niet eens toe.'

'En de liefde...'

De kapper, klaar met scheren, verzocht Wult zijn rechterbeen op de rand van de kuip te leggen.

'...de liefdesdaad, is die ook herhaalbaar...'

'Zeker.'

'...tot walgens toe?'

De kapper begon de kuit in te zepen. Wult keerde zich om naar de priester.

'Ik vrees van wel.' Plotseling leek de priester, misschien door de heftigheid waarmee de vraag gesteld was, een licht op te gaan, en hij voegde eraan toe, overigens met weinig overtuiging in zijn stem: 'Al zijn er mogelijk uitzonderingen. Grote liefdes die tegen de slijtageslag van de herhaling bestand zijn...'

'Zullen de doden elkaar ontmoeten?'

'De doden in de hemel zullen elkaar kennen, en de doden in de hel zullen elkaar kennen.'

De lichtplek beneden het raam lag er nog net zo, niet zichtbaar van plaats of van vorm veranderd. De buitenmuur was kennelijk zo verhit geraakt, dat de lucht ervan trilde en golfde, wat weer de plas zonlicht op de tegelvloer deed rimpelen als water. 'Om precies te zijn,' zei hij bij zichzelf, 'als water dat heel even wordt aangeraakt door een libelle.'

Bij zijn binnenkomst, toen het buiten toch even heet geweest moest zijn als nu, was hem alleen die lichtvlek opgevallen, zonder de rimpeling. Kon het zijn dat de plotseling opstaande angst voor de executie hem lucide maakte? Wult keek van het vloeibare zonlicht naar de kapper, die met rustige, lange halen zijn kuit van haren ontdeed, telkens het mes aan een doek afvegend. Het badwater dreef vol vlokken scheerzeep doorspikkeld met baardstoppels. Pas nu, in zijn lucipiditeit, drong het juiste beeld tot hem door: *hij was een varken dat geschoren werd voor de slacht.*

Kwam het door de licht vermoeide scepsis die hij in de woorden van de priester had bespeurd? Aan iets zalvends en leugenachtigs in diens stem? Wult was aan het twijfelen gebracht, en de twijfel schiep de doodsangst, die lucide maakte.

Hadden ze in de gaten dat iets in hem zich schrap begon te zetten? Nadat de kapper Wult, onder het aanreiken van de handdouche, verzocht had op te staan, kwamen de twee bewakers op de kuip toe met een groot badlaken uitgevouwen tussen zich in. Het hete water uit de douchekop irriteerde zijn geschoren hoofdhuid. De laatste resten haar en scheerzeep gleden van hem af. De kapper trok de stop uit de afvoer, waartoe hij de mouw van zijn witte jas tot boven de elleboog opschortte.

Wult wachtte met uit bad stappen tot het water geheel was weggelopen, om nog de gelegenheid te hebben de vuile kringen van zijn enkels te spoelen. Het duurde lang. Ze hadden hem gebaad en geschoren om de dood gemakkelijker toegang te verlenen tot zijn lijf, en nu hij hoorde met wat voor reutelende kracht het water zich door die afvoer vol opgehoopt haar heen perste, was het net of zijn ziel daar al werd weggespoeld. Hadden ze daarginds in de vrouwengevangenis Gini ook kaalgeschoren? Was het mogelijk om zonder ziel in die andere wereld de draad van de liefde weer op te nemen?

De bewakers sloegen het badlaken om hem heen alsof het een dwangbuis was. Hij kon zich niet meer bewegen, en ze gaven hem het gevoel dat dat ook niet nodig was door even hardhandig als onhandig zijn lichaamsdelen droog te wrijven en te kneden. Alleen de moeilijk bereikbare hoeken en plooien lieten ze ten slotte aan hemzelf over. Ze waren niet te beroerd hem de nog vochtige plaatsen aan te wijzen.

'Ja, zeg. Ik hoef niet naar het theater.'

'Het is voor uw eigen bestwil. Hoe droger de huid, des te minder schroeiplekken.'

'Ten gerieve van de getuigen, zult u bedoelen. Dat die niet te veel stank in de neus krijgen.'

De bewakers keken elkaar tevreden aan. Wults plotselinge cynisme gold als een teken dat het verzet begonnen was. Hun wereldbeeld was hersteld. Terwijl de kapper zijn spullen inpakte, en de priester geduldig bij de deur bleef staan, hielpen de bewakers Wult bij het aankleden. In de doos, bovenop de schoenen, lagen ondergoed en sokken van een dure soort. Ook het kostuum bleek van de beste kwaliteit, en paste perfect, en hij begreep nu waarom een wat nerveus klein heertje in de dodencel zo secuur zijn maten was komen noteren. Zelfs in een das was voorzien. De kalmte had Wult nu definitief verlaten, en hij moest vanwege trillende handen een bewaker vragen de das voor hem te strikken.

'Dat doet mijn vrouw voor me.'

De ander, die nog erg jong was, had het zijn hospita laten doen. De priester kwam naderbij, en nam zonder iets te zeggen de das van ze over. Hij gebruikte zijn eigen hals om, losjes, de strop te leggen.

'Alstublieft.'

Zo goed had Wult nog nooit in het pak gezeten. 'Geen hoed?' vroeg hij, toen de deur geopend werd. 'Ik vat nog kou in die tochtige gangen.' Een onvaste stem ontmaskerde zijn bravoure.

Wult keek nog eens om naar de plas zinderend zonlicht, en opeens was er de zekerheid dat het hier een definitief afscheid betrof. Een afscheid voorgoed van het hemellichaam dat zijn leven en zijn liefdesspel begeleid had, en hem de lust gegeven had in *meer*. Hij was ervan overtuigd dat er geen volgende wereld bestond waarin hij de zon terug zou zien. De zon niet, en Gini evenmin.

De grote tafel in de antichambre stond zo vol gerechten, dat het Wult verbaasde voor maar een persoon gedekt te zien. De gevangenisdirecteur zelf trok de stoel achteruit.

'Neemt u plaats, meneer Wult.'

Werktuiglijk ging hij zitten. Precies zoals ze het hem destijds op school, overigens zonder dat er toen eten op tafel kwam, geleerd hadden, klemde hij het servet in zijn boord.

'Ik wens u een goede maaltijd toe.'

Wult overzag de tafel zoals hij wel eens een landschap had overzien. De mand vol verschillend gevormde broodjes. De al ontkurkte fles rode wijn met een gesteven doek om de hals. Een opengewerkte klont boter. Opgerolde slabladeren, groen en rood, waar gesneden uien als een soort servetringen omheen geschoven waren. Verder weg een appeltaart, met een goudgeel rooster bekroond. Een schaal vol vruchten...

Veel gerechten kende Wult alleen van horen zeggen, andere had hij wel eens uit de verte gezien, op het bord van een wat ouder iemand. Hij tilde hier en daar de deksels van de schalen. Gebakken aardappelen in een melkachtige saus... Een gebraden konijn, met kop en al... dampende broccoli. Naar deze maaltijd, zonder te vermoeden dat het zijn galgenmaal zou worden, had hij die hele, lange ochtend van zijn jeugd toegeleefd, hongeriger wordend naarmate het ontbijt dat zijn moeder hem met haar lichaam had toegediend uitgewerkt begon te raken. En nu het zover was, op het hoogtepunt van de dag, had hij geen trek meer.

'Tast u toe, meneer Wult. Uw tijd is beperkt.'

Hij prikte links en rechts met zijn vork, nam met toegeschroefde maag een hap, alleen om te proeven. Het smaakte hem niet. Het stond hem tegen. Hij had er op gerekend gesterkt, met een gevulde maag, de reis naar Gini te ondernemen. Nu bleef uitsluitend de gewaarwording van voedsel begraven in een lichaam vlak voordat dit zelf begraven werd. Hij ging op weg naar een ongewis niets, en daar was geen proviand voor nodig. Wult had zich vergist, was een leven lang voorgelogen, en toch speet het hem uitgerekend nu van zijn geloof te zijn gevallen. Als hij wat langer in de leugen had kunnen blijven geloven, was hij met opgeheven hoofd de aangrenzende ruimte binnengegaan.

Alleen om de tijd te rekken dwong Wult nog een paar happen door zijn keel. Het konijn raakte hij niet aan.

In het aangrenzende vertrek rinkelde een telefoon. De directeur, die vaderlijk glimlachend bij het eten had staan toekijken, verontschuldigde zich. Hij opende de deur naar een kleine kamer, die onmogelijk de executieruimte kon zijn. Het gesprek duurde maar kort. Bij terugkeer stond het gezicht van de man ernstig. Nog altijd vermeed hij het de veroordeelde recht aan te kijken.

'Men heeft mij verzocht u mede te delen dat mejuffrouw Trades zojuist in de vrouwengevangenis is terechtgesteld.'

Wult legde zijn vork neer. Gini was verdwenen... en *niet* naar die andere wereld waar zij een afspraak hadden. Nee, zij was opgelost. Zij bestond niet meer. Hun liefde, bedoeld om herhaald te worden, bestond nu alleen nog in *zijn* herinnering, en ook die zou spoedig door een stroomstoot worden weggebrand.

Zou Gini tot het einde toe de illusie hebben behouden van een hereniging? Wult zag haar fier glimlachend de stoel bestijgen, in de overtuiging dat zij alleen maar een poort doorging. Lieve, dappere Gini. De gedachte aan het absolute niets was in zoverre een troost, dat geen bewustzijn haar daar meer kon voorhouden dat ze zich bekocht moest voelen.

'Als u nog aan een dessert denkt... Uw tijd raakt op.'

'Ik ben klaar met eten.' Wult schoof zijn stoel naar achteren, en stond op. 'Ik sta tot uw beschikking.'

Hij moest nu ook maar weg, zo snel mogelijk. Die paar happen, tegen zijn zin, hadden hem licht misselijk gemaakt. Hij voelde zich bezoedeld, was liever nuchter gestorven, met alleen de herinnering aan de moedermelk.

'Goed, dan gaan we.'

De twee bewakers stelden zich ter weerszijden van Wult op, klaar om hem bij de geringste poging tot verzet bij de armen te grijpen. De aanwezigheid van de priester, met wie hij geen woord meer gewisseld had, voelde hij vlak achter zich. De directeur ging het groepje voor naar het kleine tussenlokaal waar de telefoon hing. Er was juist genoeg ruimte om vier personen in een dergelijke formatie te bergen.

Achter de volgende deur, wist Wult, was de beul nu bezig zijn speeltje te controleren.

Ze waren nauwelijks binnen, of de telefoon begon te rinkelen. De directeur nam aan, luisterde even, zei alleen 'zoals u wilt'. Daarop wachtte hij tot de verbinding verbroken was, draaide toen een nummer van twee cijfers.

'Executie tot nader order uitgesteld.'

De bewakers wisten kennelijk wat dat betekende. Zij namen de veroordeelde bij zijn armen, en deden hem honderdtachtig graden draaien, waarna zij hem met zachte dwang terug de wachtkamer in leidden. Daar waren leden van het gevangenispersoneel bezig de tafel af te ruimen.

'Gaat u nog maar even zitten.'

Wult gebruikte die zinloze tijdwinst om Gini Trades te herdenken op de enige manier die hem ten dienste stond: zich de details van hun liefde voor de geest halen.

Opnieuw de telefoon.

'Uitstel opgeheven.'

Tijdens het wachten in het tussenlokaal werd niet nog eens gebeld. Wel werd na verloop van enige tijd, aan de kant van de executieruimte, met een hard voorwerp op de deur geklopt. Drie tikken, slagen eerder, met plechtige tussenpozen.

'Het is zover,' zei de directeur zacht. Hij opende de deur, en daar stond de scherprechter met in zijn hand de in een zilveren vossen- of wolvenkop uitlopende staf waarmee het kloppen was geschied.

Het verbaasde Wult al niet meer dat ook de beul, *juist* de beul, het nadrukkelijk vermeed hem aan te kijken. Wults hofhouding van afgewende blikken was daarmee compleet. Toen hij de drempel over en langs de beul werd geleid, rook hij dat de man een slok op had. Alcoholisme of zelfmoord, of allebei: vroeg of laat werd de scherprechter de martelaar van zijn slachtoffers. Wult keek met sympathie naar hem.

De executieruimte, minstens vijf meter hoog, had een oppervlak van zo'n acht bij twaalf meter, maar werd door zware gordijnen in twee gedeelten opgesplitst, het grootste daarvan acht meter in het vierkant. In de gordijnen, kamerbreed en van het plafond tot op de grond hangend, was – alsof iemand daar, precies in het midden, met een schaar in de weer was geweest – een opening uitgespaard ter grootte van een dubbele deur. Daarachter, in het kleinste van de twee vertrekken, stonden vijf of zes banken achter elkaar, als in een kapel. Nergens ramen in de zachtgroen gesausde wanden. Zijn afscheid van de zon was niet voorbarig geweest. Het was er koel, bijna koud.

Midden in het grote vertrek bevond zich, met bouten vastgeklonken in de tegelvloer, de stoel.

Er waren, van verschillende plaatsen vlak onder het plafond waar zij als in het theater aan rails hingen, zoveel spots op gericht, dat elke schaduw eraan ontnomen was. Zelfs de riemen en de gespen zorgden voor geen enkele schakering in de vorm van een kleine schaduw. Hier heerste het absolute daglicht, zonder enige nuance. Dat maakte de stoel tot een dreiging, samen met zijn buitensporige proporties, die om een stel invoegbare kussens vroegen.

Toch had het meubel ook iets vertrouwenwekkends, en dat kwam vooral doordat het van *hout* was. Hout, immers, beschermde tegen elektriciteit. Wie op een plank stond, maakte kans een zware stroomstoot te overleven. Zo hadden ze het hem geleerd.

En dan die riemen en gespen... Ondanks hun formaat, dat geneutraliseerd werd door de afmetingen van de stoel, deden ze aan het tuig van een kinderstoel denken – een steiger eerder naar het leven dan naar de dood.

Geschuifel deed Wult van zijn troon wegkijken. Aan de andere kant van de gordijnen vulden de banken zich met toeschouwers. Officiële getuigen. Een geselecteerd groepje journalisten. Artsen. Ook herkende Wult enkele familieleden, onder wie zijn moeder. Of er ook familieleden van het slachtoffer waren, kon hij niet zeggen. Wel zag hij twee mannen binnenkomen die met dunne, witte stokken voor zich uit tastend op de achterste bank af schuifelden: mogelijk vertegenwoordigers van de blindenbond, die er met louter hun reuk getuige van wilden zijn hoe de moord op een weerloos medelid gestraft werd.

Pas toen de bewakers hem, nog steeds met zachte, bijna tedere dwang, naar de stoel wilden leiden, ontwikkelde Wult de symptomen algemeen toegeschreven aan een veroordeelde op weg naar het schavot. Als voelde hij zich in de schijnwerpers voor het oog van de wereld verplicht die scène op te voeren.

'Ik heb het gedaan... ik heb het gedaan... maar het is een misverstand. Een religieus misverstand. Een kwestie van metafysica... verkeerd uitgelegd. Mijn jeugd... mijn opvoeding...'

Hij kwam zichzelf als een vreemde voor, zo. Hij herkende zijn eigen stem niet. Hij voelde geen angst, en toch werd hij een hevig beven gewaar. Zijn adem, voor hem altijd een volstrekt natuurlijk fenomeen waar hij nooit bij had hoeven nadenken, groef nu opeens pijnlijk diep in zijn borst, en perste zich even pijnlijk door neus en keel weer naar buiten, in onregelmatige hoeveelheden. Hij maakte er schrokkende geluiden bij.

En met die hortende adem, die zijn stem kapot maakte, bleef hij maar herhalen dat het 'een religieus misverstand' was, 'een kwestie van metafysica...'

Wult had zich aan de dood overgegeven, ook nu zijn geloof in een andere wereld verdwenen was, en toch bood zijn lichaam – buiten zijn wil om – theatraal verzet, zodat de bewakers al hun vingers om zijn armen moesten schroeven. Zij sleurden hem naar de stoel, uiterlijk een man in doodsnood, innerlijk vol verbazing over het falen van zijn stoïcijnse houding.

De doodsangst, die wel degelijk ergens moest zetelen, maakte dat alles wat hij waarnam, elk detail, akoestisch en visueel, pijnlijk scherp bij hem binnendrong via zijn nutteloos geworden zintuigen. Bij voorbeeld:

De beul zette zijn staf in een hoek. Het was, zag hij nu, inderdaad een wolvenkop.

Zijn moeder, helemaal grijs, droeg een donkerblauwe jurk met een wit gelakte ceintuur.

De hendel die in de glazen cabine van de beul tegen de achterwand was bevestigd, leek op een groot formaat stemvork.

De bewakers trokken hem in de stoel. Zijn benen struikelden achterwaarts mee.

'...een misverstand... metafysische zwendel...'

Zijn stem had iets jankerigs gekregen. Hij zat te schokken in de stoel als een driftig kind. Gespen sloegen rinkelend tegen het hout. De mannen waren sterk. Ieder aan hun eigen kant zetten zij een arm van de veroordeelde op de leuning vast met een leren riem. Over zijn middel kreeg Wult een soort seatbelt, als in een vliegtuig, en ook rond zijn borst en bovenarmen werd een riem strak aangehaald. Van de leren band die rond zijn voorhoofd knelde, dacht hij zich gemakkelijk te kunnen ontdoen – maar daartoe had hij onderuit moeten zakken, en dat was onmogelijk.

Er werd een koude zalf uitgesmeerd op zijn geschoren kruin, en hij kreeg (al even koud) een metalen helm opgezet. En opeens – dat had hij in zijn lichte wereld zelden meegemaakt – was het aardedonker om hem heen: ze hadden de kap voor zijn gezicht getrokken.

Met het vastzetten van de benen hadden de bewakers meer moeite, want de voeten waren verwikkeld in een extatisch soort trappeldans. Wult gaf zijn toeschouwers het volle pond. Nadat de leren banden rond zijn enkels bevestigd waren, werd de rechter broekspijp tot boven de knie opgerold.

Naakter dan naakt zat hij daar: gesluierd, gemaskerd, gehelmd, goed in het pak, de stoel als een wat merkwaardige stijve mantel rond zijn schouders – en dan dat ontblote onderbeen, des te bloter uitkomend omdat van de kuit een groot deel van de beharing was weggeschoren.

De kuitspieren kronkelden als slangen in een zak.

Wult hoorde hoe een bewaker neerknielde voor zijn troon, en dat had, met het zalven van zijn kuit, iets van een sprookje. '*Majesteit...*' Maar toen besefte hij, of liever zijn angst besefte het, dat de zalf een soort gom moest zijn, bedoeld om de elektroden op hun plaats te houden. Wult zette zich als vanzelf schrap tegen de aanraking met de metalen plaat. Hij voelde inderdaad een kou tegen zijn been, maar die kwam van de natte spons waarmee de plaat blijkbaar was bekleed.

Niemand meer in zijn nabijheid nu. Iedereen zweeg. Wult hoorde zelfs geen ademhaling... Toch, omdat zijn zintuigen zo wijd open stonden, niet uit gretigheid maar van angst, en *moesten* waarnemen ook al viel er niets te horen of te zien, zag hij de gevangenisdirecteur daar staan als een dirigent tussen het stemmen van de instrumenten en het begin van het concert. Het hoofd gebogen, de armen zijwaarts gestrekt. Nu hief hij hoofd en armen, de blik vol gericht op de veroordeelde die hem nu niet meer met zijn ogen kon verlammen, en – de beul sloeg zijn stemvork tegen de muur.

Net als de vorige keer waren de klap, van onderen tegen de zitting, en de schok van de lancering zo hevig, dat hij een moment buiten westen raakte. Zo moest het dat duiveltje te moede zijn wanneer het doosje open ging, en de springveer hem de hoogte in stiet.

Het volgende ogenblik alweer bij kennis schoot hij met hoge snelheid in zijn stoel door kolkende wolkenmassa's. In zijn neus (maar hoe kon dat, hij droeg immers een zuurstofmasker) de stank van verbrand haar en geschroeid vlees. Zijn kameraad moest nog in het brandende toestel zitten. Het was ook een paradoxale situatie in zo'n dubbel bemande straaljager: wie voorin zat, en het gevaar zag aankomen, kon zijn schietstoel pas lanceren nadat de man achter hem weg was...

Hij had gebraakt, merkte hij nu pas. Het moest in dat ene onbewaakte ogenblik na de klap zijn gebeurd... Nu zou hij, zoals ze hem tijdens de opleiding met zoveel nadruk hadden geleerd, zijn zuurstofmasker moeten leeglikken, anders raakte de slang verstopt.

Merkwaardig om nu opeens, voortijlend door de draaiende wolken, een snelheid te ervaren die in het vliegtuig niet voelbaar was geweest. Lang duurde die sensatie niet, want een nieuwe schok stuitte zijn vaart, en deed de riemen van de stoel in zijn armen snijden. De parachute was open gegaan. Heel even had Wult het gevoel stil te zitten in de lucht, op een wolk als het ware, maar toen werd hij zijwaarts meegesleurd door het valscherm.

De stoel...! Waarom zat dat ding nog aan hem vast? Hij rukte aan de riemen, net zo lang tot die malle zetel zonder poten onder hem vandaan gleed, en uiterst kalm, rustig buitelend, zijn eigen weg door de wolken ging. Ook trok Wult het besmeurde zuurstofmasker van zijn plaats.

En daar was opeens, terwijl hij langzaam naar de aarde daalde, een gewaarwording van het grootst mogelijke welbehagen, niet alleen in hoofd en borst, ook in het onderlichaam. Het leek op het welbehagen van iemand die zich vol overgave ontlast had. Ja, zo was het goed... het was goed zo...

De scherpe geur van verschroeid haar en vlees was hij weliswaar niet kwijt, maar die deerde hem niet langer. Hij leek maar voor een klein deel aan de zwaartekracht overgeleverd, en voor het overige aan de weerstand van de lucht. Heel langzaam scheen de zwaartekracht het te winnen, maar zonder dwang, zonder opdringerigheid, en eerder dan een kracht was het een lokroep.

'Kom maar. Hierheen...'

De bewolking hield op, en daar recht beneden hem lag de stad. Hij keek omhoog. Het wolkenveld, dat zo'n ondoordringbare jungle had geleken, schrompelde ineen tot iets onschuldigs met een gouden randje. Een wolk, een wolkje, alleen bedoeld om het diepe blauw van de lucht te accentueren.

De stad met zijn ijle, spitse gebouwen lag als een onregelmatig spijkerbed gereed om zijn val te breken. De zon stond op zijn hoogste punt en drong door tot in het diepst van de rechte valleien en kreken die het stratenplan vormden. Het bijna ontbreken van schaduw zou de steilte, de diepte, de puntigheid alleen maar angstaanjagender hebben gemaakt, als de parachutespringer niet dat gevoel van vredigheid en onverstoorbaarheid had gehad. Hij wist zeker dat hij goed terecht zou komen.

Meer naar rechts, in de richting van de zuidpunt van het eiland, werd de bebouwing alsmaar hoger en stekeliger, en dat gold ook voor het gebied aan zijn linkerhand, waar de stad opklom in de richting van het grote park. Het was net of hij in een versleten bezem keek, met aan de uiteinden nog haar en in het midden afgekloven stompjes.

Iets kouds raakte zijn borst, maar hij rilde niet, en zelfs bezorgde het hem geen kippenvel. Het kille ding verplaatste zich met sprongetjes over zijn bovenlijf. Een kikker, een pad, zoals zijn vriendjes hem vroeger wel eens gelapt hadden?

Wult deed zijn ogen open. Een arts tastte onder het losgeknoopte overhemd met een stethoscoop over zijn borst. Het gezicht van de man stond onverschillig, verveeld. Hij haakte de armen van het instrument uit zijn oren, knipte ze om zijn hals, en stond op. Een bewaker, die Wult zich niet herinnerde eerder te hebben gezien, kreeg van de arts een bijna onmerkbaar knikje, waarna deze zich omdraaide naar de deur.

Wult zat nog steeds op de houten stoel, maar de riemen waren losgegespt. Van elektroden geen spoor meer. Voor zijn voeten spreidde zich over de tegelvloer een grillige plas uit, waarvan een sidderende uitloper, zigzaggend in de rechte voegen, een vrouw tegemoet kroop die juist een schrobber in een emmer sop doopte. Van zijn broek waren het kruis en de rechterpijp, tot en met het opgerolde gedeelte net boven de knie, warm en doorweekt.

De gevangenisdirecteur zag hij nergens meer, evenmin als de bewakers door wie hij hier gebracht was. Het glazen hok van de scherprechter bleek leeg; de vork wees met zijn heft omhoog.

De werkster had met haar schrobber een druipende dweil uit de emmer gevist, en plensde die in de plas urine. Ze mompelde in zichzelf, bozig, zoals poetsvrouwen doen die alsmaar andermans troep moeten opdweilen. Beschaamd boog Wult zich voorover om zijn rechter broekspijp naar beneden te rollen, en werd zich daarbij pas bewust van zijn geradbraakte conditie. Hij was kapot. Op zijn kuit, die hevig schrijnde, waren verkoolde resten van de spons blijven kleven.

'Til die poten eens op,' bitste, vlakbij nu, het vrouwmens met een hoog blikkerig stemmetje, dat niet bij haar plompe lichaam paste. 'Ik heb vandaag nog wel wat anders te doen ook.'

Wult trok met moeite zijn benen op. De werkster haalde de schrobber met de dweil onder de stoel door. Daar zo zittend, met zijn armen rond zijn knieën geslagen tegen de kramp en nog altijd te afgestompt om zich af te vragen wat er precies gebeurd was, merkte hij dat hij zich op nog een andere manier bevuild had. De poetsvrouw haalde luidruchtig haar neus op. Ze wrong met haar rode handen de dweil uit boven de emmer, legde hem vervolgens uitgespreid voor de stoel op de grond.

'Voetjes maar weer omlaag. Bedankt voor de medewerking. En nou wou ik dan graag, als het mag, de stoel zelf een beurt geven.'

Wult bleef zitten, verdwaasd. De vrouw had haar handen in de zij geplant.

'Nou,' zei de cipier, al niet veel vriendelijker, 'wou u daar de hele dag zo blijven zitten? We gaan de tent hier sluiten, hoor. U moest nu maar opkrassen.'

Wult begreep het niet. Hij had wel eens gehoord over herhaalde mislukte pogingen, in een ander deel van het land, iemand via de galg terecht te stellen, die tot gratie hadden geleid... Maar in het geval van elektrocutie waren hem uit de verslagen even veel gevallen bekend van veroordeelden die de reglementaire serie stroomstoten overleefden, en die vervolgens alleen maar stoten van een nog hoger voltage kregen toegediend, net zo lang tot alle leven uit ze gebrand was.

Hij stond met pijnlijke ledematen op. Zijn hoofd brandde. De natte broekspijp schrijnde tegen de brandwonden op zijn kuit. Duizelig, met stijve passen, liep hij in de richting van de deur die de arts zojuist achter zich dicht getrokken had. Door die deur, herinnerde hij zich, hadden ze hem binnen gebracht om hier te sterven.

'Hee, ho, dat gaat zomaar niet. Deze kant op...'

De bewaker nam Wult bij de elleboog, en leidde hem onder de gordijnen door en via de ruimte voor de getuigen naar een deur helemaal achterin. De banken waren leeg. Waar was zijn moeder gebleven? Had zij het niet tot het einde toe kunnen aanzien? (Hij wilde er de cipier naar vragen, maar zijn spraak leek verlamd.) Ongetwijfeld verkeerde zij in de veronderstelling dat haar zoon dood was, en hier liep hij, 'meer dood dan levend', maar toch levend.

De deur gaf uit op een slecht verlichte hal met twee liftingangen. Boven de lift rechts stond BEZOEKERS, boven die links DIENST. De bewaker drukte op de knop van de personeelslift, waarvan de deuren onmiddellijk opengingen.

'Ik ga wel even mee naar beneden.'

In de lift gaf de man Wult zijn spullen terug, waaronder zijn portefeuille. Tientallen verdiepingen lager opende hij de personeelsuitgang voor hem.

'Hier schuin de binnenplaats over, dan wijst het zich allemaal vanzelf. De poort is dicht, maar niet afgesloten. En... eh... laat u iets aan die brandplekken doen. Op uw hoofd ook. Dat kan anders straks nog lelijk gaan steken.'

Wult, die de man had willen bedanken (uithoren misschien ook), had nog steeds de klem in de mond. De cipier scheen dat niet vreemd te vinden. Hij trok de ijzeren deur achter zich dicht, waarna alleen nog het geluid van de sleutel in het slot vaag hoorbaar was.

Op de binnenplaats, waar kennelijk regelmatig goederen geladen of gelost werden, stonden verscheidene steekkarretjes, die met een enkele splinter lak hun oorspronkelijke kleur verrieden. De hoge vuilnisvaten stonken als de afvalcontainers van een ziekenhuis. Een mengsel van etensresten en chemische middelen... Langs drie hoge muren leidden brandtrappen naar beneden, eindigend zo'n twee meter boven de grond. Ze vormden, voor wie in de luchtkoker omhoog keek, met elkaar zo'n duizelingwekkende constructie, dat Wult bijna opnieuw misselijk werd.

De poort, van plaatijzer, bleek inderdaad open. Wult stond op straat.

Het was een stille, karakterloze zijstraat, tamelijk breed, maar tussen de hoge gebouwen noodzakelijk een smalle indruk makend. Aan beide zijden waren auto's geparkeerd. De meeste zagen er in het volle zonlicht dof en stoffig uit. Hier en daar hadden in de vuillaag kindervingers slordige hiërogliefen aangebracht, maar op dat moment was in de hele straat geen kind te zien. Nergens leven.

De zon moest vrijwel op zijn hoogste punt staan. Nog nooit had Wult zo weinig schaduw aan de voet van de gebouwen gezien. Wat wel het 'spel van licht en schaduw' werd genoemd, was eigenlijk een uiterst langzaam en uiterst voorspelbaar zich ontwikkelend spelletje landjeveroveren, waarbij het steeds om een haarbreedte winst voor dezelfde partij ging, met dien verstande dat gedurende de eerste helft van Wults leven de zon aan de winnende hand was geweest, en hij er straks, tijdens de rest van de hem toegemeten tijd, getuige van kon zijn hoe de stad met de uitleg van steeds langere schaduwen al even traag het zonlicht zou verslaan.

De straat kwam uit op een brede avenue met winkels en bars en hotels, en met stoplichten aan hengels boven het wegdek. Er was geen publiek. In de verte, bij een kruising, was een politieafzetting, althans aan het blauw van de hemden kon Wult zien dat daar minstens twintig agenten het verkeer tegenhielden. Hij zag een opstopping van gele taxi's. Wel werden enkele kleine vrachtwagens doorgelaten. Door verblindende vonken zonlicht wist hij dat het om glaswagens ging.

Van de kruising waar Wult stond tot aan de politieafzetting werden op veel plaatsen nieuwe winkelruiten ingezet. Ook daar kreeg de zon alle gelegenheid om tegen de zwenkende glasplaten explosies van licht te ontketenen.

In het gedeelte van de avenue rechts van de kruising, waar vanwege het eenrichtingsverkeer geen afzetting nodig was, waren mannen met petten op en grijze stofjassen aan bezig glasscherven bijeen te vegen. Niet alleen hun bezem, ook het blik had een lange steel, zodat er niet gebukt hoefde te worden. De blikken werden geleegd in een grote container die midden op de rijweg was geplaatst. Ook reed er, op onzichtbare wielen, een uiterst wendbaar karretje rond dat de scherven, zo te horen, van asfalt en trottoir *opzoog*. Met het glas in de goot ging dat moeilijker, en vooral daar werd met de hand gebezemd.

Aan de overkant kwamen uit de zijstraat twee meisjes, in shorts, op rolschaatsen de avenue op gezwenkt. Het glas knerpte onder de plastic wieltjes. De meeste werkers staakten een moment hun geveeg om de gebruikelijke opmerkingen te maken.

'Daar krijg ik de rillingen van... van dat geluid, bedoel ik.'

'Hee, schat, die dingen mag je bij mij best als sporen gebruiken.'

'Wieltjes onder je billen, zou dat niet beter zijn?'

'Eigenlijk zouden ze verschillende kanten op moeten rijden – de linkervoet en de rechtervoet, bedoel ik.'

Van de meeste winkels waren de etalageruiten aan diggelen. Bij sommige staken alleen nog wat lange, mesvormige scherven uit de sponningen; bij andere schitterde midden in het raam een grote, veelpuntige ster, of liever het *negatief* van zo'n ster. Veel etalages waren leeg. Hier en daar lagen nog kledingstukken uitgestald, bestrooid met kruimels glas, zodat ze aan toneelkostuums met opgestikte namaakjuwelen deden denken.

'Wat is er gebeurd?' vroeg Wult een man, die, staande

tussen de stelen van bezem en blik als tussen skistokken, de rolschaatsende meisjes stond na te kijken.

De man keek hem spottend aan. 'Wat er gebeurd is, vraagt hij... Zeker bewusteloos gelegen van de drank. Ja, en niet zo'n beetje ook, zo te ruiken. Man, je hebt een luchtje bij je. En kijk eens... van voren ook. Dit is jouw buurt niet. Je bent verdwaald, man. Ga terug naar je soort.'

Wult nam zich voor zo gauw mogelijk iets te doen aan zijn vernederende staat. 'Goed, ik geef alles toe. Maar wat is hier *gebeurd*? Al dat glas...'

'Jij weet echt van niks, he, jij. In de halve stad de elektriciteit uitgevallen, dat is er gebeurd. En toen natuurlijk plunderen. Maar meneer heeft niks gemerkt. Nee, hoor.'

'Plunderen... Wat heeft dat met het uitvallen van de elektriciteit te maken?'

'Ach, man, loop door. Je stinkt een uur in de wind. Alsof het zo niet al een troep genoeg is, hier op straat.'

De man keerde hem zijn rug toe. Wult stak het kruispunt over, glas krakend onder zijn voeten. Hij voelde de urine die zijn broekspijp doordrenkte bijtend in de brandwond dringen.

'Hee, biljartbal!' riep een straatveger hem na. En een ander: 'Haarstukje kwijt?'

Wat die ene bedoeld had met dat plunderen na het uitvallen van de elektriciteit, begreep hij niet. Er was zelfs nauwelijks schaduw... Hoe konden plunderaars zich met hun buit ongezien uit de voeten maken? Wel begon, hoe moeilijk het denken hem ook afging, tot Wult door te dringen dat het falen van de elektriciteitsvoorziening iets te maken moest hebben met de omstandigheid dat hij hier nu als vrij man door de stad liep. Na de eerste, zware stoot, die hij overleefd had, was de stroom uitgevallen. Van een tweede en een derde stroomstoot kon geen sprake zijn, en ze waren verplicht geweest hem heen te zenden... Zo moest het gegaan zijn.

Een vrij man... Hij voelde geen triomf, geen vrolijkheid. Toen Gini op de stoel was gezet, werkte de elektriciteit feilloos. Niet alleen dat hij haar niet naar een andere wereld had kunnen volgen, hij deelde nu zelfs niet haar lot... haar tot niets leidende lot...

Troostend werkte alleen de gedachte aan hun kind, dat hij nu zou kunnen... Nee! het was aan pleegouders toevertrouwd, en vrijwel zeker zou het hem verboden zijn het op te zoeken.

Hij bleef plotseling stilstaan, een hand voor de ogen als om zich zo beter op zijn gedachten te kunnen concentreren. Zo'n gevangenis, met executieruimte... had die niet, net als sommige ziekenhuizen, een eigen generator ter opwekking van elektriciteit? Hij was alweer aan het twijfelen gebracht.

Hij sloeg een zijstraat van de zijstraat in. Veel huizen waren daar afgebroken. Voor de open plekken stonden houten schuttingen, waar hier en daar planken waren gesloopt. Achter zo'n onvolledige schutting zag Wult een bouwput waarin zich helder grondwater had verzameld. Ladders en steigers leidden naar beneden. Wult voelde grote lust zich daar wat te wassen, maar de gedachte dat hij vervolgens toch zijn smerige broek weer aan zou moeten trekken, deed hem ervan afzien.

Verderop in dezelfde straat zag hij door een spleet in een omheining een braakliggend terrein begroeid met gras. Er waren allerlei kledingstukken in de zon te drogen gelegd, met wijd uitgespreide pijpen en mouwen. Hoezeer die kleren ook, zoals ze daar lagen, de gestalten van mensen opriepen, er was niemand te zien. Een rode kater sloop langs een rij grauwwitte onderbroeken, rook hier en daar kort, maar vond niets van zijn gading.

Wult wrong zich door de opening. Hij koos een spijkerbroek, een blauwgeruit hemd en een onderbroek, rolde de kledingstukken in elkaar en haastte zich terug naar de bouwput. Daar reinigde hij zich, hurkend boven het water, voortdurend om zich heen kijkend naar mogelijke toeschouwers. De spijkerbroek was hem te wijd, het hemd (waarschijnlijk van een jongen nog) te krap. Hij liet daarom de kleren waarin hij op de stoel had gezeten niet achter, maar klemde ze in een bundel onder zijn arm.

Terug op straat vroeg hij een voorbijganger naar het dichtstbijzijnde ziekenhuis. De man zweette hevig, keek om zich heen, waarschijnlijk naar een schaduwplekje, maar vond er geen.

'Ik zou bijna zeggen, ik loop met u mee. Die hitte... ik kan er niet tegen. U heeft geluk. Het is hier vlakbij. Twee blokken verder. Nee, drie. Ik kan niet meer denken, geloof ik.'

'Dat ziet er lelijk uit. Hoe komt u in hemelsnaam aan brandwonden op zulke ver uiteen liggende plaatsen als uw hoofd en uw kuit?'

'Door een brandende hoepel gesprongen.'

'U *hoeft* het niet te zeggen.'

De verpleegster reinigde en verbond de wonden.

'Ik heb wat bismutnitraat op het verband gedaan. De zalf die ik u meegeef is voor later, wanneer de plekken beginnen te genezen.'

Zij gaf hem zelfs, verpakt in een steriele plastic zak, een witte pet, ter extra bescherming van zijn hoofd tegen de zon. 'Blijft u voorlopig zo veel mogelijk in de schaduw.'

De verpleegster was behulpzaam en lief, een rijpe jonge vrouw, en Benny Wult betrapte zich op de vraag of zij haar liefdesleven al achter de rug had.

'Zo veel mogelijk in de schaduw blijven', dat was gemakkelijk gezegd in deze tijd. En bij wie zou hij nog kunnen aankloppen om binnenshuis te mogen schuilen?

Wult was geruime tijd binnen geweest in de verbandkamer. Buiten scheen er intussen iets verontrustend veranderd in de orde der dingen, al kon hij niet meteen zeggen wat dan wel. Nee, niet de bebouwing, *juist* niet de bebouwing, want daaraan schenen de werkzaamheden sinds zijn ontslag uit de gevangenis uiterst langzaam te vorderen, als ze al niet helemaal stil lagen. Mogelijk vervormden de stroomstoten, die hij nog in zijn hoofd voelde gonzen, en die evengoed zijn hersenen beschadigd konden hebben, zijn waarnemingen...

Na nauwgezet rondkijken, staande op de trappen van het ziekenhuis, meende hij het te weten. Al scheelde het niet veel, er was duidelijk meer schaduw in deze straat dan elders. Hoe kon dat? Hoe konden de schaduwen hier tien centimeter dikker, breder zijn dan in de andere straten waar hij op weg naar het ziekenhuis doorheen gekomen was? En... waarom viel hem dat nu pas op? Was de situatie niet al zo geweest toen hij hier aankwam?

De zon stond al heel lang zo goed als loodrecht boven de stad, en dat zou nog lang zo blijven, en de mensen zouden eerder zichzelf oud zien worden dan de zon van plaats zien veranderen. Zo was het. Wult ging op een trede zitten van de marmeren trap die naar de hoofdingang van het ziekenhuis voerde, en keek naar de hoekige schaduwgrens aan de overkant van de straat, een lijn van ongelijkvormige kantelen die gemiddeld zo'n halve meter uit de rooilijn lag. Door al dat geforceerde staren, zittend in de gloeiende zon, meende hij na verloop van enige tijd *de schaduwstrook te zien groeien.* Het was als het kijken naar een zwarte olieplas die uiterst taai en traag naar de rand van het trottoir uitdijde.

Wult wist het nu zeker, voor zover hij in zijn huidige mentale staat iets met zekerheid kon weten: de elektriciteit moest iets met zijn hersenen hebben gedaan. Er zat een bedrieglijke beweging in de roerloosheid waar hij zijn hele jeugd door aan gewend was geweest.

De mensen die de trappen op en afliepen, schenen niets bijzonders te merken. Het gold alleen voor *hem*. Het zat in zijn hoofd. Het was een waan.

Hij kon het bewijzen ook. Als hij voldoende moed wist te vatten om tegen de zon in te kijken, en die zou nog staan waar hij altijd stond, dan... Wult keerde zich naar het zuiden. Met een hand boven de ogen liet hij zijn blik, als langs een meetlat, omhoog schuiven langs de wolkenkrabber schuin tegenover het ziekenhuis. Kwam het door de harde, verblindende confrontatie, door de vlekken die zijn ogen binnen drongen of ze juist verlieten, dat hij meende de zon ten opzichte van het gebouw *lager* te zien staan en meer naar rechts? Hij werd bang.

Achter Wult klonk een klikkend geluid. Hij keek om. Een man op krukken met een sigaar in zijn mond kwam moeizaam, hijgend, de treden af. Onder zijn oksels waren natte plekken in zijn hemd zichtbaar. Het moest een ziekte zijn, dat zweten.

'Ziet u het ook? De zon...' Wult wees omhoog. 'De zon beweegt. De schaduwen...'

'Ja, allicht, grote wijsgeer,' snauwde de man, terwijl hij strak voor zich op de gevaarlijke trappen neer bleef kijken. 'Allicht beweegt dat ding. Heeft het ooit anders gedaan? Alleen behoort een mens dat niet te *zien*, zo met het blote oog.'

'...de schaduwen groeien ook.'

'Het is ze geraden ook, om een stukje langer te worden. Hebben we vanmiddag misschien wat beschutting.' De man bleef twee treden boven Wult stilstaan, en nam de sigaar uit zijn mond, terwijl de kruk met een metalen greep rond zijn bovenarm bevestigd bleef. 'Zo'n pleister is natuurlijk niet groot genoeg voor dat hele hoofd. Zet liever die pet op, in plaats van een zonnesteek met wijsbegeerte te verwarren.'

Hij klemde de sigaar weer tussen zijn tanden, en krukte verder omlaag naar het trottoir. Zonder om te kijken zei hij nog: 'Ik zal de wijsbegeerte uit de droom helpen. Dat ding beweegt helemaal niet. Het moet de aardbol zijn die je voelt bewegen. Gebeurt wel vaker bij aankomende duizeligheid. Het ziekenhuis is vlak achter je.'

Tijdens hun gesprek was de schaduwstrook aan de overkant alweer wat verder uitgewalst, niet veel, maar toch waarneembaar. Het scheen niemand iets te kunnen schelen, niemand, dat de dag opeens zo snel vorderde. Of bestond die versnelling altijd nog uitsluitend in zijn hoofd?

In de loop van de middag van Wults leven bleef de zon met dezelfde verontrustende snelheid naar de aarde dalen. Het tafereel had zoveel van een val, van een zelf gezochte vernietiging, dat het Benny zelfs verbaasde de zon zijn oorspronkelijk bedoelde baan te zien aanhouden, in plaats van dat hij recht naar beneden ging.

De levens van de mensen raakten versneld op, maar niemand scheen haast te hebben. Integendeel: ze kwamen Benny juist trager en slomer voor nu, de mensen, slaperig oogknipperend van de warmte, als vadsige katten. Geeuwend vaak – alsof de dood iets was om gulzig, zonder schreeuw, de mond naar open te sperren. Hijzelf leek in de hele stad de enige te zijn die in paniek rondrende, en niet de alsmaar groeiende schaduw opzocht. In de barre zon bleef hij lopen, alsof die hem voor de naderende avond kon behoeden. En waar hij zijn leven lang nog geen last van had gehad: hij begon hevig te transpireren.

Regelmatig ging Wult een bar of een eetgelegenheid binnen, en liep dan meteen door naar de toiletten, om in een spiegel zijn snel verouderende gezicht te bestuderen. Hij kreeg geen zekerheid. Had niet het wegnemen van het hoofdhaar zijn trekken schaduwrijker gemaakt, de plooien dieper?

Bovendien bestelde Benny, om zich een houding te geven, in elk etablissement iets te drinken, vergetend dat hij nog steeds met een lege maag zat. Kon het zijn dat de alcohol zijn ogen terugdrong in hun kassen en de oogleden tot een trek van vermoeidheid plooide, of was het toch de zich manifesterende ouderdom? Hoe dan ook, het daglicht veranderde snel. Het zou gauw avond zijn.

Aan de bar van een luxehotel, waar Wults binnenkomst met argwaan was gadegeslagen, stond een dure dame van middelbare leeftijd zich te beklagen over ‘vieze beesten in de lucht’.

‘...enge insecten. Net of ze te zwaar en te zwak zijn om te vliegen. Ze vliegen zomaar tegen je op. Als je ze van je af slaat vallen ze meteen op de grond. Ze laten zich gemakkelijk doodslaan. Maar doodslaan, die beesten, is vies, want ze zijn heel slap. Snotachtig...’

De barjongen met het witte jasje en de rode vlinderdas probeerde, terwijl hij een opgerolde doek tussen zijn handen liet rondslingeren, met happende lippen op de naam van bedoeld insect te komen. ‘In ieder geval,’ zei hij ten slotte, ‘zijn ze zo rond Sint-Jan in de lucht. Ze leven heel kort.’

‘Maar neem me nu even niet kwalijk, Maurice... het is voorlopig nog geen Sint-Jan.’ De dame nam uit een metaalblauwe sifon wat spuitwater in haar whisky.

‘Nou ja, de ene keer wat vroeger, dan weer wat later.

Ook wel eens precies op Sint-Jan zelf... Zeg, honkballer, de weg kwijt? Hier ligt je bal niet, hoor.'

Dit laatste was gericht tot de nieuw binnengekomene, die zijn witte pet droeg.

'Meneer heeft dorst, Maurice. Dat zie je toch? Hij is helemaal verhit. Geef meneer iets te drinken van mij...'

'Wat wilt u drinken van mevrouw Rorqual?'

'Nou, als het niet te onbescheiden is... een whisky met wat soda graag.'

'Je hoort het, Maurice.' De dame nam Benny schaamteloos op, van het hoofd tot de voeten, van de voeten tot het middel, van het middel tot het hoofd, en van Benny's hoofd zakte haar blik weer naar zijn middel af. Benny vroeg zich af of zij aan het begin van de middag misschien nog een mooie, jonge vrouw was geweest.

'Weet u, jongeman, wat dat voor griezelbeesten zijn daarbuiten?'

Benny waren geen insecten opgevallen.

'Ze steken niet, ze kriebelen. Maar de grootste jeuk krijg je door er alleen maar naar te *kijken*. Als ze op hun eind zijn, zien ze er glibberig uit. Gelatineachtig. Vloeibaar bijna. Ze glinsteren in de zon als sliertjes zwarte lak. Met die vleugeltjes kunnen ze niks meer. Ze sleepten zich, *werkelijk* met hun laatste krachten, geloof me, over mijn terrastafeltje voort. Soms met z'n tweeën of z'n drieën aan elkaar klittend. Omvallend, wegkwijnend... Die onvaste, krieuwelende pootjes, mijn God! Precies wat ik zeg: ernaar kijken alleen al geeft je een stekende jeuk. Overal. En een vies gevoel. Ze vallen zo van de tafelrand op de tegels...'

'Jongeman' had zij gezegd. Hoe kon zij hem zo bespotten? Zij raakte zelf toch net zo snel op?

Benny ging niet opnieuw naar het toilet om zichzelf in de spiegel te bekijken.

Buiten waren de schaduwen van de gebouwen aan de ene kant van de straat tegen die aan de andere kant aan het opklimmen –vormen die niet helemaal over elkaar heen pasten. Een lang vergeten beeld uit zijn jeugd, toen hij op weg was geweest naar school, maar met ander licht, want de zon hing nu als een roodkoperen discus aan het eind van een zijstraat. Er viel langer achtereen tegenin te kijken. De zon had niet meer de kracht iemand met blindheid te slaan. Alleen een voor de ogen dansende vlek, in kopergroen, herinnerde even aan zijn vroegere macht.

Benny volgde de brede avenue naar het centraal gelegen park. Diep in elke volgende zijstraat links stond de zon weer een fractie roder en wat meer uitgeblust. De mensen bewogen zich al minder traag en loom door de winkelstraat, die nu, op de kruispunten na, geheel in de schaduw lag – alsof zij opgelucht waren dat de dag erop zat, en zij niets meer hoefden te hopen. Zij zouden sterven, de mensen, nog voor het helemaal donker was, of vanavond laat, of diep in de nacht pas, maar op een enkele pasgeborene na: de zon zouden zij niet meer te zien krijgen.

Ook Benny Wult ging sterven, maar wat maakte het uit? Hadden Gini en hij hun avontuur niet ondernomen, zij zouden aan het eind van de dag evengoed gestorven zijn, allebei, zonder een kans op de herhaling van hun liefde.

Vol vertrouwen in een andere wereld was Gini op de stoel gaan zitten. Zij was nergens aangekomen. *Nergens.* Het grote niets had haar opgenomen, en daar klonk geen spijt, geen verwijt, geen enkele klacht. Het moest er verrot stil zijn.

Zelf had hij nog juist voor het bestijgen van de stoel weet gehad van het grote niets dat hem wachtte, en uitgerekend hij overleefde die bestijging. Maar kennelijk had hij zich in de tijd voorafgaande aan de executie zo geconcentreerd op de verlangde wereld van herhaling, op die wereld waarin de dagen elkaar eindeloos zouden opvolgen, dat hij nu, met een hoofd zwaar beschadigd door de elektriciteit, de gewaarwording onderging dat wat hem van zijn toegemeten dag restte versneld opbrandde. Het moest met relativiteit te maken hebben... Zo stierf Benny Wult maar weinig langzamer dan bij voldoende stroomstoten op de stoel het geval zou zijn geweest. Hij kon niet eens zeggen 'Des te beter, zo haal ik Gini sneller in', want Gini wachtte hem nergens.

Half dronken, duizelig van de honger, wankelde Benny het park in. Af en toe passeerden hem snelwandelaars in sportkleding. Doordat het park, sinds de ochtendlijke snoeiwerkzaamheden (die vanmiddag wel een paar keer herhaald zouden zijn), er zo heel anders bijlag, viel het hem moeilijk de bank terug te vinden. Toen hij er ten slotte voor stond, hem herkennend ondanks de nieuwe verflaag, moest Benny lang wachten tot een oude man in een dikke overjas zich aan zijn wandelstok had opgehesen en schuifelend de lange tocht begon naar de stad, die hij misschien wel niet meer zou bereiken.

Bij het gaan zitten zag Benny ze ook, de netvleugelige insecten met hun glanzende mierenlichamen. Vliegen konden ze al lang niet meer. Ze kropen, soms in groepjes, over de zitting van de parkbank, tergend langzaam. Viel er een uit pure slapte op zijn zij, dan krioelden niet de pootjes als bij een vlieg die op zijn rug ligt, nee, die pootjes krulden zich, kwijnend, zonder dat ze opnieuw gestrekt werden. Wie ernaar keek, voelde een eindeloze vermoeidheid in spieren en gewrichten en botten dringen.

Met drie, vier tegelijk vielen ze door de spleet tussen

de evenwijdige planken op het verharde pad.

Een hardloper plantte zijn handen tegen een boom en duwde, duwde, diep voorover gebogen, hijgend. Achter de wolkenkrabbers aan de westzijde van het park zag Benny de zon ondergaan. Het was avond. Hij had al te lang geleefd.

Het liefdesoverschot

Waar haalden ze de kracht en de energie vandaan, die vliegen, om zo hard, zo opgewonden te fluiten? Op sterven na dood, nauwelijks meer in staat zich enkele millimeters voort te slepen, en dan zo'n kabaal...!

Het was een geluid dat hij sinds zijn kleutertijd, in de vroege ochtend, niet meer zo schel te horen had gekregen. Het had alles te maken, dit helse geschreeuw, met het vertrek van zijn grootvader, bij halfdonker nog. Nooit teruggezien, die man. Hij lag in een massagraf aan zee.

Hoe konden zulke dunne insectenlijven, en dan ook nog deerlijk verslapt, een dergelijk volume voortbrengen? Het gekrijs bezorgde hem hoofdpijn. Gedurende lange periodes van zijn leven had hij in het geheel geen vliegen, of wat waren het voor insecten, horen fluiten. De hitte van de late ochtend snoerde ze de keel (of waar zetelde bij lange vliegen het zangorgaan). Ja, een enkel klein vliegje was er wel eens te horen geweest, zingend in een kooitje niet groter dan een thee-ei, voor het open raam, omdat het levenslang zomer zou blijven...

En wat het irritantste was: ze hadden met hun kreten Gini verjaagd. Hoe lang wachtte hij nu al tot ze terug zou komen? Ze kwam niet terug. Het wanordelijke geschreeuw, tientallen insecten door elkaar heen, leek alleen maar luider te worden. Als je er maar lang genoeg naar luisterde, begon je vanzelf verschillende stemmen te onderscheiden, de ene hoger dan de andere, geen enkele aangenaam. Lelijker zwanenzang was niet denkbaar.

Benny deed zijn ogen open. Hij lag op de houten bank.

In de struiken om hem heen, in de boomkruinen boven zijn hoofd, gingen de vogels tekeer. Hij herinnerde zich niet het moment dat hij was gaan liggen. Zou het veel later geworden zijn, sindsdien? De zon, zo zag hij tussen de bomen door, hing nog precies even laag en even rood boven de gebouwen aan de rand van het park. Nadat hij zich hier had uitgestrekt, was de zon dus niet waarneembaar verschoven. Er scheen een eind gekomen aan die jakkertocht, aan die dodenrit van de dag op weg naar de nacht. Godzijdank. De hemel was naar zijn normale, roerloze staat teruggekeerd. De elektriciteit vervormde niet langer zijn brein. Het zou, ook voor hem, nog lang avond blijven, en al die tijd zou de lucht vol zijn van het uitbundig geschreeuw van de vogels, dat hem als de muziek van een tweede jeugd in de oren klonk.

Hij had Gini ontmoet...!

Benny zwaaide zijn benen van de bank, ging rechtop zitten, met zijn ellebogen op zijn knieën, het hoofd in de handen. Terwijl alles doorging, in het vertrouwde tempo, had hij zich van de wereld afgezonderd, met gesloten ogen, om Gini te zien. Uit een duistere diepte, waarin zwarte sluiers afhingen – nee, netten waren het, fijnmazige netten – uit donker water was ze naar hem opgestegen, met een lichaam van zilver. Ze klom (en het leek of ze danste) tussen de netten door, die daar hingen als goor wasgoed. Heel behendig ontweek Gini ze, en bereikte zonder verstrikt te zijn geraakt het wateroppervlak. Haar bleke lippen, zo leek het wel, kusten de lucht, die zwaar op het water drukte. De poel scheen bedekt met een taai vlies, waaronder de lippen bewogen, woorden vormden, zonder dat er een geluid boven water uitkwam. Benny boog zich voorover, om haar op te trekken, alleen maar te kussen desnoods... Hij moest de vis hebben verjaagd, want na het wegtrekken van de concentrische rimpels waren alleen nog de gescheurde netten zichtbaar, traag wapperend in de diepte.

Toen hij weer opkeek, zag hij de zon niet meer. Benny zat op precies dezelfde plaats als waar hij, toen de oude man opstond, was gaan zitten om naar de zonsondergang te kijken. Alle schaduwen, viel hem nu op, wezen in westelijke richting, inclusief Benny's eigen schaduw. Maar wat was wijzen? Elk langwerpig ding bezat twee uiteinden. Een schaduw zat, net als een menselijke arm, met één kant aan een lichaam vast; de andere, de vrije kant 'wees', gelijk de hand met de vinger. Schaduwen wezen met hun vastgehechte eind juist naar de lichtbron.

De zon stond in het oosten.

Benny keek naar de grond tussen zijn voeten. Zich te realiseren dat de zon zo snel langs de nachtzijde van de aarde naar de andere kant moest zijn gereisd, maakte hem duizelig, bijna tot misselijkwordens toe. Voorzichtig draaide hij zich om. Gezichtsbedrog, of was de schijf inderdaad minder rood, dat wil zeggen feller van licht geworden sinds zijn ogen open gingen? Er viel al bijna niet meer tegenin te kijken. En dat hij leek te verschuiven, niet als zo kort geleden nog in neerwaartse richting, op de westelijke horizon af, maar opwaarts, naar de toppen van de gebouwen – was dat zinsbegoocheling, als bij een munt die tussen duim en wijsvinger van beide handen gemanipuleerd *rekbaar* lijkt? Was hij nog steeds het slachtoffer van de stroomstoten, die gaten in zijn hersenen gebrand hadden?

In ieder geval hoorden deze indrukken niet meer bij het visioen dat hij tegen de binnenkant van zijn oogleden geprojecteerd had gezien. Zijn ogen waren open nu, en stroomden vol licht, ochtendlicht, licht van een nieuwe dag... De vogels gilden. Hij kon zich teruggekeerd wanen in het paradijs van zijn vroegste jeugd. Hij had de cirkel voltooid – maar wat hier woedde, was wel, hij moest er nog een taal voor vinden, de *volgende* ochtend. De ochtend van een nieuwe generatie.

Hij, Benny Wult, leefde nu al meer dan vierentwintig uur. Zo lang had, bij zijn weten, niemand nog geleefd. Was dit ouderdom? Hij voelde zich niet oud. Geradbraakt nog steeds van het zitten op die ongemakkelijke stoel, afgestompt, maar oud, nee. Hij bestudeerde de ruggen van zijn handen. Even strak en gebruind nog, de huid, zonder een spoor van de pigmentvlekken die hem als kleine jongen bij oude mannen zo hadden gefascineerd. ('Hun armen zijn oude slangen,' had hij eens bij zichzelf gezegd. 'Als ze een hand open doen, springt er een gespleten tong uit.' Niet voor niets wist zijn moeder over een stokoude man van wel twintig uren oud te vertellen: 'Hij draagt de dood in de palm van zijn hand.')

Wult greep naar zijn gezicht. Niets te voelen van een slap rimpelvel. De stoppelbaard waar hij een half mensenleven over gedaan had en die door de gevangeniskapper was weggeschoren, begon weer door te breken, evenals trouwens zijn hoofdhaar, en dat waren toch feiten die erop wezen dat hij ten minste een half mensenleven verder was. Dat het pijnlijk steken van zijn brandwonden na al die tijd nauwelijks minder bleek geworden, gaf weer te denken.

Een nieuwe dag... Ze hadden hem laten opgroeien in het vredige, berustende besef dat hij geen andere dag zou kennen dan die waarop hij geboren was. Te moeten sterven bij het licht van een nieuwe dag – die gedachte maakte hem, na de eerste verrassing, zo neerslachtig, dat hij letterlijk het park uit vluchtte om onder de mensen, onder lotgenoten te zijn. Met zijn weg terug vinden naar de stad had hij minder moeite dan die grijsaard daarnet... nee, de vorige avond.

De vorige avond...! Hij was, besefte hij, bijna net zo lang in een wereld van slaap en dromen geweest als hij alles bijeen echt geleefd had. Hoe moest de stad veranderd zijn...

Met de veranderingen viel het wel mee. Op het eerste gezicht leek er zelfs onrustbarend weinig veranderd. Niets ingrijpends in elk geval, behalve dan dat de schaduwen van de gebouwen niet langer tegen de oostelijke gevelrij van de grote avenue omhoog klauterden, maar zich langs de westkant langzaam naar beneden lieten zakken. Had de stad een nieuw, progressief bestuur, dat zich alles gelegen liet liggen aan het conserveren van het oude stadsbeeld? (Het bestuur dat Wult in zijn jeugd gekend had, was conservatief, maar uiterst progressief wat het slopen betreft.) Slechts hier en daar, diep in een zijstraat, stond het asymmetrische kruis van een kraan, ter markering van een bouwput. Geen kraan was in bedrijf. Sowieso lag het stadsleven goeddeels stil. Van enige hysterie over het zeldzame wonder van de zonsopkomst, dat zich hooguit eens per mensenleven kon voordoen, was niets te merken. Zijn grootvader had er een pasgeboren kleinzoon, zijn hele trots (zoals Benny's moeder verzekerde), voor in de steek gelaten, zonder veel kans dat hij het kind nog zou zien opgroeien. Nu, na het volgende opkomen van de zon, liepen de weinige mensen die de straten bevolkten er verveeld of chagrijnig bij – de meeste met dikke ogen, maar misschien lag dat juist aan het langdurige turen naar de oostelijke horizon, vanmorgen vroeg.

Wult doorkruiste de stad, van oost naar west, van west naar oost, en zo langzaam afzakkend naar het zuiden, speurend naar veranderingen in de straten, op de pleinen, aan de waterkant... Ingrijpend veranderd vond hij alleen plaatsen waar hij sinds zijn jeugd niet meer geweest was. Zijn geboortehuis kon hij onmogelijk terugvinden: de hele straat bleek verdwenen, met gietijzeren trappen en bomen en al. Een adreswijziging had zijn moeder hem nooit gestuurd.

In de ligging van de school moest hij zich vergist hebben. In plaats van het oude gebouw, dat hij van binnen en van buiten zo goed had leren kennen, trof hij een qua stijl nog veel ouder bouwwerk aan, dat ook als school in gebruik was, maar nooit de zijne kon zijn. Kleine kinderen, met nog altijd dezelfde tassen op de rug (en daarin ongetwijfeld het appeltje dat zo hinderlijk tussen de schouderbladen kon drukken), werden door hun moeders tot aan de poort gebracht, maar er speelden zich minder schrijnende taferelen af dan hij zich van vroeger herinnerde. *Hij*, Benny Wult, had de tranen in de ogen om dit afscheid, dat een afscheid voorgoed was van de schitterende intimiteit tussen moeder en kind; de moeders zelf draaiden zich hooguit nog een enkele keer om naar hun kleuters, afwezig glimlachend, zelden zwaaiend.

Naar het studentenhuis waar Gini gewoond had, ging hij niet op zoek. Het lag dicht bij het park, en daar was hij zich nu juist aldoor van aan het verwijderen. Geconfronteerd met de voorgevel waarachter zich het gelukkigste deel van zijn leven had voltrokken, zou hij alsnog gestorven zijn, van schaamte.

Wel kwam hij, maar niet met opzet, toevallig, voorbij de bar waar hij Gini niet alleen ontmoet maar in zekere zin ook vaarwel gezegd had. Hij lag nu aan de schaduwzijde van de straat, en heette niet langer De Zonkant, maar Het Olifantje, waarschijnlijk sinds een ingrijpende verbouwing, die, aan het haveloze houtwerk te zien, wel weer eens een vervolg mocht krijgen. De bar was gesloten.

Niet door een of andere bijzondere aanleiding drong het ten slotte tot hem door. Zijn brein, dat alsmaar rusteloos rondjes was blijven draaien als een kat, had eindelijk zijn draai gevonden, en de mand bleek hem nog te passen.

Toen Benny Wult na zijn omzwervingen, waarop hij zich van straat tot straat minder en minder verbaasde dat hij niet al lang dood neergevallen was, de zuidpunt van het eiland bereikte, kwam het hem niet vreemd voor daar samen met de zon te arriveren. De ochtend was na die ene stadswandeling ten einde, de zon stond op zijn hoogste punt, en zou van nu af met die snelheid waar Benny nog aan moest wennen naar het westen zwenken en beginnen te dalen, zonder de mensen in paniek te brengen (integendeel, bij deze hitte verlangden zij naar de avond). Na een nacht te kort om een melancholicus van iemand te maken zou de zon weer in het oosten verschijnen om zijn snelle baan langs de hemel aan te vangen.

Het besef daalde met zo'n kalmte in hem neer, dat hij zich eerder over die kalmte verbaasde dan over wat het nieuwe inzicht hem bood. Het kwam hem nu als volstrekt vanzelfsprekend voor dat de priesters uit zijn jeugd de waarheid hadden gesproken. Hij, Benny Wult, had zelfs nooit aan hun woorden getwijfeld.

Hij was door een of ander metafysisch luik een volgende wereld binnen gegaan. Een wereld uiterlijk gelijkend op de vorige, maar waar alles snel, in vrijwel eindeloze herhaling (dus toch weer traag), verliep.

En even kalm wilde hij zich overgeven aan de droefheid van een wereld waarin de mensen, volgens de priesters, van alle schoonheid afgesneden waren, toen een volgend besef zijn kalmte vernietigde: *als hij in de wereld van herhaling was, dan moest hij hier via de stoel gekomen zijn... en was ook Gini hier.*

Veel meer dan waar hij vandaan kwam, was dit een wereld van schaduwen.

In de stad, waar dagelijks de zon overheen jakkerde, krompen 's morgens de schaduwen; zij schrompelden al draaiend ineen, terwijl de gebouwen die zij vertegenwoordigden zichzelf gelijk bleven, trots rechtop in de zon. Tegen het eind van de zomerochtend rolden zij zich op, de schaduwen, als de zwarte ezelsoren van brandend papier, en de hitte deed de lucht rondom trillen.

Heel even, rond het middaguur, hielden de schaduwen zich schuil – voor de extreme warmte, zo leek het wel – binnengehaald als een kleed, om in de loop van de middag weer uitgerold of uitgeschoven te worden, met andere schaduwen uitwaaierend als een handvol speelkaarten, steeds meer macht verlenend aan de gebouwen die de zon het hoofd boden.

Opdringeriger dan thuis waren hier de schaduwen. 's Ochtends nog het minst, want elke ochtend deed hem denken aan de langzaam lichter en warmer wordende wereld die hij zo goed gekend had. Maar de middagen, met hun agressief voortschuivende ploegscharen van schaduwen, bleven hem angst aanjagen, evenals de avonden en de nachten, die geheel uit schaduw waren opgetrokken.

'Bent u het nu, of bent u het niet?'

Even dacht Benny dat de man die in de hal tegen een pilaar geleund stond het tegen hem had. Maar wie zou hem hier moeten kennen? Heel even hield hij op de gladde vloer zijn pas in, onwillekeurig haast. De man keek langs hem heen, en Benny liep door in de richting van de uitgang.

'Ja, u daar, op die piepende tennisschoenen... kennen wij elkaar niet?'

Inderdaad droeg Wult tennisschoenen die op de spiegelvloer een piepend geluid maakten, en niet – zoals het gezegde luidde – omdat 'ze nog niet afbetaald waren', want hij had ze gestolen. Benny liep nog even door, draaide zich toen om. De onbekende keerde hem nu wel volledig zijn gezicht toe, maar keek hem op de een of andere manier toch niet recht aan.

'Nou?' De man, die erg grauw zag, zette zich af tegen de pilaar, en deed een klein stapje in Wults richting. Hij tastte met zijn hand naast zich, als om steun te zoeken. In de buurt van de pilaar stond een grote, met zand gevulde asbak, waar van onderen paraplu's in gestoken konden worden. De vingers daalden neer in het fijne, grijswitte zand, en verdwenen twee kootlengten diep, zonder dat de man ervan schrok. Integendeel, hij graaide, roerde erin, zodat peuken en lucifers boven kwamen, gesuikerd ogende kauwgoms, een weggooiaansteker, de twee helften van een gebroken sigaar, een gesp.

'U hier?' Benny zei het bijna verveeld, zonder zijn best te hoeven doen het verveeld te laten klinken, bij voorbeeld uit angst voor gezichtsverlies.

'Zoals u ziet.'

'Ik had u niet meteen herkend, zo zonder bril.'

'Ik wist niet dat u een bril droeg. Lenzen toch? O, nee, dat was...'

'Uw bril.'

'In het huis aan de kade achtergebleven. Was het geen pakhuis? Mijn stok trouwens ook.'

'Dat spijt me.'

'Laat maar.'

'Hoe had u *mij* herkend? Die schoenen heb ik sinds gisteren.'

'Wie herkent niet zijn moordenaar aan zijn stap? Ach, weet u, niemand loopt eender. Uw manier van lopen zou ik uit duizenden hebben herkend. Zelfs hier, in dit moeras van imitatie en gelijkschakeling.'

'U hier te treffen... Verdiende u als onschuldig slachtoffer niet een plaats aan de andere kant van de wereld?'

'Dat zou je verwachten. Maar er is anders beschikt, zoals u ziet.'

'Uit de kranten die mijn advocaat mee naar mijn cel bracht, herinner ik me dat er veel ophef gemaakt werd over uw staatsbegrafenis. Misdadigers worden doorgaans niet...'

'O, maar wat koopt God voor begrafenissen met militaire eer, of hoe ging dat precies... ik was er niet bij... Ja, wat koopt God daarvoor? Kijk eens hier, mijn beste man. Mijn eigen dochter heeft mij nooit anders dan blind gekend, en erg prettig kan dat niet voor haar geweest zijn. Toch was zij altijd erg geduldig met me. Waarom dat lieve kind uiteindelijk zelf kwam aandragen met een blinde als verloofde, zal ik wel nooit meer kunnen achterhalen. Een daad van nederigheid tegenover mij? Wilde ze haar vader niet voor het hoofd stoten door een minnaar te nemen met meer kwaliteiten dan hij? Raadsel. Zeker is dat ik zo'n schoonzoon ver beneden mijn waardigheid achtte. Telkens wanneer hij op bezoek kwam, vroeg ik mijn dochter hem tot aan de voordeurmat tegemoet te gaan, en toch vooral goed onder zijn schoenen te kijken "of er niets van de straat aan was blijven hangen". Ik riep het hard, zodat hij het buiten kon horen. "Je weet hoe ze zijn. Blinden ruiken een paardenvijg pas nadat ze er doorheen gegleden zijn. Ik weet waar ik het over heb." In de gang tilde ze zijn voeten op zoals een hoefsmid de benen van een paard optilt: met de rug tegen de kont, en dan het onderbeen omhoog klappen. Ze kwam altijd huilend terug in de kamer, zo vernederend vond ze het. – Kijk, meneer, dergelijke dingen zijn God niet welgevallig, en daarom treft u mij op deze plaats.'

In zijn dode ogen vonkte geen spot, maar na enig zwijgen liet hij een pesterig lachje horen, kort en scherp. 'Ik zal u de waarheid vertellen. En als ik u de waarheid vertel, is het omdat ik mezelf dat plezier niet wil onthouden. Zegt u me eerst eens: hoe bent u hier gekomen, zo snel na mij? Ik neem aan...'

Wult trok zijn broekspijp op, en toonde de genezende wond op zijn kuit.

'Ik ruik het al,' zei de blinde. 'De stoel. Dacht ik al. Ze hebben u ter dood veroordeeld wegens een politieke moord op een voormalig diplomaat. Correct?'

'Correct.'

'En dat aardige, zoet ruikende vrouwtje hebben ze zeker...'

'Is ook terechtgesteld.'

'Verbaast me. Enfin, daar kunnen we het nog wel eens over hebben. Tijd in overvloed hier.'

Het lunchuur was kennelijk ingegaan voor de ambtenaren van het Bevolkingsregister. Zij dreven het publiek, dat nog net geholpen was of de loketten al gesloten had gevonden, min of meer voor zich uit naar buiten, en dat gaf groot rumoer in de hal. De blinde moest bijna schreeuwen om zich nog verstaanbaar te kunnen maken.

'...diplomatieke post van mij fungeerde als dekmantel voor geheel andere...'

Een man kwam met een brandende peuk tussen zijn vingers op de asbak toe. De blinde had het al geroken, en trok zijn vingers uit het zand, waarna hij zijn handen tegen elkaar afsloeg. De man nam nog snel enkele trekjes, alvorens het eindje sigaret te doven.

'...nooit aan het licht gekomen. Hoe voelt het nu, zou ik u bijna vragen, te zijn veroordeeld voor de moord op iemand die eigenlijk, zonder dat uw rechters het wisten, staatsgevaarlijk was. De vijand. U bent zelf de vijand, en u heeft ze een grote dienst bewezen door mij als een hond neer te steken. Ze zullen het nooit weten. Mooi staaltje ironie van het lot, niet? Ik wist dat het zo zou gaan. Ik besefte het in mijn laatste ogenblik. Het maakte de dood zoeter. Draaglijker, althans. Want ik wist ook dat ik, ondanks de onwetendheid van mijn landgenoten, de straf van de Hoogste Rechter niet zou kunnen ontlopen. Door welke partij in de wereld ook bedreven, landverraad geldt voor God als een doodzonde. En dat is de reden waarom ik hier moet sterven van verveling. Nou ja, sterven, overdrachtelijk gesproken dan. – Die brandzalf van u ruikt sterk, zeg.'

'Hoe was u eraan toe, bij aankomst hier?'

'Beroerd. Zo'n vleeswond pakt, voor wie eenmaal hier is, weliswaar niet ernstiger uit dan een vergelijkbare wond van iemand die er *net niet* aan overleden is, maar dat is altijd nog ernstig genoeg. Een lang herstel. Bovendien had ik de ochtend na mijn aankomst een vreselijke kater.'

'Kater?'

'Ja, een verschijnsel dat ik hier inmiddels goed heb leren kennen. De "ochtend na het feest" wordt het ook wel genoemd. Niet alleen het misselijk worden van drank, dat een enkeling bij ons incidenteel heeft leren kennen, maar ook koppijn, geradbraakte ledematen, bibbers, algehele malaise. En dan heb ik het nog niet over onschuldige voorwerpjes aan de rand van ons blikveld die plotseling in wegschietend ongedierte kunnen veranderen... Ja, ja, zo kun je, door de mogelijkheid de dronkenschap eindeloos te herhalen, jezelf een hoogstpersoonlijke hel bereiden. Want de mogelijkheid tot herhaling wordt al gauw een dwang tot herhaling, en valt de mogelijkheid eens weg, dan is de dwang er nog. Hou je dan maar gedeisd. Vooral 's nachts. Het is een bescheiden opgezette hel hier. Je mag hem naar eigen inzicht en behoefte verder inrichten. De een kiest voor het delirium, zijn buurman voor weer een andere ijskoude hel van ontwenningsverschijnselen. Levenslang met je kop tegen een muur beuken is ook een vorm van herhalingsdwang. Trouwens, wat dacht u van de liefde? Van al die verschillende, eindeloos herhaalbare en te variëren manieren van zinnelijk genot? Een dichter heeft het vergeleken met het drinken van zeewater: een dorst die zichzelf al lessend schept, in steeds heviger mate, tot walgens toe. Voor mij een suggestieve regel, door de geur van rotte vis die de zee blijkt te bezitten nadat, uit de verte, de eerste verkwikkend zilte lucht is opgesnoven. – U zou me nog vertellen wat er van dat lieve vrouwtje is geworden, dat ik nog voor ernstige verminking door een ventilator behoed heb...'

'De stoel. Ik zei het u al.'

'Zeker. Is het het een niet, dan het ander wel. Maar ik bedoelde eigenlijk te vragen of u elkaar hier nog ontmoet heeft. In de wereld van dag en nacht, zal ik maar zeggen.'

'Sinds mijn aankomst heb ik elke dag, en de hele dag door, naar haar gezocht. Ze is onvindbaar.'

'Gezocht waar?'

'Op alle mogelijke plaatsen. Plaatsen van vroeger... Overal. Nergens te vinden.'

'Plaatsen van vroeger. Ja, zeg. Het is hier wel even wat anders. Maar... had u dan zo'n behoefte haar te zien? Ik meen me te herinneren dat u... u beiden, bedoel ik... dat alles, het hele liefdesgedoe, al achter de rug was. Neemt u me niet kwalijk, maar ik *rook* bij uw terugkeer in de bar dat zij geen maagd meer was. Aan u rook ik het ook. Op dat moment misschien nog net niet, maar de wederzijdse prikkel moet toch spoedig verdwenen zijn. Niet? Vooruit, de moord kan nog gepleegd zijn met de omgebogen sexuele energie die over was. (Wat een vondst trouwens, dat afwikkelen van de liefdesdaad alvorens tot uitvoering van de moordplannen over te gaan. Zo zouden anderen, mocht u – wat inderdaad gebeurd is – onmiddellijk aangehouden worden, u niet meer van de liefde kunnen afsnijden. Wel riskant, voor uw opdrachtgevers ook, want het postcoitum garandeert doorgaans weinig daadkracht. Er moet u wel veel aan gelegen zijn geweest mij uit de weg te ruimen.) Maar daarna... ik wed dat zij, toen u haar voor de rechtbank terugzag, alle aantrekkelijkheid voor u verloren had. En omgekeerd natuurlijk. Vanwaar dan al die inspanning haar terug te zien?'

'Misschien is dit het moment om op mijn beurt u uit een droom te helpen. Wij hebben u niet vermoord uit wat voor politieke overwegingen dan ook. Ik wist niet eens... ja, later herinnerde ik me iemand in de bar te hebben horen zeggen dat u "vroeger een hele hoge" was geweest, maar daar ging het niet om. Wij kwamen na het opgebruiken van onze geslachtelijke vermogens tot de ontdekking dat de verliefdheid, die onder uw neus in het café ontstaan was, nog allerminst was uitgewerkt.'

'Komt wel voor, ja. Niet in mijn familie. Ik herinner me een geval...'

'Precies. Het enige waar we met onze ten dode opgeschreven verliefdheid nog aan konden denken was aan een herhaling van wat even tevoren ons hoogste genot en ons hoogste geluk was geweest. In onze haat jegens de wereld en de natuur gingen we zo ver een daad te beramen die ons rechtstreeks naar de hel zou voeren...'

'Maar waarom juist mij gekozen, als ik politiek gezien voor u niets voorstelde?'

'We gingen ervan uit dat het vermoorden van een

weerloos iemand als u vrijwel zeker tot de stoel zou leiden. Later heb ik bedacht dat onze keuze misschien niet vrij van rancune was. U had ons met uw waarschuwing, uw opmerkingen, min of meer bij elkaar gebracht. Een omstandigheid waar we inmiddels onder leden...'

De blinde liet weer zijn korte, scherpe lach horen. 'Het was dus niet minder dan een liefdesdans die jullie daar in dat pakhuis rond mijn arme, door de alcohol half verlamde lichaam uitvoerden! Een paringsdans...! Alleen werd de angel in een derde persoon geplant. Geniaal. In mijn jeugd had je zo'n geval. De zaak Glass-Ising. Bekend geval. Nooit van gehoord? Schoten onmiddellijk na de daad, nog gek van liefde, de conciërge dood. Arme kerel. Ze hingen hem met ijzerdraad in de deurpost, en sneden zijn vel in zoveel verticale repen, dat hij wel een vliegengordijn leek. Met dit verschil dat de vliegen het een *lekker* gordijn vonden. Ik mag nog van geluk spreken. Toen het motief bekend werd, werd de doodstraf op voorhand omgezet in levenslang. Ze zijn allebei hoogbejaard in de gevangenis gestorven. Misschien zijn ze elkaar hier, in deze contreien, nog wel eens tegengekomen. Hebben ze oude herinneringen op kunnen halen. Is in uw geval voor de rechtbank nooit aan dit precedent herinnerd?'

'Ons eigenlijke motief is nooit boven tafel gekomen. Van meet af aan schermden de betrokken juristen met politieke beweegredenen. Wij hielden onze mond.'

'Bravo. U heeft dus allebei gemeend de overwinning te proeven. Maar nu? Juffertje onvindbaar. Is er destijds een duidelijke afspraak gemaakt?'

'Nee. Er was ons altijd voorgehouden dat deze wereld niet van de oude zou verschillen. Uiterlijk. Het verschil zat 'm in het tijdsverloop. De onophoudelijke opeenvolging van dag en nacht... We gingen ervan uit dat we elkaar wel ergens op een bekend punt zouden treffen.'

'Mag ik u eens vragen, meneer... eh... U had zich wel eens mogen voorstellen destijds, in het kadehuis.'

'Wult.'

'Meneer Wult, u bent, heb ik begrepen, nu alweer een hele poos hier. Als ik u eens vragen mag... hoe komt u aan de kost?'

'Ik droeg bij aankomst een pak dat blijkbaar veel geld gekost had, want de lommerdhouder gaf me er een flinke som voor. Sinds gisteren ben ik blut. Ik heb vandaag nog niet gegeten. Ik weet niet hoe het verder moet. Hier kunnen ze voorlopig niets voor me doen.'

'Precies, dat bedoel ik. Denkt u dat zij... hoe heette ze ook weer?'

'Gini.'

'U heeft voor uw pak, ondanks de ingeknipte pijp, een aardig sommetje van de pandjesbaas weten los te krijgen. Maar denkt u dat mevrouw Gini ook maar een fractie van dat bedrag vangt voor haar executiejurk? Nog buiten beschouwing gelaten of zij net als u andermans kleren van een waslijn zou durven stelen...'

Hoe had hij er zo vanzelfsprekend van kunnen uitgaan dat het slachtoffer van zijn daad de gelukzalige flikkering van de hemel deelachtig zou worden? Door de aanwezigheid, de woorden van deze onverbeterlijke bemoeial werd de gedachte aan Gini – aan een Gini die hongerig, zonder geld, zonder onderdak, door deze stad zwierf, op zoek naar hem, of misschien al niet eens meer op zoek naar hem – onverdraaglijk.

'Waar wilt u heen?'

'Net wat ik zeg. We leven hier toch in een wereld van herhaling? Alles is herhaalbaar. Alles...' De blinde nam Wults arm. 'Ik zal u laten zien wat ik bedoel. Nu niet langer hier blijven staan. Van dat lange staan gaat mijn litteken jeuken... Naar buiten, naar buiten.'

Het gesprek met de blinde had hem zo in beslag genomen, dat Benny nu verbaasd om zich heen keek. De hal was leeg. Al die tijd waren zij luid tegen elkaar blijven praten.

'Men dient zich hier, als het een nieuwkomer betreft, altijd eerst en vooral af te vragen: hoe komt zo iemand aan de kost? Heel eenvoudig. En dan verder zoeken.'

Wult keek naar de grauwe, zwijgzame mensen op de bankjes tegenover hem in de metro. Waren er nieuwkomers bij? Hij kon met de beste wil van de wereld geen belangstelling opbrengen voor hun kostwinning. De ondergrondse trein gleed lange tijd in noordelijke richting door zijn rioolpijp, schoot toen plotseling het felle middaglicht in. Toch bleef de reiziger ook hier, door de goorheid van de buurt en de zigzagstructuur van neergaande trappen, een onderaards gevoel behouden. (Want dat was een vreemd fenomeen: de ijzeren trappen riepen uitsluitend associaties op met neerdalen, nooit met opklimmen, natuurlijk ook doordat ze vaak enkele meters boven de grond eindigden. Hun structuur trok de huizen niet alleen scheef, maar ook omlaag, de aarde in.) Sommige huizen leken alleen roze of lichtblauw geverfd om de grauwheid van de rest van het blok te accentueren. De kleuren, op hun beurt, raakten door de ongeschilderde panden besmet, alsof er roet doorheen gemengd was.

'Ik hoor het u denken,' zei de blinde bij het uitstappen. 'Eerst reisden we tussen de graven, nu lopen we om de zerken heen. Zo is het wel ongeveer. – Deze kant op, graag.'

Zij kwamen in een straat van hoge, betrekkelijk smalle huizen, die bij elkaar zoveel ijzeren balkons en trappen tegen hun voorgevels droegen – treden en leuningen en spijlen die ook nog eens allemaal hun schaduwen door elkaar heen wierpen – dat zij behangen schenen met grof spinrag, dat zacht bewoog door warmtetrillingen in de lucht. In schaduwrijke portieken stonden vrouwen, maar dan zo, dat hun bovenlichamen in de schaduw bleven en hun benen, lang en vlezig lijkend onder rokjes even nauw als kort, het zonlicht vingen.

'Weet u, meneer Wult, waar deze dames... zelfs op dit ongelukkig gekozen, dit heetste uur van de dag... op staan te wachten?'

'Geen idee.'

'Dacht ik wel. U bent nog te kort hier, en u heeft uw dagen tot nu toe verdaan met zoeken naar... ja, naar wat eigenlijk? Naar wat u als iets kostbaars beschouwt, maar het niet is. Niet *langer* is.'

'Ik verzoek u vriendelijk...'

'Kan een slachtoffer zijn moordenaars ooit beledigen? O, nou dan. Kijkt u de straat eens rond. Iets dergelijks hebben wij in onze oude wereld nooit gekend. Die vrouwen hebben van de herhaalbaarheid van de liefdesdaad, door u zo wanhopig hier gezocht, hun beroep gemaakt. En niet zomaar van de mogelijkheid de liefdesdaad te herhalen, nee, van de dwangmatige behoefte aan herhaling... herhaling bij telkens weer anderen. Hier, meneer Wult, in die lijven die voor een kwartiertje te huur zijn, worden 's mensen liefdesoverschotten gedumpt. Men kan de herhaling om zo te zeggen *ruiken*.'

In het portiek waar zij het dichtst bij stonden, verplaatste een vrouw haar gewicht van de ene voet op de andere. Vervolgens leunde zij ruggelings tegen de deur, en kruiste haar benen.

'U bent hier gekomen,' zei de blinde, en het was alsof hij Benny's blik gevolgd had, 'om de liefde nog eens over te doen... Heeft u zichzelf al getoond tot zo'n herhaling in staat te zijn?'

'U?'

'Ik ben niet vrijwillig hier gekomen om mijn sexuele leven te verlengen...'

Na elke twijfel wist de blinde hem er opnieuw, en steeds dwingender, van te overtuigen, dat Gini, om zich in deze wereld staande te houden, haar lijf verhuurde.

'U moet nog aan het idee wennen. Het lichaam raakt niet *op*, zoals in uw oude wereld. Integendeel. Zij zal op den duur met meer gemak, alsmaar onverschilliger wordend, een groeiend aantal klanten kunnen bedienen. Daarbij zal zij nog voldoende liefde en tederheid en lust overhouden voor haar ware geliefde en minnaar... als die haar op een dag gevonden heeft. U heeft nu toch zelf het spoedig ontwaken van de lust na iedere zaadlozing leren kennen, niet?'

'Dat was anders. Ik hoefde me niet voor geld naar de daad te schikken.'

'Probeert u het eens, zou ik zeggen. Het zal u dichter bij uw Gini brengen.'

'Ik... een man?'

'In die straat, waar u het zo goed naar uw zin had, heb ik mijn oren de kost gegeven. U werd uitzonderlijk mooi gebouwd genoemd, telkens weer. Normaal zijn ze zo complimenteus niet, die meisjes. Alleen al uit hun opmerkingen heb ik me een aardig beeld van uw fysieke verschijning kunnen vormen. Zo te horen bent u net op tijd uit de oude wereld ontsnapt – nog voor het begin van de verschrompeling. Gaat u vanavond eens mee, dan zal ik u wat te overwegen geven. Maar het is de laatste keer dat ik u vrij houd, bedenk dat wel. Ik heb mijn weinige geld voor drank nodig.'

'Alleen al om de geur is het me voldoende hier te zijn, al heb ik natuurlijk ook wel eens mijn tastzin alle eer gegund. Talkpoeder, bloed, vaseline geparfumeerd met een vleug lichaamsodeur, whisky, spuug verdampend van vingertoppen die een oververhitte gloeilamp uit de fitting draaien... een geur oneindig veel meer dan de som van al deze samenstellende delen. Na de drank mijn grootste verslaving. Ik mis toevallig het licht in beide ogen, maar dat belet me niet de grootste voyeur te zijn hier aanwezig.' 'Overigens,' voegde de blinde eraan toe, 'zou ik het op hoge prijs stellen straks uit uw mond een verslag te horen van al het getoonde. Ik betaal de drankjes.'

In het midden van het zaaltje was een rond podium, beschenen door zachte spots, en omgeven door fauteuils en tweezitsbanken waarop meest oudere heren zaten. Benny was duidelijk de jongste toeschouwer.

Na een slag op een blikken gong kwamen uit twee hoeken van de ruimte zo'n twintig naakte jongens op het podium toe, sommige hand in hand, andere stoeiend, elkaar schertsend zachte stompen gevend, weer andere in zichzelf gekeerd, met ernstige of wrokkige gezichten. Zij waren zonder uitzondering slank, en gespierd alleen met behoud van een raadselachtige zachtheid, maar wat het meest opviel: ze verschilden niet meer dan twee centimeter in lichaamslengte.

De jongens groepten bijeen, schijnbaar ordeloos, maar met hun ruggen nauwgezet naar de toeschouwers gekeerd. Uit hun midden klonk gefluister, zacht gelach.

'Nu begint het,' zei Benny's begeleider. 'Het boeket bloemen gaat langzaam open. Ik geloof dat ik ze al ruik.'

Zij stelden zich in twee rechte rijen van twaalf tegenover elkaar op, allemaal met een erectie inmiddels. In slagorde. Het podium begon langzaam te draaien. De aanblik van al die opgerichte penissen, zo precies naast elkaar, had een onvermoede uitwerking op Benny Wult. Het zat hem misschien in dat gezamenlijk omhoog strevende... dat trillend grijpen boven de macht van het lichaam... Hij voelde de behoefte om – anoniem – met al dat gebalde vlees mee de hoogte in te reiken. Het verontrustte hem. Sinds hij hier, in dit land van zich eindeloos herhalende verschijnselen, was aangekomen, had hij onverwachte putten van lust in zichzelf ontdekt; ze moesten ergens op de grens van die twee werelden ontsloten zijn, waarna het nog even duurde voor er de dampen, de geuren, de visioenen uit op begonnen te stijgen.

Door een deur achter het publiek kwam nog een jongen, ook naakt, de zaal binnen. Hij droeg een groenzijden masker, dat alleen de bovenste helft van zijn gezicht bedekte. Enkele heren, die kennelijk wisten wat er komen ging, applaudisseerden zacht.

'De spitsroedenloper,' wist Benny's gids. 'Het is de bedoeling dat hij ze allemaal ontwijkt. Alle twee dozijn. Op elke aangeraakte roede staat een straf... Let goed op. Ik wil straks alles horen.'

Het podium was nu zodanig gedraaid, dat Benny van zijn plaats precies tussen de twee rijen door kon kijken. De jongens stonden roerloos, en met die roerloosheid was het schommelen, wippen en trillen – hoe gering op zichzelf ook – van hun fallussen in volstrekte tegenspraak. Net of al hun ongeduld op die ene plaats was samengekropen. Benny begreep nu ook waarom die lijven zo secuur op lengte waren geselecteerd. Al die erecties op precies dezelfde hoogte naast elkaar oefenden een esthetische bekoring op de toeschouwer uit (het had iets van de gelijktijdig omhoog geworpen benen van twintig danseressen naast elkaar, verstard op een affiche in de theaterwijk), maar wie, zoals Benny nu deed, met zijn ene oog dichtgeknepen langs die secuur geregisseerde rijen keek, zag dat elk gezwollen deel als het ware zijn eigen karakter verried, door zijn manier van verspringen, door de zichtbare klop van het bloed, door curieuze spasmen... Hij kreeg de indruk dat iedere opgerichte penis daar louter door toe te geven aan zijn eigenzinnige manier van bewegen zichzelf tot een zaadlozing zou kunnen brengen.

De gemaskerde jongen stapte het podium op, en waagde zich in de uiterst smalle gang die gevormd werd door twee dozijn lichamen. De gekromde fallussen lieten zo'n twintig centimeter vrij, afhankelijk van het opveren en weer neerwaarts trillen.

Zo lieten zij hem spitsroeden lopen.

De jongen met het masker op was zonodig nog smaller in de heupen dan zijn passieve agressors. Via een bijna vloeiende dans, waarbij hij zich meestentijds zijwaarts bewoog, wist hij ze allemaal te ontwijken, alle vierentwintig. Ook de weg terug naar zijn uitgangspunt geschiedde gracieus en zonder aanrakingen. Een scheidsrechter in een badjas hield, rond het podium sluipend tegen de draaibeweging in, alle manoeuvres nauwlettend in het oog.

Na elke geslaagde doorgang kon de jongen rekenen op applaus, maar Benny, die zelf niet mee klapte, had sterk de indruk dat het een beleefdheidskwestie betrof eerder dan oprechte bijval. Iedereen wilde dat af en toe een erectie achter het scherpe heupbeen van de gemaskerde bleef haken – niet in de eerste plaats om getuige te zijn van zijn 'straf', wat dat ook mocht inhouden, maar om het meegesleurde geslachtsdeel te zien terugveren met alle spankracht die erin was.

'Hij moet, geloof ik, zeventien keer,' zei de blinde.

Zolang de jongen geen deel had aan de opwinding van de anderen, wist hij zijn dans met aangespannen bilspieren telkens glansrijk te voltooien. Hij raakte in moeilijkheden toen de dubbele rij *meer* werd dan een te nemen hindernis, misschien door de kruidige zweetlucht die onder de warme spots de lichamen verliet, en die ook Benny en zijn begeleider spoedig bereikte. Benny zag hoe het geslacht van de danser begon uit te zakken, zwaarder werd, als bij een dier in de richting van de aarde groeide. Zelf kreeg de jongen waarschijnlijk pas iets in de gaten toen na een volgende zwenking aan het eind van de gang zijn deel in de vertrouwde slingerbeweging verstijfde en niet meer terug naar beneden wilde. De scheidsrechter, die hem zag aarzelen, maande hem door te lopen. Ook nu nog probeerde hij zich zijwaarts tussen de uitgestoken roeden te verplaatsen. Zijn geslacht leek met kleine schokjes een aanloop te willen nemen om over de eerste hindernis heen te springen.

Benny betrapte zich op de vurige wens dat het geslacht van de jongen zich meteen al tegen de voorste erectie tot volledige stijfheid zou slaan. Dat gebeurde, na een aantal aanrakingen, pas halverwege de rij, toen Benny's wensen al geen grenzen meer kenden. Hij wilde dat de spitsroedenloper al die gestrekte penissen met die van hemzelf zou aanslaan, in een geheime volgorde, als waren het de toetsen van een carillon, dat dan in hem, Benny, en in hem alleen, tot klinken zou worden gebracht. Nee, verder nog sleurden zijn fantasieën hem mee. *Rennen* moest deze spitsroedenloper, rennen de rijen langs, tot een aanzwellend gezoem zou opklinken, als van een fijngetande kam waar een duimnagel langsgehaald wordt... Tot slot zou hij ze met één langgerekte beweging lek stoten.

Elke dag werd het weer avond, en elke avond was vier keer een voorstelling nodig. Op voorspraak van de blinde, die een vaste bezoeker was, werd Benny Wult toegevoegd aan de ploeg van het spitsroeden lopen, eerst als onderdeel van de 'haag', later ook incidenteel als gemaskerde danser. De bedrijfsleider had aanvankelijk, omdat Benny een centimeter langer bleek dan de langste van het stel, zijn bedenkingen, maar liet die ruimhartig varen toen duidelijk werd hoezeer de nieuweling bij het publiek in de smaak viel.

Hij verdiende er zijn geld mee, maar het was de hoge verwachting van nog ongekend genot die hem in deze situatie gebracht had. Iets onbekends had hem overmeesterd, maar het vernietigde niet zijn zucht naar vrouwen. Integendeel. Lust schiep lust. Er bleek alleen nog een kelder in hem te bestaan, een kelder onder de kelder. Benny borg een even veelzijdige als veeleisende onderwereld van lustvisioenen in zich, en hij keek naar zichzelf als naar een vreemde, al had hij wel deel aan het genot van die vreemde. En ook weer niet helemaal.

Hij hield ervan onder het spitsroeden lopen kortstondig een ander tegen zich aan te voelen, maar het was de bedoeling dat elke aanraking 'bestraft' werd met onderwerping aan de aangeraakte persoon – onder de ogen van het publiek, niet meegerekend de blinde, die aan neus en oren genoeg had. Benny hield niet van het gepenetreerd worden. Hij vreesde de doorboring. Het was daarom zaak de eenmaal aangeraakte persoon in het voorbijgaan telkens opnieuw aan te raken, tot de spitsroedenloper na een definitieve stap en een definitieve heupzwaai in de goede richting een trage, warme druppel langs zijn rug naar beneden zou voelen glijden ten teken dat het gevaar voorlopig geweken was. Verder maakte het spel een slangenmens van hem.

Als hij zich toch regelmatig prostitueerde, was het als offer bedoeld. Een offer om de schaamte van Gini's gedwongen prostitutie uit te wissen. Alleen zo, als hun beschamende oefeningen in herhaling tegen elkaar wegvielen, zouden zij zich weer aan elkaar kunnen geven.

De gebeurtenis die een eind maakte aan dit hoofdstuk van zijn herhalingen had weer met zijn oude beroep te maken.

Op een dag kwam Scant hem vragen of hij nog voldoende van parachutespringen afwist om, tegen een vorstelijk honorarium exclusief een extreem hoge som aan 'gevarengeld', deel te nemen aan een orgie hoog in de lucht. De rijke organisator, die een eigen vliegtuig kon inzetten, was een verwende voyeur en een perfectionist in erotische aangelegenheden. *De orgie van de vrije val*, zo noemde hij zijn nieuwe project. De bedoeling was een aantal jonge mannen na de sprong uit het vliegtuig een erotische constellatie te laten vormen, die later een vervolg zou krijgen na het opengaan van de parachutes.

Het duurde dagen voordat de organisator in zijn kennissenkring en in de diverse bordelen voldoende jongens met springervaring had geronseld. Met z'n twintigen stegen zij uiteindelijk tijdens een heldere zondagmorgen op: veertien parachutisten, de organisator en vijf van diens vrienden, onder wie de piloot en een instructeur. De hele onderneming zou worden gefilmd.

Al tijdens de vlucht werd een begin gemaakt met de handtastelijkheden, wat minder vervelend was dan anders, omdat de meeste jongens onbekenden voor elkaar bleken. Omdat niet geheel naakt kon worden gesprongen, waren speciale broeken ontworpen: pijpen die met een soort jarretels aan een gordel bevestigd werden, waarbij de billen en het geslacht onbedekt bleven.

Er werd pas gesprongen toen er veertien erecties waren. Geprobeerd zou worden tijdens de vrije val twee gesloten ringen van zeven personen elk te formeren, vlak boven elkaar. De zeven van de bovenste ring moesten die van de ring daaronder penetreren, gebruik makend van ten hoogste één hand om zichzelf daarbij behulpzaam te zijn. Verder zouden de handen zoveel mogelijk dienen om de menselijke cirkel gesloten te houden.

Benny Wult had in het verleden zelfs de strakste wangen van medespringers onder het geweld van de lucht zien trillen en wapperen. Hij had nooit kunnen vermoeden dat hij hetzelfde nog eens zou zien gebeuren, maar dan veel extremer, met de scrotums van parachutisten. Hun ballen ratelden met hetzelfde geweld tegen hun onderbuik als gespen en kledingonderdelen dat elders tegen het lichaam deden. Een dergelijk geweld – onzichtbaar – in het vlees van die jongens te zien dringen, was hem niet onaangenaam. Het te *voelen* gebeuren, bij zichzelf, was minder prettig.

Dicht bij elkaar, weliswaar, maar zij vielen nog vrij door de dampkring. Sommigen staken hun armen al naar elkaar uit. Benny zag hoe de verharde fallussen zich door de luchtdruk in het vlees van de doorgaans toch gespierde buiken drukten, zodat zij er tot aan de navel mee vergroeid leken, wat een dierlijke aanblik bood. Kaalgeschoren honden.

Benny – dat kwam zo uit – behoorde tot de onderste ring. Hij hield met gestrekte armen de handen van de jongens links en rechts van hem vast. Zij wisten hoe hun val te vertragen, net zo goed als die jongens daarboven wisten hoe hem te versnellen. Zo snel als ze met zijn allen vielen, zo langzaam naderden die twee levende kransen van flapperende en klapperende lichamen elkaar. Een erectie was onder deze omstandigheden noodzaak; een verslapt geslacht dreigde in een pijnlijke ratelbeweging terecht te komen.

Hij voelde een lichaam bijna gewichtloos op zich neerdalen. Een arm werd onder zijn buik geslagen, en daarmee werd hij strakker tegen de ander aangedrukt, die niet zwaarder op hem drukte. Er waren, in het vliegtuig al, voorzorgsmaatregelen getroffen die het binnendringen van het ene lichaam in het andere moesten vergemakkelijken. Benny voelde een geschoeide vuist langs zijn bovenbenen raspen, en uit die vuist groeide een gloeiende loot rechtstreeks bij hem naar binnen.

Roofvogels parend tijdens loodrechte val op prooi. Op een bed was deze passieve handeling, deze onderwerping al een beproeving voor hem; nu hij, met iemand boven zich wiens gewicht niet eens voelbaar was, als een steen richting aarde viel, zonder veel meer houvast dan de opwaarts stotende lucht, werd de penetratie onverdraaglijk. De brutale aanwezigheid van een ander lichaam binnen in het zijne was net te dragen zolang hij aan de voorkant, binnen handbereik, de lust voelde kloppen – de lust die als 'afleider' fungeerde. Nu de koude wind zijn geslacht, zo volgestuwd met bloed als het mocht zijn, gevoelloos maakte en de testikels terug de lichaamsholten in ranselde, kon geen lust de pijn van het binnendringen verdoven.

Hier, tot in deze hachelijke situatie tussen hemel en aarde, had de cynische logica van zijn zucht tot herhaling hem gevoerd. Misschien zou een lachaanval de verdovende taak van de lust hebben kunnen overnemen, als niet elke aanzet tot lachen door de luchtstroom werd afgesneden, letterlijk van de lippen gescheurd, en weer de keel in gepropt.

Hij hoorde het ronken van het vliegtuig boven zich. Zozeer voelde hij zich in zijn weerloze positie bespied, dat hij zelfs het snorren van een camera meende te horen. Tegenover hem droeg iemand een kleine filmcamera aan een beugel rond zijn bovenarm, geluidloos functionerend uiteraard, maar voor Benny ratelde daar een mitrailleur. De filmer, op het gevaar af de hele constellatie te vernietigen, liet tot twee, drie keer toe de hand van zijn buurman los om het geslacht van de jongen die onder hem hing vast te grijpen, te warmen, op te wrijven.

Het was hem op een winderige straathoek wel eens overkomen: een man die dacht na het schrapen van zijn keel discreet in de goot te spuwen, maar zijn fluim in Benny's gezicht zag belanden. Het duurde even voordat tot hem doordrong dat wat nu op zijn voorhoofd en in zijn oog spatte niet de ontlasting van een hoogvliegende vogel was, maar de vrucht van de liefkozingen van de cameraman aan de overkant. Hoe kort ook de afstand die het zaad had af te leggen, toen het Benny bereikte was het door de luchtstroom al afgekoeld, koud geworden zelfs.

Kwam het door dat beledigende spuwen in zijn gezicht, dat het hem opeens te veel werd allemaal? Hij moest zich *nu*, en geen moment later, van die genotloze, brandende schrijning in zijn ingewanden bevrijden.

Benny liet de hand van de jongen rechts los, en tastte achter zich naar de nog verpakte parachute op de rug van zijn anonieme minnaar. Hij vond de ring – en trok. Benny was hem niet meteen kwijt. De wind wachtte even tot het valscherm heel dunnetjes was weggesliërd, plantte toen met volle kracht zijn vuist van onderen in het doek. De knokkels moesten van boven in de matrasvormige parachute zichtbaar zijn.

Door deze feilloze vuistslag van de wind werd de jongen letterlijk uit hem weggeslagen, en teruggeworpen in de richting van het vliegtuig. Het was de kracht van dit abrupte losbreken die Benny het genot schonk waar hij nooit op gerekend had.

Ook voor hem werd het nu hoog tijd zijn parachute

los te trekken. De wind ontfermde zich over hem met zo'n kracht, dat hij er even rekening mee hield te worden teruggeworpen in de armen van de bedrogen minnaar. De wind kwam handen tekort, zo veel vuistslagen moest hij links en rechts uitdelen, en hij ging door tot de hemel vol hing met bollende parachutes.

Aan een parachute die bestond uit twee aan elkaar genaaide halve bollen hingen twee mannen. Degene die de riemen om had, hield de ander omgekeerd tegen zich aan gedrukt, en bood hem verder houvast door zijn mond geheel op te vullen. Die ander had zijn benen in een krachtige omhelzing rond de nek van de parachutist geslagen, en deze begroef zijn volle gezicht in het aldus aangeboden kruis. Het had iets van het vanzelfsprekende gemak waarmee een apin en haar jong zich aan elkaar vastklampen, als ze zich door de lucht slingeren. Niet ver van het tweetal hing de man met de camera aan zijn arm. Het kleine, wit met rode vliegtuig probeerde roekeloos dichtbij te komen.

Benny's parachute zweefde langzaam van de andere weg. In de verte zag hij midden in de delta de stekelige stad liggen, en dat bracht hem terug bij het moment dat hij hier, in deze wereld, terecht was gekomen. Toen had zijn aankomst, vanuit de lucht, zich in een visioen afgespeeld; nu deed hij die neerdaling in werkelijkheid nog eens over. Het herinnerde hem op een schrijnende manier aan wat zijn missie was: de herhaling zoeken, maar dan met Gini... Zo kreeg het neerdalen iets van een loutering. Uit een orgie van mechanisch herhaalde liefde zweefde hij terug naar zijn bestemming. Terug daar, in het hart van die egel op zijn eiland, zou hij celibatair leven tot Gini gevonden was. In armoede desnoods, met de honger in zijn lijf.

Maar de aarde is iets anders dan de lucht, en vaste

grond geeft een mens praktischer gedachten in dan zo'n zweeftoestand. Beneden trok de blinde hem weer mee, zoals een hond zijn baas meetrekt, en zo dus zelf de baas is.

'Ik ruik ze.'

Hij ging Benny voor naar een andere buurt, waar de straten op een afwijkende manier gedomineerd werden door de zigzagstructuur van ijzeren trappen. Hier trof hij – niet in portieken, niet in groezelige theatertjes, maar in koffiebars – jongens even jong, even mooi (maar minder stralend) als die hij kort geleden hoog in de lucht van zich afgeschud had. Anders dan de spitsroedenspelers, die hem vaak tot verzadigens toe, de verzadiging voorbij zelfs, bediend hadden, drongen ze zich niet aan hem op.

'Ja, met moordplannen hooguit,' zei de blinde, tegenover wie hij zijn bevreemding uitsprak. 'Dit is een veel hardere wereld van concurrentie. Een monogamer wereld ook. Ze willen allemaal de vaste minnaar van de rijkste tante worden.'

Ze waren benepener en kwaadaardiger dan de jongens van De Gepantserde Handschoen, met iets ratachtigs in hun gezicht; het was duidelijk dat ze met meer tegenzin de kost verdienden. Om tegenover elkaar hun waardigheid niet te verliezen konden zij over hun suikertantes alleen in de grofste en beledigendste termen ervaringen uitwisselen.

'...als een haaienbek. Ze had, verdomme, ter waarschuwing wel eens een vin op d'r buik mogen laten monteren.'

'...maar die eerste keer zei ze dat ze nog maagd was. Veertig en nog maagd: lang geleden dat ik er zo'n zin in had. Nieuwsgierig natuurlijk ook... Nou, als *die* nog maagd was, Bob, dan had ze haar maagdelijkheid zeker als elastiek in haar jarretelgordel verwerkt. Kijk, Bobby, jij weet natuurlijk net zo goed als ik dat wie zich schrap zet om een gesloten poort te nemen... o, vat je 'm? Ik ben verdwaald geraakt. De jongens hebben me in geen weken gezien.'

Scant bracht hem niet naar Gini, maar naar een welgestelde vrouw van drieënveertig die een been miste.

'Ik vraag voor mijn diensten, meneer Wult, niet meer dan een kleine provisie. Het gaat mij er voornamelijk om u te tonen hoe de liefde, het liefdesbedrijf, door eigen onuitputtelijkheid zodanig in waarde daalt, dat de zaak alleen nog in geld is uit te drukken. Begrijpt u?'

Haar hartstochtelijke wens, waarmee zij niet bij haar man durfde aan te komen, was om eens *van opzij* benaderd te worden. Het verbaasde Benny hoe zelfs in zo'n situatie zijn lichaam, als een loonslaaf, zich tot de gevraagde prestatie wist op te vijzelen. En meer dan dat: de ongewone handelingen, de regieaanwijzingen, wonden hem op. De vrouw gaf te kennen op haar rechterzij te willen blijven liggen, terwijl hij zich in de gewone paarhouding, op zijn buik, over haar heen legde. Het vreemde, en opwindende, was dat nu eens niet twee benen hem omhelsden, maar dat hij met de zijne haar moest omklemmen, dat wil zeggen: haar rechterbeen, en wel zo hard mogelijk. Van het geamputeerde linkerbeen resteerde zelfs geen stomp, wat de manoeuvre, het omhoog schuiven langs de binnenkant van haar enige dij, vergemakkelijkte, al stak haar heup in zijn buik als een hinderlijke elleboog. Bij de penetratie werd zijn geslacht, zonder dat hij er nog iets over te zeggen had, in een afwijkende richting geleid. Zij zat anders in elkaar dan andere vrouwen. De wereld was een kwartslag gedraaid, en niets paste meer helemaal. Haar borsten hingen naar één kant, op de matras. Haar handen lagen samengevoegd onder haar rechterwang, als bij een kind in slaaphouding, en als een klein kind hield zij zich ook slapend, met geneuriede kreuntjes en al. Benny kon alleen nog steun vinden door zijn handen om haar bovenste schouder te leggen, en zich als het ware aan haar op te trekken, zogauw die stompende heup hem uit haar weg dreigde te stoten.

En hij herhaalde hem net zo vaak, die hinkende rit op dat ene been, tot hij de waarheid wist; tot wat zij haar 'hartstochtelijke wens' noemde, ontmaskerd was als een ultieme uiting van schaamte van iemand die geen twee benen meer had om de ander in te sluiten. Het was veel meer dan bij de jongens in De Gepantserde Handschoen een 'liefde met afgewend gelaat'. Het was liefde vanuit de ooghoeken.

Zo maakte hij via Scant ('Ik ruik ze') op de intiemst mogelijke wijze kennis met vrouwen die al een heel liefdesleven achter de rug hadden, vaak meer dan eens getrouwd waren geweest, met of zonder minnaars naast het huwelijk, en die door een eindeloze herhaling van de daad geworden waren tot wat ze waren: zoeksters naar bevrediging van hartstochten die bij alle herhaling nooit aan bod waren gekomen. Alle gelegenheden voorbij laten gaan, en nu moesten zij ervoor betalen – wat overigens meestal geschiedde met het geld van de al dan niet overleden echtgenoot.

Scant hielp hem aan een kindvrouwtje met een verkouden stemmetje, bijna vijftig en al achttien jaar weduwe.

Op aandringen van de blinde had Benny, om nog meer een adolescent te lijken, zijn benen van haar ontdaan. Maar doordat hij ze geschoren had in plaats van een ontharingsmiddel te gebruiken, voelden ze al gauw weer aan 'als zacht schuurpapier', zoals de kleine weduwe zei. Haar wensen waren gering.

'Als je je hand zo houdt, half krom, de knokkels naar boven,' begon ze met haar snotterige, kwijnende kinderstem, 'is het dan niet net een huisje? Nu, zo had ik een klein huisje gevonden: de binnenzijde van mijn geknakte hand. In dat huisje woonde mijn... mijn... Ja, daar woonde... Maar het was er wat ruw. Kloofjes, schilfers, splinters... En nu ben jij gekomen, mijn engel, om met die lange benen van zacht schuurpapier de binnenkant van mijn huisje glad en blank te schuren, zodat mijn tere... mijn tere... er nog comfortabeler in kan wonen straks, wanneer jij weer weg bent, mijn engel. Zonder zich te hoeven stoten. Als ik mijn hand nu zo... van je enkel af... met lange halen...'

'Ik heb een mevrouw Rorqual voor je,' zei de blinde. 'Schatrijk.'

'Rorqual, Rorqual... waarom klinkt die naam mij zo familiair in de oren?'

'Mogelijk heb je er de andere jongens over horen praten. Zij is nogal veeleisend, schijnt het, en stuurt om het minste of geringste iemand weg. Opgepast dus.'

Pas toen hij voor haar stond, wist hij het weer. De dame die hem in de bar van het luxehotel een whisky had aangeboden, in zijn oude wereld nog. Nee, kort na zijn aankomst hier, terwijl hij nog in de *waan* verkeerde in zijn oude wereld rond te lopen.

'Ah, de honkballer... U heeft alweer wat meer haar, zie ik. Goed zo. U houdt van whisky met soda, nietwaar? Daar dan maar mee beginnen?'

Na het drankje liet zij hem haar zwembad zien, op het dak van het gebouw waar zij haar appartement had. 'Het water is koud. IJskoud. Ik zal u uitleggen waarom, en wat de bedoeling is.' Zij sprak als een werkgeefster die haar nieuwe schoonmaakhulp instrueert, losjes maar veelzeggend gebarend met de hand waarin zij een lange filtersigaret hield.

Mevrouw Rorqual liet Benny bij elk bezoek eerst een halfuur zwemmen in het kunstmatig op een lage temperatuur gehouden zwembad. Het was haar te doen om zijn koude lichaam, dat haar hevig opwond, en dan vooral om zijn door de kou weggeschrompelde geslachtsdelen. Hij moest zich op de relatief koele zwembadrand uitstrekken, waarna mevrouw Rorqual, die aldoor in de zon was blijven zitten, haar gloeiende handen op zijn door en door koude borst en bovenbenen legde, en wat zij noemde haar 'kleine lekkernij' tussen haar lippen of zelfs tussen haar tanden nam om er zacht aan te trekken. Hij moest zich daarbij zo roerloos mogelijk houden, kreeg zelfs pijn in zijn borst van het bedwingen van zijn adem, die toch heftig genoeg was na de lange zwempartij.

'Net of je een verdronken jongen tot leven wekt,' zei ze eens. 'Dit spelletje is mijn kleine verdorvenheid. Een gemankeerde necrofiele inslag, vermoed ik.'

Die laatste woorden had ze van haar psychiater. 'Reanimeren' noemde ze haar kleine verdorvenheid ook wel. Dat het reanimeren zo langzaam ging, daarvan genoot zij juist. Via haar mond en haar handen moest een vonk levenbrengende warmte in het ijskoude lichaam overgaan.

Toen zijn haar in al zijn volheid terugkwam, ontdekte hij in de oorspronkelijke donkerbruine kleur een smalle baan spierwit, die van zijn voorhoofd tot voorbij de kruin liep. Benny had de pest in; het kwam hem slecht uit, bij zijn huidige broodwinning. Was er misschien toch, tijdens zijn overstap van de ene wereld in de andere, een proces van snelle veroudering in gang getreden, dat vervolgens weer een halt was toegeroepen?

'Dat heeft de doodsangst u gelapt,' zei de blinde, 'in het zicht van de stoel. Hier, kijk...' Hij boog het hoofd. 'Ik weet niet of het nog duidelijk te zien is, want inmiddels ben ik half kaal en grijs... maar ooit is er, van het ene moment op het andere, een spierwitte lok in mijn toen bijna zwarte haar ontstaan. Het was de angst. De doodsangst. Het gebeurde in de tijd van de diplomatieke dienst, in de hoofdstad van de vijand, zal ik maar zeggen. Ik werd op de hielen gezeten door geheime agenten. Voelde me bedreigd. Wist zeker dat ik eraan zou gaan. Laten we het er maar op houden dat ze me ervan verdachten twee meesters te dienen. Nou, ik ben de dans mooi ontsprongen, maar bij een eerste blik in de spiegel – ik vond dat ik er nogal onbewogen uitzag voor iemand in mijn omstandigheden, "zo, harde," zei ik nog – was er opeens, als visitekaartje van de dood, die witte kuif.'

Inderdaad bleek er enig verschil in tint te bestaan tussen het normaal grijze, door het verblijf in goedkope eettenten ietwat gelig geworden haar dat, op de kale kruin na, de schedel bedekte, en een volstrekt kleurloze lok engelenhaar die over 's mans voorhoofd hing. Brachten die blijvende tekenen van doodsangst, die 'visitekaartjes van de dood', de twee mannen dichter bij elkaar?

Benny hield zijn haar kort, wat het kleurverschil alleen maar duidelijker deed uitkomen. Vanwege de tekening in zijn 'vacht' noemde mevrouw Rorqual hem 'mijn reukloze stinkdier' – 'maar dat heeft natuurlijk ook te maken met die klier, schat, waarmee jij hier zo kwistig je sappen in het rond blijft spritsen. Als je maar weet, lieverd, dat het me nooit op de vlucht zal drijven. Nooit. Hoe overvloedig je je best ook doet. Het lokt me alleen maar verder naar je toe. Ja, zo gaat dat met reukloze stinkdieren...'

Telkens weer moest Benny Wult ervaren met wat voor overweldigende kracht de herinnering aan het geringste detail van die andere, die oude wereld zich kon opdringen. Het was zelfs zo dat zo'n herinnering het herinnerde object lijfelijker aanwezig deed zijn dan de dingen die Benny in deze nieuwe wereld van herhaling met zijn zintuigen rechtstreeks waarnam. Het gold met name voor alles wat met Gini te maken had, voor de kleinste kleinigheden van hun vroegere samenzijn.

Toen hij een van die dagen, dralend op weg naar mevrouw Rorqual, aan de havenkant stond toe te zien hoe een kleine boot op de golfslag van een langzaam passerende oceaanstomer aan zijn trossen lag te rukken, zag hij hoe een toch al rafelig touw het niet langer hield. Na het knappen van de eerste streng draaiden de verse uiteinden razendsnel, en met snorrend geluid, om de overgebleven vervlochten strengen, die – kreunend – nog stand hielden. Door hun snelheid maar ook door het rondsproeien van vonken (in werkelijkheid flinters goudblonde hennep oplichtend in de zon) hadden ze iets van vlammetjes voortrazend langs een lont, die eindjes touw. Maar naarmate ze – in tegengestelde richtingen – vorderden, minderden ze vaart, om ten slotte geheel en al tot stilstand te komen en kwastvormig uit te waaieren. Vezel na vezel zocht onzeker, springerig, de oorspronkelijke, stugge vormeloosheid van de hennep, maar met behoud van iets krullerigs.

Zo waren lang geleden, in een andere wereld, Gini's haren uit hun vervlochten staat ontsnapt, nadat hij haar van haar panty verlost had. Toen hij zijn gezicht er vlak bij bracht hoorde hij ze heel zacht knetteren, die blonde hennepvezels, zo statisch geladen had het nylon ze gemaakt. Waar de stof ze neergedrukt had gehouden sprongen ze een voor een tegen zijn lippen; verfijnder kus was niet denkbaar. En dat was precies het verschil met de werkelijkheid die hem in dit nieuwe leven omringde. Hier leek alles dof, met een waas overtrokken, ondanks de zomer die de contouren van alle dingen scherp stelde. Elk voorwerp scheen de beschouwer zijn meest beslagen, kleurloze kant toe te keren, hem uitnodigend het maar zo gauw mogelijk te vergeten. Terwijl alleen al in zijn herinnering aan Gini's ontkleding elke dikblonde haar tegen zijn lippen sloeg met de tedere kracht van een gouden klepel, en elke klepel sloeg een andere toon aan, samen een juichend klokkenspel vormend...

Hier aan deze kant verbleekte de werkelijkheid nog meer wanneer, door wat voor aanleiding ook, zo'n geringe herinnering aan iets daarginds zich voordeed. Het was zelfs of zo'n herinneringsbeeld *parasiteerde* op het toch al bleke en bloedarme lichaam van de werkelijkheid, en zich voedde met de laatste resten kleur en bloed.

Sinds zijn aankomst hier had hij de toppen en de dalen van de sexuele lust leren kennen, euforie en afkeer, alle varianten, in elke constellatie, met beide geslachten. Maar alle holten, plooien, intieme rimpels verkleurden onmiddellijk tot een grijzig roze, zo gauw Gini's ovale portret zijn herinnering binnen schoof (een roze dat bij sommige dieren voorkwam, aan de binnenkant van hondenlippen, of bij varkens die hun biggenkleur zijn kwijtgeraakt – een roze zo grauw, dat het eigenlijk geen roze meer mocht heten).

Het was de mogelijkheid tot herhaling die de wereld hier zijn kleur deed verliezen. Voorwerpen, lichamen, verschijnselen stelden zich telkens opnieuw bloot aan de schattende blikken van mensen die de vrijheid van keuze hadden een schotel al dan niet te laten opdienen, zich al dan niet door een ander te laten bevredigen, of van een winderige dag al dan niet gebruik te maken om een vlieger op te laten. Door al dit behaagzieke blootstellen verschoten de dingen van kleur, als gordijnen die te lang in de zon hebben gehangen. Zij verloren hun scherpe kanten door alle handen die er in het voorbijgaan keurend, maar gedachteloos, langs streken. Hun glans verdween onder de vettige afdrukken van vingers die er vaak niet eens echt gebruik van hadden gemaakt. Het was een wereld die ezelsoren opliep eerder van het bladeren dan van het indringend lezen.

Benny wachtte niet tot de rest van het touw was geknapt. Hij had, ter voeding van die ene herinnering, genoeg gezien. Hij moest maar eens verder lopen, anders kwam hij te laat op zijn afspraak met mevrouw Rorqual, die haar zwembad niet onbeperkt koud kon houden.

Was er een ontsnapping mogelijk uit deze wereld, waar hij niets te zoeken had behalve Gini, die hij er niet kon vinden?

Ingeklemd tussen twee, drie keer zo hoge wolkenkrabbers vond Benny Wult een kerk, die daar eeuwen geleden de horizon moest hebben gedomineerd met zijn ranke toren. Hij ging er binnen. Nergens vandaan kon hier nog zonlicht binnendringen om de glas-in-loodramen te doen opgloeien. Het orgel, waarop juist werd gerepeteerd, klonk hier dof, alsof het geluid niet luid galmend kon ontsnappen, met die hoog opgerichte stad als een extra stolp over de kerk heen. De sombere, lage tonen zochten daar beneden *hem* tussen de rijen banken.

Aangenaam koel was het er wel. In de buurt van een biechtstoel zaten, verspreid over verschillende banken, vijf mensen te wachten. Een zesde persoon kwam door de klapdeurtjes naar buiten, liep naar het altaar en knielde neer. Zijn plaats in de biechtstoel werd door een ander ingenomen. Twee stemmen fluisterden, de ene brommerig, de andere sissend.

Wachtend op zijn beurt kon Benny geen oog afhouden van een soort spijkerbed aan de voeten van de Maagd. Op de meeste pinnen waren dunne kaarsen gespietst. Ze brandden hoog en recht. Te midden van dit brandende riet, vlak bij de rand van de zwarte plaat, was een pas aangestoken kaars slap gaan hangen, waarschijnlijk door een hoog opvlammend stompje in de buurt. Hij hing met zijn pit naar beneden boven de kerkvloer, zodat zijn vlam omhoog langs zijn eigen schacht lekte, en grote druppels vloeibare was *brandend* op de tegels spatten, onmiddellijk dovend bij het neerkomen.

Benny betrapte zich erop dat hij het tafereeltje daar in het halfdonker van de kerk door de ogen van Gini zag, zonder zich daartoe te hoeven forceren. En opeens wist hij ook zeker wat ze ervan zeggen zou, nee, hij meende zelfs haar stem te horen, zo sterk was de suggestie.

'Kijk nou 's wat een verdriet. Hij laat het kopje hangen. Zijn tranen staan in brand.'

Het orgel speelde iets zo zwaars, dat het hout van de banken ervan resoneerde, maar tegelijkertijd klonk uit kleine pijpen aan de zijkant het melodietje van Popeye the Sailorman. De organist oefende zijn rechterhand.

Zo gulzig joeg de kaars de vlam over zijn eigen rug, dat het neergebogen uiteinde leek op een lekkende kraan, die vloeibaar vuur produceerde tussen druppelen en lopen. Pas toen hij zich tot aan zijn middel had opgebrand, en de laatste tranen doofden en stolden, keek Benny weer van hem weg. De banken waren leeg. Hij stond op en liep naar de biechtstoel.

'Heeft u de laatste tijd nog zonden...'

'Ik ben niet gekomen om mijn zonden op te biechten. Wel wil ik u iets vragen over mogelijke zonden. Wat staat mij te wachten als ik mijzelf om het leven breng?'

De schim in het aangrenzende hok bracht zijn gezicht vlak bij het kleine tralievenster. 'Suicide geldt als een doodzonde, en voert dus noodzakelijk naar de hel.'

'Hoe lang duurt uw hel?' (Hij vroeg niet: 'Hoe ziet uw hel eruit?' Dat kwam op de tweede plaats.)

'Een eeuwigheid natuurlijk. Wat dacht u dan? Net als de hemel.'

'Een betrekkelijke eeuwigheid... net als het leven hier?'

'Een *volle* eeuwigheid, natuurlijk!' De priester schreeuwde nog net niet. 'Wat dacht u dan? Er komt geen eind aan. Nooit.'

'Hoe is hij ingericht, uw hel? Hoe ziet hij eruit?'

De man aan de andere kant ging verzitten, maakte het zich gemakkelijk, keek nog even op zijn horloge. 'Ja, de hel... die verschilt natuurlijk van persoon tot persoon. Het gaat er natuurlijk om – nu even op een louter technisch plan – wat hier op aarde, in dit tranendal, uw grootste angsten, uw vreselijkste belevenissen, uw ergste zonden zijn geweest. Die gruwelen zullen in de hel eindeloos worden herhaald. Dat is toch rechtvaardig, niet? Wie iemand verkracht heeft, zal door de duivel zelf voor eeuwig in zijn... ingewanden worden gepookt met een witgloeiende staaf. Het is maar een voorbeeld. Wie zelfmoord pleegt, zal eeuwigdurend zijn zelfmoord moeten ondergaan. Voor eeuwig gas moeten inademen. Voor eeuwig de strop voelen knellen. Ontelbare doden sterft men in de loop van zo'n eeuwigheid. Gif? Duizenden slangen zullen tot in der eeuwigheid, ratelend, sissend, u omhelzen. De kogel? Een executiepeloton van onophoudelijk schietende duivels zal een eeuwigheid lang voor u klaarstaan. Ik wil maar zeggen... de hel behelst de absolute herhaling van alle kwellingen, anderen of uzelf aangedaan.'

Had Wult, na alles wat hem was overkomen, nog een geldige reden te twijfelen aan de woorden van een priester?

'En uw hemel?'

'De hemel is de absolute afwezigheid van aardse kwellingen. Een zodanige toestand van rust en vrede en gewichtloosheid, een zo'n absoluut goed, dat er alleen in termen van licht en goud en... en engelenbazuinen over gesproken kan worden. Het is alles maar een metafoor, omdat wij anders geheel sprakeloos zouden zijn. Het paradijs, mijn beste jongen, is de absolute afwezigheid van alles en alles en alles. Want het minste of geringste *aanwezige*, wat dan ook, zou nog pijn en last betekenen, door de pure aanwezigheid ervan. Het Niets is het hoogste. Niet het Niets dat aan ons voorafging... stel je voor, zeg!... want dat heeft zogezegd geen lading. Nee, het Niets dat op ons bestaan volgt. Het relatieve Niets. Het Niets als afwezigheid van alle pijn die eraan voorafging. Dát Niets vormt de ware verlossing... dát is het paradijs! Men stapt het binnen via de dood. Een dood die, anders dan in het land aan Gods andere zijde, niet herhaald wordt, maar het verder voor eeuwig zal laten afweten, zoals *alles*, alles en alles en alles, het voor eeuwig zal laten afweten. – Had u verder nog vragen?'

'Nee, dank u, vader.'

Het bliksembezoek

Voorbestemd tot een leven dat een etmaal niet te buiten zou gaan, had Benny Wult ze natuurlijk niet geteld, al die dagen, maar het moesten er inmiddels heel wat zijn, en zolang hij nu al hier verbleef, in dit vakantieoord waar aan de genietingen nooit een eind kwam, was het weer niet echt veranderd. Het bleef ongeveer zoals hij het zijn hele jeugd door gekend had, met dit grote verschil dat de zomer elke dag opnieuw... ja, *aangemaakt* moest worden, zo leek het wel.

Was de ochtend eenmaal goed op gang gekomen, dan kreeg hij een gevoel van vertrouwdheid, en herkende hij – schijnbaar versneld aan hem voorbij trekkend – de opeenvolgende stadia van zijn jongelingstijd. Pas na het middaguur begon hij zich altijd onbehaaglijk te voelen. Benny kon maar niet wennen aan het dalen van de zon. Het drukte op zijn gemoed, maakte hem hels depressief, en dat werd erger naarmate de dagen, met het vorderen van de zomer, nog korter werden dan hij ze toch al ervoer. Elke middag opnieuw verwachtte hij een catastrofe, maar al wat er gebeurde was dat 's avonds de zon zich ontbond in rode en gouden slierten, om al spoedig aan de andere kant van de wereld weer op te komen, met diezelfde slierten nog om zich heen, soms aangevuld met paars. Zonder dat Benny Wult zichtbaar ouder werd.

Alleen die middag van wat boven aan elke krantenpagina '19 augustus' werd genoemd schenen zijn hardnekkige voorgevoelens met alle geweld uit te willen komen. Niet lang na het lunchuur werd het anders zo zonbestendige blauw van de hemel vaal als verschoten vitrage. Nog was Benny de enige op straat die voortdurend bezorgd naar de lucht keek, alsof alle andere mensen vertrouwd waren met het fenomeen. Pas bij het uitgaan van de kantoren zag hij een enkeling (niet meer dan een enkeling voorlopig) vluchtig omhoog kijken en de schouders ophalen, terwijl toen toch al voor de zon een sluier hing net zo goor als het verbandgaas dat hij zo lang op zijn brandwonden had gedragen. Ze ontkenden eenvoudig wat er komen ging, de mensen.

Eerst hevig aan het transpireren raken moesten ze, voordat er eindelijk over de dreiging gepraat werd. Het zweet in hun nek maakte ze spraakzaam.

'Drukkend.'

'Benauwd.'

'Een mens krijgt geen adem meer.'

'Ik leg het af.'

'Zo'n stad, dat is niks in augustus. Blijft allemaal hier beneden hangen, die afgewerkte lucht.'

'Laat maar. Zonde van je adem.'

'Ik ga dood.'

Wult zelf transpireerde ook. Voor het eerst leek een duik in het ijskoude zwembad van mevrouw Rorqual hem geen straf. Maar de gedachte aan haar tandeloze behandeling na afloop schrikte hem af: hij wist zeker dat zijn hart, dat nu al zo heftig pompte, het zou begeven. Haar grijnzende kunstgebit felroze op de hemelsblauwe ombouw van het zwembad... De heks zou zijn hart uit zijn koude lijf zuigen, zoals hij haar ook wel een oester had zien leegzuigen die op geschaafd ijs gelegen had.

'We krijgen ander weer,' hoorde Benny een taxichauffeur tegen zijn collega zeggen. 'Zo zeker als wat.'

'Nergens veiliger dan in die wagen.'

Ander weer... Hij werd nu echt bang. 'Ander weer' was

in zijn oude wereld nooit meer geweest dan een spreekwoordelijke verwijzing naar de toekomst. Een mogelijkheid hooguit voor hun kindskinderen. 'Zullen toekomstige generaties een storm kunnen overleven?' 'Haalt de mensheid een volgende meteorologische lente... of wordt zij onder de voet gelopen door een strenge vorst?'

Al zag Benny tegen een ontmoeting op, hij moest er Scant naar vragen. Hoog tussen de torengebouwen werd de lucht donkergrijs.

Hem wist de blinde altijd te vinden, maar omgekeerd lag dat moeilijker, want Scant veranderde voortdurend van adres. De laatste keer dat Benny hem geraadpleegd had, woonde de man in een kartonnen doos in een straat zonder naam of nummer, althans aan geen enkele verkeerspaal was een bord met zo'n naam of nummer te bekennen geweest. Benny noemde het de 'straat van Edison' vanwege de letters EDISON Co. die in de ronde putdeksels geslagen waren.

Het werd veel eerder donker dan op andere dagen. Tijdens zijn gehaaste wandeling (of rende hij?) zag Benny de rode achterlichten van de auto's in hechte guirlandes voorbijtrekken. Soms klonk een geluid dat hem nog meer angst aanjoeg, nooit eerder gehoord, niet met het verkeer of ander stadsrumoer in verband te brengen. Het ging om iets ver weg, dat tegelijkertijd heel dichtbij was, want het prikkelde zijn voetzolen. Zo moesten onderaardse explosies op afstand klinken en voelbaar zijn. Maar onderaardse explosies in de buurt van een dichtbevolkte stad...? Hij versnelde zijn pas nog, als kon het kartonnen huisje van de blinde hem bescherming bieden tegen welke ramp dan ook.

In de dwarsstraat waren nog geen lichten op. Uit gaten in de putdeksels, die een lange rij over het asfalt vormden, ontsnapte hete lucht van de catacomben daaronder, waar met stoomenergie de airconditioning van de wijk gaande werd gehouden. De hete lucht zorgde met de kelderachtige koelte in deze straat van uitsluitend hoge, blinde achtergevels voor een hele zuilengalerij van witte pluimen.

'Hallo, meneer Wult,' riep Scant nog voor Benny hem gezien had. 'U loopt geagiteerder dan anders. Heeft mevrouw Rorqual haar testament in uw voordeel laten wijzigen?'

Tussen twee geparkeerde auto's zat de blinde op de trottoirband voor een reusachtige kartonnen doos, waar een lage deur en een venster in uitgesneden waren. In zijn rechterhand een bruin apothekersflesje (ethylalcohol, wist Benny), in de linker een plastic beker. Aan zijn voeten stond een kartonnen tweeliterpak zuiver water, ter bereiding van de longdrinks.

'U hijgt. Had u zo'n haast mij mijn percentage te gaan brengen?'

'Vandaag niet geweest. Kunt u me zeggen...'

'Niet geweest... Vertrouwde mevrouw Rorqual het weer niet?'

'Daar kom ik juist voor. Ander weer. Iedereen praat erover. Wat gebeurt er? Wat gaat er nog gebeuren?'

'In de piepzak, he?'

Een plotselinge windvlaag dwong de stoompluimen zich een voor een naar het asfalt te buigen. Een dichte witte mist onttrok de blinde een moment aan het oog. Toen de zuilengalerij zich weer oprichtte, bleken het gezicht van de blinde en het flesje in zijn hand en zijn schoenen bedekt met uiterst fijne druppeltjes.

'U niet dan?'

'Voor onweer? Heb ik al eens meegemaakt. Vorig jaar, kort na aankomst hier. Ja, eerlijk gezegd ben ik toen wel geschrokken. Ik had er als jongen veel over gehoord – uit de mond van mijn grootvader, die het weer van zijn overgrootvader had. En zo verder terug de geschiedenis in. Allemaal overlevering. De werkelijkheid is nog wel even anders. Het kan behoorlijk spoken. Maar maakt u zich geen zorgen: die wolkenkrabbers hier hebben allemaal fatsoenlijke bliksemafleiders.'

Bij een volgende windstoot kreeg Benny de witte pluim over zich heen.

'Zal ik u iets te drinken inschenken?'

Benny wreef over zijn natte gezicht. 'Nee, dank u.'

'Ik begrijp het. U bent bij mevrouw Rorqual wel wat anders gewend. Zij laat vast exotische cocktails op de rand van haar zwembad zetten.'

'Op de rand van haar zwembad zie ik nooit iets anders dan... Ik drink niet.'

'Het zou uw hart kunnen versterken, met het oog op de komende beproevingen.'

Scant schonk wat van de alcohol in zijn beker, en deed er een scheut water bij.

'U zou nog eens met me mee naar het spitsroeden lopen moeten gaan. Niemand daar is bereid mij de juiste details van de competitie te geven. Ze vertellen alleen wat ik zo ook wel ruiken kan. – Wat is er? Weerlicht het?'

De blinde moest Benny een onverhoedse beweging hebben horen maken. Inderdaad was hij geschrokken van een onregelmatig geflakker, dat niet afkomstig kon zijn van de lichtreclames.

'Er flakkerde iets... Volkomen kleurloos. Net of.. het daglicht terug de hemel in wilde schieten. Zo iets.'

'Kijk, dat bedoel ik nou. Details waar een mens wat aan heeft. U moet mij toch weer eens vergezellen naar De Gepantserde Handschoen.'

De lucht, hoog tussen de gebouwen, was weer onbewogen donkergrijs. Wel hoorde Benny nog eens dat verre geluid van een God die in zijn boord mompelde.

'Het komt al dichterbij,' wist Scant.

'Waar maakt u dat uit op?'

'Het komt altijd dichterbij. Tot aan de climax. Daarna verwijdert het zich weer. Gemakkelijk te onthouden, niet?'

Hij nam een slok van de verdunde alcohol.

'En... het zoeken naar de kleine Gini gestaakt?'

'Nee, maar het is een soort "uitkijken naar Gini" geworden. Een tic eerder dan een systematische poging. Gezocht heb ik overal. Op elke plek waar we ooit samen geweest zijn, en die als een punt van afspraak in aanmerking zou kunnen komen. De bar... de parkbank... het strand. Overal.'

'En de plaats waar u... eh... bent samengeweest? Bent *samengeweest*, bedoel ik.'

'Een tehuis voor meisjesstudenten. Blijkt nu, hier, een ordinair hotel in gevestigd. Toeristen en handelsreizigers. Hee...!'

'Weerlicht?'

'Dat geflakker weer. Ik geloof dat het langer duurde nu.'

'Mooi. En dat hotel, hoe lang heeft u daar gezeten?'

'Ik ben er niet binnen geweest. Niet verder dan de balie in ieder geval. Ze hadden geen kamer 1524. Het hotel heeft een L-kant en een U-kant. Verder tellen ze hun kamers van beneden af, niet per verdieping zoals eerst. Nee, ik heb daar zoveel mogelijk buiten staan posten. Zij *moet* er geweest zijn, maar dan op een moment dat ik... nou ja, goed, zaken te doen had. Ik kan me haar teleurstelling voorstellen: het tehuis is er niet meer, hier zal Benny nooit op me wachten.'

'Gerommel van de donder? Nu al? Dan is het onweer

dichterbij dan ik dacht.'

'Hoe berekent u dat?'

'U, als onwetend zomerkind, registreert natuurlijk twee verschillende verschijnselen. Een optisch en een akoestisch. De oude fout. Wat u ziet en wat u hoort zijn twee kanten van hetzelfde fenomeen. Alleen snelt het licht op het geluid vooruit... Denkt u maar aan een vertrouwder verschijnsel als de zon. U wentelt zich in zijn licht, u leeft ervan, maar het geknetter van de vlammen, de enorme herrie waarmee het vuur gepaard gaat, dat zou u jaren en jaren na aankomst van het schijnsel op aarde pas te horen krijgen, nou ja, als het tenminste niet ergens onderweg bleef steken. Ik bedoel maar. Het onweer speelt zich dichter bij huis af. Het heeft, laten we zeggen, een trage, aardse kant – de donder – en een snelle, een hemelse in de gedaante van de bliksem. De regen is meer een bijkomend verschijnsel.'

Het was of de blinde zijn tekst daar voor zich van het asfalt oplas. Benny keek strak naar die denkbeeldige plek, en zag, eerder dan iets te voelen, hoe het stoffige wegdek met grote donkere noppen bezaaid raakte. Toen greep hij naar zijn nek, naar zijn voorhoofd. Maar ook de ruggen van zijn handen stonden er bloot aan.

'Het regent,' zei de blinde.

'Regen...' Benny's paniek werd aangevuld en tegelijk ingetoomd door een gevoel van bevrijding. 'Ik moet weg. Ik kan hier niet blijven staan zo.'

Terwijl hij sprak, raakte een grote druppel zijn lippen. Hij proefde de ijzersmaak, maar voor hem was het de smaak van iets veel ontzaglijkers en onbevattelijkers.

De blinde lachte. 'Een mens smelt er niet van.'

Maar dat was nu precies wat Benny van de onbekende regen verwachtte: dat die hem zou doen smelten, wegspoelen, oplossen...

'Ik moet weg. Ik ga.'

'Nog even dit, meneer Wult. Ik geef het u voor wat het waard is. Laatst luisterde ik een gesprek af tussen twee vrouwen, in een espressozaak. Moeder en dochter. Ze waren elkaar even tevoren tijdens het winkelen kwijtgeraakt. "Dus ik denk: we hebben zo vaak na de boodschappen nog wat gegeten bij Thalberg – die pasteitjes toen, weet je nog? – nou, ga ik daar maar heen. Wie weet komt mama op hetzelfde idee. Blijkt die hele Thalberg opgedoekt! Zit er een koffietent in! Ik was al doorgelopen, toen ik dacht: ja, maar het is nog steeds de *plaats* van die afzetter Thalberg. Misschien dat mama denkt dat ik denk... Terug! Nou, had ik gelijk of niet?" Als ik u was, meneer Benny, probeerde ik uit te zoeken met welk nieuw nummer in dat hotel Gini's oude kamer correspondeert. Ik bedoel, ergens op die plaats in die straat moeten de afmetingen van haar kamer in de lucht uit te tekenen zijn. Kies een kamer die daar zo dicht mogelijk bij in de buurt komt, met hetzelfde uitzicht. Ga daar een tijdje zitten, zogauw hij vrij is. Als het veel geld kost, betaal mij mijn Rorqualdeel dan later maar.'

Bij zijn binnenkomst gingen juist meer lichten aan. De hal bleek minder kaal dan... ja, dan wanneer? Destijds. Er stonden bakken met plastic varens, die in fijn kiezel waren geplant. De vissen in het aquarium leefden echt, zij het tussen waterplanten van plastic. Misschien had een kind er die twee toverschelpen ingegooid. Ze waren op de bodem opengegaan, en hadden hun kleurige parachuutjes laten ontsnappen, die nu zacht deinend net onder de waterspiegel hingen. Benny stelde zich zijn zoontje voor, met een vettig neusje tegen het glas gedrukt tot de schelpen hun inhoud zouden prijsgeven...

De portier volgde op zijn beeldscherm met spanning

een persoon die ergens in het hotel door een gang liep. Tegen de muur achter zijn rug hing tussen ingelijste reclameposters een grote plattegrond van het eiland.

'Ik hou je in de gaten, makker,' gromde de portier. 'Je bent gesignaleerd.'

'U zult mijn verzoek wel vreemd vinden, maar...'

De portier keek van zijn scherm op. 'Schuilen zeker? U heeft het nu al niet helemaal droog weten te houden, zo te zien.'

'Nee, daar gaat het niet om. Ik heb hier vroeger gewoond, ziet u...'

'Het hotel staat er pas twee jaar.'

'Goed, op deze plaats dan. In het gebouw dat afgebroken is. Vijftiende verdieping. Ik zou graag, zeg maar gerust uit sentimentele overwegingen, voor een paar dagen een kamer willen betrekken ongeveer op de plaats van mijn vroegere appartement. Het gaat me om het uitzicht. Ik keek uit op het park.'

Een donderslag overstemde de geluiden van het stadsverkeer.

'Die was al dichterbij,' zei de portier. 'En niet zo zuinig. Ik voorspel dat de trillingen straks weer voor een grote chaos zullen zorgen. Onweer, zeg ik altijd, is de handlanger van de kleine criminaliteit. – Vijftiende verdieping, zei u?' Hij sloeg enkele toetsen aan, tot wat hij weten wilde in witte blokletters op een groen scherm verscheen. 'Dan komen alleen de kamers L331, L333 en L335 in aanmerking. We hebben er per verdieping maar drie die op het park uitzien. L333 is bezet. De overige twee zijn vrij, niet eens gereserveerd. Wacht,' – hij nam een telefoonhoorn ter hand, liet schakelaartjes omknakken, – 'ik zal iemand met u mee naar boven sturen.'

'Mag ik ook vragen wie L333 bezet houdt?'

'U mag het vragen, maar ik mag er geen antwoord op

geven. – Jij daar, Benjamin? In topvorm vandaag? Hier is een meneer die door jou de trappen op gedragen wil worden naar de vijftiende. Receptie, ja.'

'En als ik de vraag negatief stel?'

'We zullen zien.'

'Wordt de kamer niet bezet gehouden door ene mevrouw of mejuffrouw Trades?'

'O, op die manier. Nee, in geen geval. Zelfs kan het die dame niet zijn onder een andere naam, want de kamer is in gebruik door een heer alleen.'

'Dank u.'

In de lift probeerde hij het heimweeachtige gevoel terug te vinden van die eerste keer dat hij door deze schacht (een schacht op ongeveer deze plaats) naar Gini op weg was geweest, maar hij voelde zich alleen beklemd door de gewaarwording op te stijgen in de richting van die heksenketel van donder en bliksem, al was daar in de gesloten kooi niets van te horen of te zien. De hoteljongen speelde met de twee sleutels, waarvan hij in elke hand een peer verborgen hield, L331 en L335. De peren, had Benny al gezien, waren van plexiglas en gevuld met miniatuursleuteltjes, die deden denken aan het dagboeksleuteltje dat mevrouw Rorqual aan een kettinkje rond haar hals droeg. Snel als kleine propellers liet de jongen ze ronddraaien.

'De vijftiende. Alstublieft.'

Aan de gangmuren hingen zeefdrukken tegen een soort jute behang. Uit luidsprekers in het plafond verzonken klonk zachte muziek. Benny herkende een populaire deun, tot groter tamheid bewerkt voor fluit en strijkers en een tokkelende elektrische gitaar. De hoteljongen, die de sleutels nog altijd niet tot rust liet komen, neuriede brommerig (er lag een donzen snorretje op zijn nooit geschoren bovenlip) het nummer mee. De rode brandspuiten, hier in nissen achter glas, waren van alle tijden, alle werelden.

Zonder het gezwiep van de sleutel in zijn linkerhand te onderbreken opende de jongen de deur van kamer L335. 'Gaat u uw gang.'

Benny liep onmiddellijk naar het raam, en schoof de gordijnen open.

'Nee, deze niet.'

'Zoals u wilt.'

L335 ging weer op slot. Voor de deur van L333 stond een dienblad met de resten van een ontbijt. Het afgeschraapte zwart van geblakerde toast. Deeltjes vruchtvlees van een sinaasappel drijvend op troebel vocht. Een halve croissant, zich lavend aan een nat theezakje.

L331. Benny herkende, ontroerd, het uitzicht. Hij bleef maar op het park neer staan kijken, de hoteljongen volledig vergetend.

'Deze naar uw zin, meneer?'

'O, neem me niet kwalijk. Ja, en meer dan dat.'

'Nog iets naar uw wens, meneer?'

'Nee. Ja, toch. Mocht een van de komende dagen een zekere mevrouw of mejuffrouw Trades zich aandienen, weest u dan zo vriendelijk haar van mijn aanwezigheid op de hoogte te brengen.'

'Ik zal het aan de receptie doorgeven, meneer. Trades, zei u toch?'

'Trades, ja.'

'Trades. Goed.'

'Moet ik het voor u opschrijven?'

'Nee, hoor, meneer. Ik onthoud het zo ook wel. T. R. A. D. E. S. neem ik aan?'

'Ja, T. R. A. D. E. S.'

De herhaling van de naam kreeg iets onaangenaams,

totdat Benny besefte dat de jongen, die nu nog maar één propellertje kon laten rondsnorren, op zijn fooi stond te wachten. Hij gaf hem een veel te groot bedrag van zijn eigen serviel verdiende geld.

'Ik wens u een prettig verblijf in ons hotel, meneer. Als u iets wilt, draait u dan de 9 voor *roomservice*.'

De jongen trok de deur achter zich dicht, en Benny hoorde hem neuriënd teruglopen naar de lift met het rinkelende dienblad in zijn handen.

De kamer had met die van Gini alleen de afmetingen (ongeveer) en het uitzicht gemeen. Er stonden twee eenpersoons bedden met donkergroene spreien, een televisietoestel op een standaard, een kleine koelkast beplakt met een motief van houtnerven: de 'minibar'. Tegen de wand een telefoon zo hoekig, dat de beller zich er vroeg of laat aan moest verwonden. In niets verschilde de inrichting van die van de hotelkamers waar zijn betalende minnaars en minnaressen hem soms mee naartoe hadden genomen. Het kofferrek, de plastic kleerkast met de rits, het kunstleren fauteuiltje, de pedaalemmer met de over de rand gevouwen binnenzak... van al die dingen ging een milde walging uit, walging om het afgedwongen orgasme, dat op bestelling herhaald en herhaald kon worden. En opeens was er de angst dat hij Gini hier tegen zou komen... met een klant. Het omgekeerde had tenslotte ook kunnen gebeuren.

Hij voelde zich zo smerig van zijn omzwervingen door de grote stad, van zijn avonturen, dat hij zelfs het speeksel van allen die met hun mond aan hem geweest waren meende te ruiken. Hij rook aan zijn armen, hurkte neer met zijn hoofd tussen zijn knieën, stak zijn neus onder zijn sweater... Overal de zure lucht van andermans spog. Het was de geur van de regen in zijn kleren en in zijn haar, maar van de eigenschappen van regen wist hij niets. Hij kon alleen nog maar denken aan een reinigende douche, waarmee hij de stank van al die slijm afscheidende kleefwezens kwijt zou raken.

Terwijl hij stond te douchen, in een kleine badkamer die hem al even walgingwekkend vertrouwd voorkwam, rommelde de donder zo luid en langgerekt, voelbaar tot in de tegelvloer, dat hij daar niet zo naakt en nat en weerloos in die afgesloten ruimte durfde blijven.

Benny droogde zich maar half af. Aan de binnenkant van de deur hing een badjas met op de rug de naam van het hotel. *LAMMERMOOR.* Hij schoot hem aan, maar nam niet de moeite de ceintuur door de lussen te halen; die liet hij opgerold in de dichtgelaste plastic zak van de stomerij.

Hij stapte hijgend van angst, zwetend door de waterdruppels heen, de kamer in. Rust, schemering. Geen donder, geen bliksem, geen geruis van vallende regen. Benny schurkte zich in zijn jas om zich droog te wrijven. Door het halfdonker kon hij zich zonder moeite in Gini's oude studentenkamer wanen. In de legkast, waarvan de deur open was gebleven, meende hij haar kleine rijtje boeken te zien staan. Een tweetal had hij haar gestuurd, en hij herinnerde zich een passage uit haar bedankbrief. '*Enne... je boeken staan in m'n boekenkast in 't zonlicht heerlijk warm te worden en je brief is ook lekker warm geworden want die ligt ernaast.*' Zouden die woorden dezelfde ontroerende uitwerking hebben gehad als het onder gestudeerde mensen niét de gewoonte was hun boeken tegen zonlicht te beschermen?

In dezelfde kast stond haar pick-up, waar – 'in 't zonlicht' – een plaat op was blijven liggen. Er stond een nummer op dat hij ooit, toen al lang geleden, met zijn vingers op haar vingers gespeeld had. Om de beklemming die het postcoitum meebracht op te heffen wilde zij het draaien, als een herinnering aan hun kennismaking, maar na het inschakelen van het apparaat bleek de plaat zo erg te golven, dat hij de pick-uparm wegsloeg. De groeven waren dichtgesmolten door de hitte.

'O, kijk nu eens, mijn plaat... een droppannenkoek!'

Droppannenkoek. Dat woord. Het hoorde nog tot haar taaltje van voor hun ernstige liefdesspel. Op dat moment was het schoolmeisje nog niet gestorven.

Benny liep naar het raam. Het park in de diepte was een donker tapijt van geruwde wol. De torengebouwen rondom leken onder de nu bijna zwarte hemel lichter dan anders, hier en daar op het krijtwitte af. In razend tempo gingen achter die duizenden ramen de lichten op. Elk moment verwachtte je, als bij de neonreclames in de theaterwijk, ze allemaal tegelijk weer te zien uitgaan – maar er gebeurde iets anders. Boven de wolkenkrabbers aan de oostzijde van het park werd een grillige, wijdvertakte rivier van wit licht tegen de hemel gesmeten. Het duurde kort, maar hij was zichtbaar in al zijn geledingen, als de rivieren die Benny soms, heel even, vanuit zijn vliegtuig verblindend had zien oplichten in de zon. Het gaf hem altijd een gevoel van macht. God had de rivieren geschapen om de mens, in alle nederigheid aan de oever gezeten, iets omtrent tijd en voorbijgaan bij te brengen. Maar hield Hij er bij de schepping ook rekening mee dat diezelfde mens zich wel eens hoog boven de wereld kon gaan verheffen? Benny kon zijn gevechtsvliegtuig zodanig laten zwenken, dat de stroom in zijn grillige bedding onder het flitslicht van de zon bevroor tot een eeuwige foto. Hij zag nu hoe die foto, maar dan tegen een donkere achtergrond, opnieuw genomen werd.

Zonder zich te bewegen, zonder zich te *kunnen* bewegen, even verstard als de bevroren stroom, bleef Benny

Wult voor het raam staan kijken naar de plaats waar hij de rivier had zien liggen. De bedding, zo iets als een ingewikkelde delta, bleef nog even op zijn netvlies branden, tot hij ook daar voorgoed was uitgewist. Benny merkte nu pas dat hij meteen bij het opflakkeren van de bliksem de loshangende delen van de badjas over elkaar had geslagen, als om zijn mannelijkheid te beschermen tegen het licht; zijn vuisten, met de stof erin vastgeklemd, waren gekruist over zijn onderbuik blijven liggen. Even grillig en even snel als het weerlichten schoten er gedachten door zijn hoofd, zoals over oude rivierstelsels die 'ondergronds' waren gegaan, boven zich een woestijn achterlatend... maar dat werd allemaal weggevaagd door de hamerslag van de donder, waarvan zelfs de echo nog te vergelijken was met het geluid van een gebouw dat door middel van dynamiet wordt neergehaald.

In een reflex deed Benny een grote stap achterwaarts, al had hij eerder het gevoel achteruit te worden geduwd, struikelde daarbij en viel ruggelings op een van de bedden. De sterk verende matras, die hem eerst weer opwierp en vervolgens nog een poos bleef wiegen, gaf hem de herinnering terug aan Gini's smoezelige studentenmatras, waaruit zij met hun roffelende lichamen zoveel oud stof hadden geklopt, dat het de baan zonlicht tussen gordijnen en muur helemaal opvulde. Zolang hun rit niet beëindigd was, bleef het draaien en kolken, dat stof uit een zo lang kuis gebleven bed... Daarvoor legde het zonlicht die hele afstand door het zonnestelsel af: te laten zien hoe stof opwolkte, danste en weer ging liggen.

Vanaf het bed kon Benny juist de uitlopers van een volgende bliksemschicht zien. Tijdens zijn vliegopleiding had de instructeur aan het fenomeen onweer weinig woorden vuilgemaakt, zo gering was de kans dat de piloten er ook echt mee te maken zouden krijgen. Donder en bliksem behoorden tot de mythologie, niet tot de werkelijkheid. Aan het trillen van het bed kon hij voelen dat hij nu ook in deze angstaanjagende mythe uit zijn jeugd terecht was gekomen. Midden erin.

Van zijn herinneringen aan die oude, schitterende, lichte wereld, die hij nooit, nooit had moeten verlaten, waren die aan zijn samenzijn met Gini het scherpst en het zoetst. Hier in deze kamer lieten ze zich nog gemakkelijker oproepen dan elders in de stad, en ze waren, die herinneringen, door de kracht en de helderheid van hun verschijning zelfs nu, met dat onweer, in staat de wereld daarbuiten flets te maken, onbelangrijk, zonder kracht.

Gini's benen, nadat hij ze uit de panty bevrijd had, gaven licht, het soort licht dat door dik melkglas dringt; zelfs door de schaduwen die zijn handen op de huid wierpen drong het nog heen. Hij herinnerde zich (herinnerde zich *lijfelijk*) hoe juist die strakke, melkbleke benen hem de lust hadden gegeven met zijn tong en lippen rond te woelen in haar donkere plooien, zodat hij met de 'zoutige smaak van begeerte' ook werkelijk zijn mond zou kunnen vullen. Hij zoog haar helemaal bij zich naar binnen, en verwonderde zich over zoveel onvermoede plooien, die teder, gewichtloos bijna, over zijn lippen gleden, aangetrokken door zijn zuigende adem.

De badjas was weer opengevallen, maar Benny, die opnieuw gehypnotiseerd raakte door die hoog opschietende boom van wit licht (die de donder als het ware achter zich aan uit de grond omhoog trok, zo snel volgden het zichtbare en het hoorbare elkaar nu op), had niet door hoezeer zijn lichaam deelnam aan wat zich in zijn herinnering afspeelde.

In de laatste donderslag had ook iets knetterends doorgeklonken. De ruit trilde. In de koelkast rinkelden de miniatuurflesjes. Benny voelde de vloer golven. Nog verder vluchtte zijn angst in herinneringen, zo pijnlijk scherp nu, dat hij door zijn eigen zomeravondzweet heen de gekruide lucht van Gini's lichaam meende te ruiken, zoals het toen geroken had.

De duisternis was bijna volledig, ook in de kamer, waar Benny geen enkele lamp had aangedaan. Hoger boven de stad lekte nu een bliksemschicht, zonder vertakkingen en nauwelijks minder recht dan een zwaard, vrijwel onmiddellijk gevolgd door een droge klap die iets triomfantelijks had: eindelijk raak. Benny vluchtte op zijn ellebogen – tot zijn hoofd tegen de muur achter het bed stootte. Uit de diepte van de stad loeiden in allerlei toonaarden alarmschellen en sirenes op, in gang gezet kennelijk door de hevige trillingen.

En nog bleek het niet genoeg geweest. Bij de volgende uitbarsting vielen licht en geluid volledig samen. De bliksem *was* het geknetter. De donder *was* de explosie van licht. Deze wanordelijke draaikolk van licht en geluid slorpte het licht en het geluid van de stad geheel op – zonder het nog prijs te geven. De tienduizenden lampen waren uit, de alarminstallaties zwegen. Toen de hotelkamerdeur, als had de jongen hem niet goed dicht getrokken, met grote kracht open dreunde, brandde in de gang daarachter al geen enkele lamp meer.

Tijdens dat ondeelbare moment van stilte tussen het afsnijden van de alarmherrie en het neerhameren van de regen kwam het over hem. Hij voelde haar lichaam door zijn armen schieten als een grote, spartelende vis, maar dan warm, heet, en zo kortstondig, dat het al herinnering was op het moment zelf dat het gebeurde. De suggestie van Gini's aanwezigheid, hoe oneindig kort ook, was dermate sterk, dat Benny boven zich heel even haar gezicht meende te zien oplichten. (Of was het een naflakkeren van de bliksem?) Alles wat zij tijdens hun vorige omhelzing zo lang mogelijk hadden proberen te rekken – strelingen, geuren, smaken, de gloeiende draad die uit zijn ruggengraat getrokken werd... – speelde zich dit keer in dat ene, ondeelbare ogenblik af. Het begin van de handeling viel met zijn eigen einde samen.

'Benny...'

Haar stem was al een echo op het moment van spreken.

'Benny, ik was er niet helemaal bij. Het spijt me.'

Zijn bevrediging was totaal. Eigenlijk was er alleen het orgasme, een orgasme dat alles wat tot een hoogtepunt moest voeren, elke voorbereidende beweging, alles, alles, al in zich borg. Overal – op zijn buik, in al zijn ledematen – voelde Benny de afdruk van haar lichaam, *alsof het daar nog was*, maar toen hij haar wilde omhelzen, sloegen zijn armen om zijn eigen armen. Hij dacht dat zij ergens in de donkere kamer moest zijn, en riep haar.

'Gini...! Gini, ben je daar? Waar zit je? Gini...?'

Bij wijze van antwoord begon hard en recht de regen te vallen. Was alles een veel te suggestief visioen geweest, geschapen door verlangen en angst? Hij greep naar zijn onderbuik. Zijn geslacht was nog kleverig, zoals het die eerste keer geweest was: kleverig *van haar*. In een steeds grotere straal tastte hij om zich heen, maar nergens kon hij sporen van zijn zaad ontdekken, op zijn buik niet, niet op zijn badjas, en evenmin op de sprei. Zij moest het in haar plooien hebben meegenomen.

Maar waarheen dan toch?

Voor plunderingen was dit maal vast niet veel tijd geweest, want daar gingen de lichten alweer aan, terwijl het onweer bleef grommen, over zijn ergste woede heen, als getemd door de regen. Sirenes van politiewagens en ambulances, mogelijk ook van de brandweer, namen het rumoer van de alarmschellen over.

Onder het licht van de badkamer zocht Benny naar sporen van Gini. Haar slijm, al bijna opgedroogd, had glinsterende schilfers op hem achtergelaten. Hij besloot zich niet te wassen. Alsof hij het bewijs van dat korte treffen met haar nog aan iemand moest tonen... Zij was langs hem heen gestreken, en opgevlamd, had *hem* doen opvlammen, strijkvlak en zwavelkop, meer niet. En toch was het alles. Het was een droom geweest, nee, het was de werkelijkheid. In hem kwam een gruwelijk vermoeden, dat hij zelfs inwendig niet durfde uit te spreken. Dat moest een ander maar doen, met hem als toehoorder...

Benny besloot zijn kamer nog niet op te zeggen, ofschoon hij wist hem niet meer nodig te hebben. In de hal van het hotel heerste grote chaos. Hij vroeg de portier: 'Heeft u zojuist, net voor het begon te regenen, een jonge vrouw binnen zien komen?'

'Meerdere... Een groepje van drie zelfs. Zusjes.'

'Een blonde, met springerig haar?'

'Ook.'

'Heeft zij haar naam genoemd?'

'Ja, maar niet de door u opgegevene. Zij logeert hier samen met haar ouders. Op de derde.'

'Heeft u niets op uw scherm gezien? Een vrouw op de vijftiende...?'

'Niet voordat de elektriciteit uitviel. En nadat er weer stroom was evenmin... Wat er in die tussentijd gebeurd is, ik weet het niet. Het was hier een chaos. Voor de tweede keer in twee maanden... Ik vraag u, is dit beschaving?'

Van de straat drongen politiesirenes tot de hal door.

'Als zij nog komt, kunt u haar dan vragen te wachten op mijn kamer? Of in de lounge?'

'Natuurlijk, meneer. Een kleine moeite.'

Aan de overkant van de straat was de ruit van een kledingzaak ingeslagen. Chique kleren lagen als vodden doorweekt in de goot, verstopten een afvoerrooster. De regen viel onverminderd recht naar beneden, getrokken langs dezelfde liniaal als de hoge gebouwen aan de straat. Donder en bliksem waren uiteengegaan, verwijderden zich van elkaar, zochten elkaar niet meer.

Even stond Benny Wult onder het canvas afdak van het hotel te wachten, naast een geüniformeerde employé die juist zijn paraplu uitvouwde om een hotelgast die uit een taxi stapte droog door de regen te loodsen. Benny was met enkele stappen het trottoir over, en in de taxi. De nooit eerder gekende sensatie van de neerdreunende regen... Pas toen hij zat drongen de druppels door zijn kleren heen op zijn huid. Het orgasme, dat hem volledig uitgeput en volledig ontspannen had, tintelde in hem na, en het had een aangename tinteling kunnen zijn als niet die onrust er was geweest, nu al: het verlangen naar herhaling.

Duizend drumsticks trommelden op het dak van de taxi.

'Zegt u maar waarheen.'

Benny omschreef de straat, en gaf de ligging aan van het deel waar hij zijn moest.

'Daar ga ik niet meer in. Is me te link. Vorige keer...'

'Zet u me dan maar op de kruising met de avenue af.'

Ook de regen was zo'n mythisch verschijnsel voor hem. Zou de stad wegspoelen als een zandkasteel? Nu al drong het straatbeeld door alle ramen in vloeibare vorm de auto binnen. Gekleurd licht stroomde in grillige bergbeken langs de gevels.

Uit de putdeksels ontsnapte geen stoom meer. Regenwater spoelde onder de geparkeerde auto's door, perste zich reutelend tussen wielen en trottoirbanden. Het kartonnen huisje van de blinde lag tot bruine pap verregend in de goot, waar ook het bruine apothekersflesje ronddobberde. Van de bliksem restte alleen nog wat geflakker, hoog tussen de torengebouwen. De donder antwoordde zo laat, dat je hem eigenlijk al niet meer verwachtte.

Hij vond Scant ten slotte een paar straten verderop, in Het Olifantje, ongeveer op de plaats waar Benny hem, in een andere tijd, voor het eerst gezien had.

'Dag, meneer Wult, mijn beste compagnon. Ik kan ruiken dat u tot op de draad doorweekt bent. Regen stinkt.'

Hij was hoorbaar halfdronken. Benny ging op de kruk naast de zijne zitten, en bestelde een mineraalwater.

'Maar naar nog iets ruikt u... Naar de liefde, zou ik zeggen.'

'Die opmerking verbaast me van iemand die zo zijn best doet mij in het liefdesbedrijf aan het werk te houden. Zo'n geur zou toch vanzelfsprekend moeten zijn...'

Hij grinnikte. 'Beroepshalve zou u zich gewassen hebben. Nu dat niet gebeurd is, denk ik er het mijne van. Regen en liefde, zo ruikt een verzopen kat bij thuiskomst. En dan... ik zou de geur van mijn moordenares niet uit duizenden herkennen? Vertel maar eens. Gevonden?'

'Ja en nee. Ik weet het niet. Het was... ze was...'

'Zeg maar niets meer. Ik wist het al vanaf het begin. Aan haar liefde, gelooft u mij, mankeerde niets. Maar die moord – en ik meen als slachtoffer enig recht van spreken te hebben – die moord, daar was ze met haar hart niet bij. Ik voelde het. Ik rook het. Ze deed precies wat u haar beval, maar dat was dan ook alles. Voor de jury, het Hof, was zij evengoed medeplichtig, en dat heeft haar op de stoel gebracht. Akkoord. Maar er is nog een ander soort gerechtigheid, die haar voor deze... deze *hel* hier behoed heeft. Ze is er blijkbaar te goed voor bevonden. Precies wat ik zeg. Mevrouw Gini heeft, zoals ze zo graag wilde, haar leven nog eens mogen overdoen, maar dan – en dat was de bedoeling níét – samengebald tot die ene vonk die waarschijnlijk een piepklein brandgaatje in uw erbarmelijk uitgestrekte en trage leven heeft geschroeid. Ja, geef het maar eerlijk toe: u zit met het verkoolde kopje van de lucifer in uw hand, terwijl zij al lang als een ijl rookslier-tje is opgestegen. Brandblaar, meneer Wult? Zelfs die beklijft niet.'

'Zij daar... ik hier... en tussen die twee werelden in, voor ons allebei onbereikbaar, het kind.'

'Zo staan de zaken, helaas.'

'Maar dan heeft God haar *gestraft* met een hemel.'

'Ach wat, God... Het beste wat je over God kunt beweren is dat hij nog niet in zijn eigen standbeeld is veranderd. Nog net niet. Maar lopen doet hij wel al op een voetstuk, als u begrijpt wat ik bedoel. Er kleeft een sokkel aan zijn zolen, net als bij een tinnen soldaatje. Kom nou niet met die God aanzetten, alstublieft.'

Op het bleke gezicht van de blinde man was een fijn glimlachje verschenen, waar de dode ogen geen deel aan hadden. Toch leek het of hij Benny recht aankeek.

'U heeft het aldoor geweten, he? U heeft het voorzien.'

'Och...'

'Erger nog. U heeft ons gelokt. Verleid. Die ventilator, dat was uw werk. Ontkent u het maar niet. U heeft zich laten doden... door mij, niet door haar... om ons uit elkaar te drijven. Uit haat.'

'Och, nou ja. Morgen is er weer een dag, moet u maar denken. U heeft mevrouw Rorqual toch, met haar erotische zwembad?'

Morgen weer een dag, inderdaad. En overmorgen nog een. En zo ad infinitum. Herhaling. Verveling. De herhaling *was* de tantaluskwelling.

Benny Wult had de blinde bij zijn revers gegrepen, maar werd door de barman tot de orde geroepen. 'Vechten, akkoord. Maar we gaan hier geen invaliden molesteren. Begrepen?'

Het misselijke lachje, dat alleen rond de mond speelde en niet gevoed werd door de ogen, bleef op zijn gezicht. 'Wat klaagt u nou toch, meneer Wult? Zie mij. Ik ben al oud. U komt net kijken. U heeft uw hele leven nog voor u. Morgen is er weer een dag.'

Verantwoording

Van het hoofdstuk 'De schietstoel' verscheen een versie in statu nascendi in een (naamloze) bloemlezing uitgegeven door het Mill Hillcollege te Goirle op 11 maart 1988, in eigen beheer.

Werk in boekvorm van A. F. Th. van der Heijden

Brabantse Schrijvers Prijs 2003 (van het Libra) voor het gehele oeuvre

Een gondel in de Herengracht (verhalencyclus, 1978)
Anton Wachterprijs 1979
De draaideur (roman, 1979)
De slag om de Blauwbrug. De tandeloze tijd Proloog (roman, 1983)
Vallende ouders. De tandeloze tijd 1 (roman, 1983)
De gevarendriehoek. De tandeloze tijd 2 (roman, 1985)
F. Bordewijkprijs 1986 en Multatuliprijs 1986
De sandwich. Een requiem (roman, 1986)
Het leven uit een dag (roman, 1988)
Dichters slaags (novelle, 1988)
De generale (novelle, 1989)
De euforie. Over roes en angst voor de roes (lezing, 1989)
Advocaat van de hanen. De tandeloze tijd 4 (roman, 1990)
Weerborstels. De tandeloze tijd Een intermezzo (novelle, 1992) Boekenweekgeschenk 1992
Schwantje's fijne vleeschwaren. De tandeloze tijd Apocrief (fragment, 1992)
Asbestemming. Een requiem (roman, 1994)
Ontbijt met de kromme lepel (novelle, 1994)
Orgie op zondag (novelle, 1995)
Het bankroet dat mijn goudmijn is (verhalen, 1995)
Het Hof van Barmhartigheid. De tandeloze tijd 3 Eerste boek (roman, 1996) De Gouden Uil 1997
Onder het plaveisel het moeras. De tandeloze tijd 3 Tweede boek (roman, 1996) De Gouden Uil 1997 en Generale Bank Literatuurprijs 1997
De gebroken pagaai (novelle, 1997)

Whamm. De democratisering van het talent
(schotschrift, 1997)
Voetstampwijnen zijn tandknarswijnen
(met Jean-Paul Franssens, brieven, 1998)
Sabberita (novelle, 1998)
Het onmogelijke boek. Een kleine monoloog van de auteur
(mini-essay, 1999)
Gevouwen woorden. Brieven over de grillen van het vak
(brieven, 2001)
De Movo Tapes. Homo duplex (roman, 2003)
De requiems. De sandwich, Asbestemming, Uitdorsten
(romans, novelle, 2003)
Engelenplaque. Notities van alledag 1966-2003
(dagboekaantekeningen, Privé-domein 250, 2003)
Hier viel Van Gogh flauw. Frans dagboek 1968-1999
(dagboekaantekeningen, 2004)
De Gazellejongen. Het verzameld werk van Patrizio
Canaponi (verhalencyclus, roman, 2004)
Lamsvocht. Drie hoofdstukken uit Homo duplex
(proza, 2004)
Ik heb je nog veel te melden. De briefwisseling tussen
Jean-Paul Franssens en A. F. Th. van der Heijden
(brieven, 2005)
Een gondel in de Herengracht & De gebroken pagaai
(verhalencyclus, novelle, 2005)

In voorbereiding

Drijfzand koloniseren (novelle)
Verliefd tegen (roman)
Driestromenland. Homo duplex (roman)
Het schervengericht. Homo duplex (roman)
Exil. Grondslagen van het A. F. Theïsme (essay)
Moeilijke voeten. Homo duplex (roman)
Slowly moviamo a casa. Requiem voor Jean-Paul Franssens
Knooppunt Hellegat. Homo duplex (roman)
Voedzame honger. Homo duplex (roman)
Braille voor het oog. Homo duplex (roman)
Bejaardentehuis op het dak van de wereld (oerboek)
Averij. De tandeloze tijd 5 (roman)
De Wereldstaking. Homo duplex (roman)
Gedichten Gods. Homo duplex (romanessay)
Mijlpalen en millimeterwerk. Biografie van een bibliografie (met Jan Brands)
Paroxismen 1989-1991 (invallen, uitvallen)
Boezemzusjes. Homo duplex (roman)
Leproza. Homo duplex Suppl. (essay)
Paroxismen 1997-1999 (invallen, uitvallen)
De pook in de kolenkit (prozagedichten)
Vogelvrij, te zwaar om te vliegen (essay)